Für meine Mutter Emilia.
Und mit herzlichem Dank für die Unterstützung durch
Mr. David T. K.Wong, die University of East Anglia und
die Rockefeller Foundation.

Jose Dalisay

Last Call Manila

Aus dem Englischen übersetzt von Niko Fröba

Roman : TRANSIT

Diese Veröffentlichung wurde unterstützt durch den National Book Development Board, Translation Subsidy Program, Philippines.

Die Übersetzung aus dem Englischen wurde mit Mitteln des Auswärtigen Amts unterstützt durch Litprom e.V. – Literaturen der Welt

Originalausgabe:
Jose Dalisay, Soledad's Sister (2008, 2009,2018)
ANVIL PUBLISHING, INC.
Mandaluyong City, Philippinen

TRANSIT Buchverlag
Postfach 12 03 07 | 10593 Berlin
www.transit-verlag.de

Layout und Umschlaggestaltung unter
Verwendung des Gemäldes »Diaspora« (2007)
von Antipas Delotavo: Gudrun Fröba
Druck und Bindung: CPI Gruppe Deutschland
ISBN 978-3-88747-399-0

Inhalt

Die Frau in der Kiste

An einem wolkenverhangenen Abend, einem Samstag im August, landete am Ninoy Aquino International Airport, zweihundertsiebenunddreißig Kilometer westlich von Paez, eine Leiche in einem Zinksarg, der in einer Holzkiste befördert wurde. Der Begleitschein gab den Namen der toten Frau als »Cabahug, Aurora V.« an. Um 18 Uhr 34, gerade als in der City die Autofahrer ihre Scheinwerfer einschalteten und eine Million Gasöfen laut angeworfen wurden, kehrte Aurora V. Cabahug in ihrem Flugzeug zur Erde zurück, obwohl noch nicht ganz; sie lag tief unten im Frachtraum der Gulf Air 747, da, wo es am kältesten war, nur durch eine dünne Wand getrennt von Tiger-Orchideen und Aprikosen. Sie war sehr früh in Jeddah los geflogen, viel früher als es den Anschein hatte, denn die Maschine flog vor der Zeit her – viertausenddreiundfünfzig Meilen von Jeddah nach Bangkok, machte einen Zwischenstopp von einer Stunde und fünfundzwanzig Minuten, um die Orchideen und andere kostbare, verderbliche Dinge zu laden, bevor sie ihre Fracht über nochmal eintausenddreihundertachtundsechzig Meilen nach Manila brachte. Binnen einer Stunde war sie entladen, flog wieder zurück nach Jeddah, wieder über Bangkok, am nächsten Morgen sollte sie wieder um 10 Uhr 20 startklar sein – während nochmal drei Tage im gekühlten Zoll-Lager vergingen, bis Aurora V. Cabahugs Körper wieder in der mikrobenfreundlichen Wärme ihres Landes ankam.

Es war eine Reise über fünftausend Meilen und das Tageslicht begleitete sie fast über den ganzen Indischen Ozean. Das Flugzeug war bis auf den letzten Platz besetzt, als es Bangkok verließ, wo ein Jet der Thai Airways mit Ziel Manila, von Frankfurt kommend, Probleme mit der Hydraulik hatte und dreiundzwanzig der sechsundachtzig philippinischen Passagiere in die Gulf Air-Maschine umgebucht wurden. Die neu Zugestiegenen besetzten alle noch freien Plätze, verstauten zollfreie Hifi-Geräte oder andere Mitbringsel und brachten so Zahnarzt und Handwerker, Pianist und Nagelpflegerin, Professor und Installateur zusammen. Wie immer klatschten und jubelten die philippinischen Arbeiter auf ihren Plätzen, als die Reifen des Flugzeugs auf dem Boden aufsetzten; einige schlugen ein Kreuz, schlossen die Augen und murmelten ein Gebet. Die Flugbegleiter und die saudi-arabischen Geschäftsleute waren daran gewöhnt, aber einige Filipinos, die in Bangkok, von Seminaren in Leuven oder Pilgerreisen nach Rom kommend, umgestiegen waren, fühlten sich gestört und peinlich berührt von dem Applaus, der die Kabine füllte, und schauten angestrengt nach vorn oder auf ihre Uhren und Zeitschriften. Ihre weniger vornehmen Landsleute pressten die Nasen gegen die Fenster, als ob sie erwarteten, dass die Flughafenlichter erloschen und das Flugzeug kehrtmachen könnte, zurück in die blendend helle Wüste.

Am Ninoy Aquino stiegen insgesamt drei Piloten, acht Flugbegleiter und zweihundertsiebenundsechzig Passagiere aus dem Flugzeug in die Gangway zur Ankunftshalle. Die Crew eilte durch einen Extraausgang an den Immigrations- und Zollschaltern vorbei zu einem Van, der sie schnell in ihr Hotel am Rande der Bucht bringen sollte. Alle anderen, mit teuren Einkäufen unterm Arm, marschierten in die stickige Empfangshalle mit Passkontrolle und Gepäckausgabe, dem Zoll, und einer lächelnden Menge hinter den Absperrungen. Außerhalb warteten schnurrende Taxis und Jeepneys* und ein heftiger Platzregen, der Brillengläser und Fenster beschlagen ließ und die Leute zu schnellen, bequemen, manchmal desaströsen Entscheidungen zwang. Die Mittagsnachrichten am nächsten Tag brachten eine Geschichte über zwei Maurer und einen Elektriker, die ihre Jahreslöhne, verdient in Al-Khobar, an eine Gang verloren hatten, die ihnen eine billige Fahrt nach Novaliches in ihrem Toyota Tamaraw angeboten hatten; nach unbestätigten Berichten verbrachte eine Kosmetikerin aus Dammam, die ihren Freund im Regen übersehen hatte, die Nacht in einem Motel in Pasay mit einem hilfsbereiten Polizisten, der sie in seinem Jeep mitgenommen hatte; auch die Flugbesatzung, die so schnell aus dem Flughafen geflohen war, verlor eine Menge Zeit, weil der Fahrer ihres Nissan-Vans wegen eines Verkehrsstaus eine, wie er meinte, Abkürzung nahm und dann auf einer engen Straße hinter einem Lastwagen, beladen mit Fahrrädern und Matratzen, hängen blieb. Der Regen verwandelte verzinkte Blechdächer in straff gespannte Trommeln, prasselte auf eilig ausgerollte Planen und suchte den schnellsten Weg zurück ins offene Meer, wurde aber an jeder Kurve aufgehalten.

Die tote Frau erwarteten keine solcher Komplikationen, sie hatte alle Flugpläne und plötzlichen Wetterumschwünge hinter sich gelassen. Es gab ein Problem mit ihrer Leiche – niemand war da, dem man hätte sagen können, dass sie da war, aber sie konnte nichts dafür, jetzt und für immer. Und es gab kaum etwas, das jemand für sie tun konnte, außer dieser eher kümmerlichen Geste, sie umsonst nach Hause zu fliegen, ein Paragraph in einem Gesetz, das Menschen betraf, die gestorben, aber noch nicht beerdigt waren.

Die mit * gekennzeichneten Begriffe und Namen werden im Glossar erklärt.

Der Totenschein, in einer Plastikhülle auf ihren Sarg geklebt, gab einfach nur an, dass sie ertrunken sei. »Ertrunken, Forensik Jeddah.« In den letzten Momenten, als sie noch atmete – entweder kurz davor oder kurz danach – war der Körper mit Wasser in Berührung gekommen, hatte es geschluckt oder war von ihm geschluckt worden. Es waren keine weiteren Dokumente dabei – kein Polizeibericht, kein Autopsiebericht, nur der Schein mit einem Stempel der Flughafenpolizei vom Abdul Aziz Airport in Jeddah. Das Konsulat und die lokale Polizei dort hatten ihren Pass nicht ausfindig machen können – der normalerweise von den Arbeitgebern ausländischer Arbeitskräfte einbehalten wurde im Tausch für eine Iqama* oder einen zeitlich begrenzten Identitätsausweis, aber selbst diese Arbeitserlaubnis war bei der Leiche nicht gefunden worden. Und deswegen hatte es einige Zeit gedauert, bis die Behörden ihre Identität feststellen konnten; jedenfalls war ihr aufgedunsenes Gesicht keine Hilfe. Erst als ihre völlig durchnässte Abaya* getrocknet war, ergaben sich aufgrund der billigen Qualität und des schlechten Schnitts erste Hinweise, die auf eine Frau von niedrigem Status deuteten. Keine saudische Frau aus Jeddah war in den vergangenen drei Tagen als vermisst gemeldet worden, was ungefähr der Zeit entsprach, in der die Leiche im Wasser gelegen hatte, und so wurden Untersuchungen angestellt über vermisste oder geflohene Dienstmädchen oder Arbeiterinnen – eine Suche, die zu nicht weniger als hundertdreiundsechzig Treffern führte allein für die letzten sechs Monate und die alles beinhaltete von sudanesischen und russischen Prostituierten bis zu indonesischen Köchinnen – aber ein Bericht erschien besonders treffend, und der hatte mit dem plötzlichen Verschwinden vom Arbeitsplatz einer aus den Philippinen stammenden Aurora V. Cabahug, sechsundzwanzig, zu tun. Sie war als vermisst gemeldet, gemeinsam mit einem indischen Dienstmädchen namens Meenakshi, die vermutlich auch weggelaufen war. Bei einer höflichen Befragung behauptete Cabahugs Arbeitgeber, nichts weniger als ein saudischer Prinz, vertreten durch einen Bediensteten namens Yusuf, dass die beiden schon vor etlichen Tagen verschwunden seien und dabei wertvolle Sachen hätten mitgehen lassen, unter anderem einen goldenen Montblanc-Füller, den Prinz Khaled auf seinem Nachttisch hatte liegen lassen; trotz des väterlichen Vertrauens und der Fürsorge seines Herrn, so Yusuf, hätten sich alle beide als undankbar und diebisch erwiesen.

Und so wurde die Leiche zur Untersuchung den zuständigen Stellen in der Botschaft und von dort der »OWWO Manila«, dem Overseas Workers Welfare Office, übergeben. Falls niemand beim Frachtlager des Flughafens Manila wegen dieser Aurora V. Cabahug einen Anspruch anmeldete, müsste ein Angestellter der OWWO über viele Treppen in den Keller steigen, wo Knie und Ellbogen auf Rohre stießen, ein Raum voller aneinandergereihter Stahlschränke, und sich dann durch feuchte, muffige Aktenordner wühlen, um simple Fakten über ihr Leben, Geburtsdatum, Geburtsort, Familienstand, Größe, Gewicht, Heimatadresse, herauszufinden.

Niemand war da, der sie sehen wollte; niemand wusste überhaupt, dass sie da war, weil ein philippinischer Vizekonsul in Riad verschiedene Todesfälle, seine Landsleute betreffend, durcheinandergebracht hatte. Es waren in dieser Woche drei in verschiedenen Aktenbergen: einer in Jeddah, einer in Riad und ein weiterer in Yanbu. Und diese Akte hatte er als erste nach Manila geschickt, die Akte eines enthaupteten Mannes, bestraft, weil er auf die Frau seines saudischen Arbeitgebers im Streit über verschwundene Juwelen eingestochen (und, wie vor Gericht vorgebracht, unzüchtige Blicke auf die älteste Tochter geworfen) hatte. Dieser Vizekonsul namens Quirante hatte eine harte Woche hinter sich, noch härter als sonst, weil eine weitere Gruppe verängstigter Dienstmädchen Zuflucht in der Botschaft gesucht hatte, und es gehörte zu seinen vielen Aufgaben, ihnen Schlafplätze zuzuteilen und sie mit Bettwäsche zu versorgen in den provisorischen Unterkünften, die sie für solche Fälle eingerichtet hatten. Sein einziger Trost war, dass hin und wieder eines dieser verzweifelten Gesichter ungewöhnlich hübsch sein konnte, und mit viel feierlichem Getue würde er ihr den besten Platz und Süßigkeiten besorgen, um sich dann die gerechte Entlohnung für diesen Extra-Service abzuholen. Wenige Nächte, bevor der Körper der Frau nach Hause flog, hatte ihm sein auserwähltes Opfer, eine Näherin aus Muntinlupa, in die Nase gebissen, wie eine in die Enge getriebene Hündin, und in seinem Schmerz und seiner Wut, die noch am nächsten Morgen zu spüren waren, vertauschte er die Papiere der toten Frau mit denen des enthaupteten Mannes, was zu ihrem sofortigen Abtransport vom Botschaftsgelände und bald darauf zu ihrem Abflug führte.

Und so kam es, dass eine siebenköpfige Familie in einem Jeepney den weiten Weg von Lingayen auf sich nahm, um die zwei Körperteile von Filemon Catabay entgegenzunehmen, der vor zwei Monaten hingerichtet worden war. Sie hatten von seinem Tod auf dieselbe Weise erfahren wie viele andere, nämlich aus den regelmäßigen Nachrichten von Radio DZXL, zwischen einer engagierten Diskussion über eine berühmte Schauspielerin, die gerüchteweise abgetrieben haben sollte, und Werbung für eine neue und wirksamere Wurmkur für Tiere. Die Mutter des Mannes war gerade dabei, einen Fisch auszunehmen, als ihr Enkel mit den Neuigkeiten zu ihr gelaufen kam; der Fisch in ihrer Hand begann zu zappeln und sprang dann in einer letzten Muskelzuckung aus ihrer Hand, als ob er ins Leben zurückgefunden hätte.

An der Tatsache, dass hier der Körper einer Frau, der in der Kiste lag, vor sich hinmoderte und auf trauernde Hinterbliebene wartete, war nichts Komisches, absolut nichts. Der einzige, der dieser Situation etwas Belustigendes abgewinnen konnte, war ein Sicherheitsbeamter namens Al Viduya, der glaubte, schon alles gesehen zu haben, was zwischen zwei Menschen auf diesem Flughafen passieren könnte, inklusive einem schnellen und heftigem Liebesakt zwischen einem abreisenden Parlamentarier und seinem Büroleiter – der auf den Namen Marvin hörte – in der Flughafentoilette.

Als die Kiste ankam, hatte Al gerade sein Abendessen beendet, Fisch mit schwarzen Bohnen, zwei Schalen Reis, eine Tasse dünnen Kaffees und eine Banane, das er an einem Imbissstand direkt hinter der Flughafenbegrenzung eingenommen hatte. Eine seiner neuen Hilfskräfte, ein Mädchen aus Ozamis, errötete, als er irgendwas von einem Sonntagsspaziergang im Luneta Park fallen ließ, wie entspannend und preiswert es sei, die Nacht im Gras zu verbringen, wie es viele Paare taten. Ich gebe ihr eine Woche, dachte er, als er Fischreste aus seinen Zähnen polkte – oder waren es die Reste einer jungen, klebrigen Banane? – und dann in Richtung Frachtlager schritt. Der Platzregen hatte sich verausgabt, während er aß, und der Asphalt war überall bedeckt mit großen, öligen Wasserlachen. Al musste über Pfützen springen und hüpfen, damit seine frisch polierten Schuhe sauber und trocken blieben. Er spürte das dringende Bedürfnis, eine zu rauchen, aber seine Schicht begann eine Stunde früher als sonst, weil sein Kollege es eilig hatte, zu seinem Termin in Sta. Cruz zu kommen. Es war nicht mehr als eine kleine Gefälligkeit; »Du erntest, was Du säst«. Bruder Mike liebte es, im Park zu predigen, und Al hatte keine Zweifel, dass sich sein Entgegenkommen mehr als auszahlen würde. Aber vielleicht nicht schon heute Abend. Eine laut jammernde Großfamilie hatte sich schon vor dem Tor postiert, umklammerte kleine, schmutzige Taschentücher und fasste sich gegenseitig an die Hände. Sie hatten sich eng an die Mauer gestellt, direkt unter dem schmalen Dachüberhang, um sich vor dem Regen zu schützen, allerdings nicht allzu erfolgreich. Ihre Kleider und Sandalen waren durchnässt, was aber niemandem etwas auszumachen schien.

Ihre Anwesenheit konnte nur eines bedeuten: die Ankunft einer neuen Leiche im Kühllager. Was immer es auch war, es brachte die eng aneinander gedrängte Gruppe brauner Gesichter, die nicht genau wussten, wohin sie schauen oder wie sie sich zu fühlen hatten, dazu, sich gegenseitig zu trösten, während sie gleichzeitig in ihrem tiefsten Inneren zerbrachen, so wie die junge Frau, wahrscheinlich die Schwester, die immer wieder auf den Arm ihres Begleiters schlug; der Mann schenkte ihr aber keine Beachtung und schien sich mehr dafür zu interessieren, was in der Ankunftshalle passierte, wo eine Menge von Autogrammjägern sich um einen schwarzen Mann mit Sonnenbrille und glänzend grünem Anzug scharte. Und dann waren da noch die Kinder, insgesamt vier, von einem stillen, vielleicht vierzehnjährigen Jungen bis zu einem kleinen Mädchen, das sich an die Hand einer älteren Frau klammerte, die anderen beiden, ein Junge und ein Mädchen, stritten sich um etwas, was das Mädchen festhielt, ein Foto oder eine Karte. Al konnte es nicht erkennen, aber das Ganze lief aus dem Ruder und ihr älterer Bruder brachte sie zum Schweigen, er schien der einzige zu sein, dessen Augen die Betonmauer durchbohren konnten und der schon wusste, was dort zu sehen war. Er war völlig durchnässt, seine Igelfrisur glitzerte wie eine goldene Krone.

Die Frau in dem dunkelbraunen Kleid war vermutlich seine Großmutter, die zwei älteren Kinder wirkten wie betäubt oder fehl am Platz, so als ob sie einen Fehler gemacht hätten, sich hierher bringen zu lassen, wo doch zu Hause Moskitonetze auszubessern oder Reisplätzchen zu formen waren. Al fragte sich, wo die Ehefrau oder der Ehemann waren, normalerweise saßen oder standen sie in einer Ecke, der Ehemann angeschlagen wie nach einem k.o., die Frau kettenrauchend, von ihrer besten Freundin zuverlässig versorgt. Niemand hier war in einer solchen Konstellation zu sehen. Die Großmutter starrte auf die Tür, auf der CARGO stand, die aber geschlossen war, und selbst wenn sie geöffnet gewesen wäre, würden sie nichts sehen, wenn er es nicht erlaubte. Al allein konnte die Tür an dieser Seite der Halle aufschließen. Man konnte noch Frachtgüter von ankommenden Flügen hineinbringen und ein anderer Wachmann kontrollierte die großen Tore auf der Rückseite. Die offizielle Bürozeit war vorbei, alle Angestellten waren mittags nach Hause gegangen. Auf dieser Seite war also Al der einzige, der den Schlüssel hatte, den Schlüssel zu allem, was aus fernen Ländern eintraf und worauf die Leute warteten.

»Wir wollen ihn sehen«, sagte die schluchzende Frau, als Al sich der Tür näherte.

»Wen sehen?«

»Meinen Bruder.«

»Meinen Vater! Meinen Vater!«, sagte das Mädchen mit dem Foto in der Hand.

»Meinen Sohn ... Filemon, oh mein Filemon...«, jammerte die alte Frau.

Al konnte alles kommen sehen: die aufsteigende Spirale von Emotionen, die einige Menschen in Familien hineinsog, andere aber ausschloss. Es war seltsam, wie, abgesehen von Filmen, Trauer so ganz für sich sein konnte. Man konnte in eine Trauerhalle gehen und in jedem Raum weinte eine Familie wie besessen über den Verlust eines Familienmitglieds, aber niemand kümmerte sich auch nur einen Deut darum, ob sich im benachbarten Raum die Leiche des Präsidenten befand oder eines Mädchens, das mit dem Verkauf von Sampaguitas seine Geschwister ernährte und von einem Lastwagen überfahren worden war. Man trauerte nur um die eigenen Leute. Und, war Al überzeugt, man konnte nur so trauern. Er hatte vor fünf Jahren seinen einzigen Bruder wegen Tuberkulose verloren, er vergoss drei Minuten lang Tränen im Hospital, und fuhr dann mit einem Jeepney zurück zur Arbeit. Manchmal, im Luneta Park, ertappte er sich dabei, wie er bei Bruder Mikes Predigten zu weinen begann, aber es war nicht aus Trauer oder etwas ähnlichem; es fühlte sich einfach gut an, so gut, dass jeder, der neben ihm stand, auch zu weinen begann. Es war wie in einer Familie, einer großen und glücklichen Familie. Auch die Menschen hier vor der Tür werden darüber hinweg kommen, wichtigere Dinge finden, für die es sich zu arbeiten und beten lohnt.

»Kann ich meinen Sohn sehen?«, fragte die Mutter.

»Er kam heute Abend, mit dem Flug aus Jeddah«, sagte die Schwester.

»Wo ist Papa?«, fragte der kleine Junge.

»Wie ist sein Name?«, fragte Al gegen seinen Willen und schloss auf.

»Filemon Catabay«, sagte der ältere Sohn.»Filemon Catabay senior.«

Mutter und Schwester wollten Al folgen, als er hineinging, aber das hatte er erwartet und einen Fuß in die Tür gestellt.

»Sie können hier nicht hinein, tut mir leid, das ist ein gesperrter Bereich.«

»Wir haben Monate auf ihn gewartet«, bettelte die Schwester, und Al wollte ihr sagen, dass von dem Mann nach all dieser Zeit wohl nicht mehr viel übrig sei und dass der arme Filemon sicherlich nichts dagegen hätte, wenn sie ihn erst einen Tag später sähen. Aber Al ließ das lieber sein. Nur ein Jahr früher hätte er sie schroff abgewiesen, aber er lernte gerade, dass Geduld und Nachsicht die christlichsten aller Tugenden waren, und das ließ ihn ein vergleichsweise großzügiges Angebot machen.

»Sie müssen warten, bis das Büro morgen früh aufmacht. Es müssen Dokumente geprüft und Papiere unterschrieben werden. Es ist alles nicht so einfach, wie Sie glauben…«

»Ich bin ganz nass«, rief der kleine Junge.

»Sie haben ihm den Kopf abgeschlagen«, sagte das kleine Mädchen tapfer zu Al, als ob sie ihm gerade erzählen wollte, wie sie einen wackligen Zahn verloren hatte.

»Catabay«, wiederholte Al leise, wie für sich, den Namen des Mannes. »Ich kann euch nicht hineinlassen. Aber ich kann überprüfen, ob die Leiche hier ist. Wartet. Ich schau nach.«

Normalerweise weinten die Leute, wenn er das Wort »Leiche« sagte, dennoch glaubte er, dass es ihnen half, mit der schrecklichen Tatsache fertig zu werden, umso schneller würden sie zuversichtlich auf ihr kommendes Leben blicken. Al ging hinein und schloss die Tür hinter sich. Er hätte sich schlafen legen können in genau dieser Minute und war sich sicher, dass sie immer noch dort sein würden, bereit anzustürmen, wenn er am nächsten Morgen die Tür aufmachte. Aber für Al kam es gar nicht in Frage, selber in den Sarg zu schauen, so kurz nach seinem Abendessen. Er war mit Brettern zugenagelt, das war das Eine, und er hatte weder die Befugnis noch den Wunsch, ihn aufzubrechen. Das einzige, was er tun konnte, war den Namen herauszufinden. Oft war das alles, was diese Leute brauchten, um mit ihren Leben klar zu kommen – und, in vielen Fällen, mit ihren neuen Freundinnen oder Freunden, die ihnen in dieser schwierigen Zeit Halt gaben.

Er schlug den Kragen seiner Jacke nach oben und lief durch eine andere Tür in den Kühlbereich. Das fluoreszierende Licht warf eine grünliche Blässe auf die Kartons und Kisten, hoch gestapelt auf Paletten. Einige spezielle Artikel, lebensrettende Medikamente und ähnliches, aus Ländern wie der Schweiz oder den USA importiert, wanderten in Tiefkühltruhen und Kühlschränke mit Thermostaten. Wenn im Gebäude der Strom ausfiel, sollte ein Generator in Standby automatisch anspringen, aber Al wusste aus Erfahrung, dass das nicht passierte; er oder wer immer gerade Dienst hatte, würde den Generator manuell starten müssen, weil irgendwas mit diesen Messgeräten und deren Armaturen nicht stimmte, die niemand zu kennen oder zu kontrollieren schien. Einmal, während eines Spannungsabfalls, entdeckten sie, dass der Generator kein Benzin hatte. Letztendlich kriegten sie die Kühlung wieder in Gang, hatten eine Stunde an die brütende Hitze verloren, und froren alles wieder ein, ohne groß nachzudenken. Aber eine Charge Medikamente war inzwischen verdorben und tötete später einen pensionierten Polizeihauptmann irgendwo auf den Visayas-Inseln. Zumindest sagten das die Anwälte bei der Untersuchung, die folgte; einige Verwandte wurden von der Versicherung ausbezahlt und die beteiligten Wachmänner, Al war nicht unter ihnen, gefeuert. Deshalb fühlte sich Al doppelt verantwortlich für jegliche Zwischenfälle unter seiner Aufsicht. Seine Arbeit hing ab von all diesen Kisten, sein Leben, seine Sardinen und seine Philipp Morris.

Irgendwo hinter ihm klingelte das Telefon und unterbrach das scheppernde Surren der Klimaanlage. Al ignorierte es wissentlich; ziemlich sicher war es irgendein nervöser Importeur, der wissen wollte, ob seine Ladung schon reingekommen war, damit er das Wochenende mit Jet-Ski und seiner Freundin in Subic verbringen und sich seinen Gewinn ausmalen konnte. Lass ihn warten, dachte Al, oder lass es ihn so machen wie die Catabays und persönlich an der Tür nachfragen. Nach sechs- oder siebenmaligem Klingeln verstummte das Telefon, um dann sein Gebimmel zu wiederholen. Al ging weiter in den Raum hinein, weg vom Klingeln, bis er in die Ecke kam, wo die in Kisten verpackten Särge normalerweise eingelagert wurden. Es war gerade nur eine da – frisch eingetroffen, das war sicher, die zwei Leichen von gestern hatten links gelegen und waren an diesem Morgen weiter transportiert worden zu ihren letzten Zielorten. Mindestens eine tauchte pro Tag auf dem Rollfeld und in seinem Lagerhaus auf, manchmal zwei, manchmal mehr, wie etwa die Opfer eines Feuers oder Autounfalls sehr weit weg, zu weit, um etwas davon gehört oder gesehen zu haben. Er hatte eine Geschichte in der People Tonight gelesen darüber, dass erst im vergangenen Jahr mehr als sechshundert Leichen durch den Flughafen geschleust worden waren. Selbst er, der die meisten dieser Fälle bearbeitet hatte, war überrascht von der Zahl, die wie eine dieser gezielten Übertreibungen der Medien erschien, um die Regierung in Verlegenheit zu bringen, für die er gestimmt hatte. Aus seiner Sicht sahen sie alle gleich aus, und es war leicht, den Überblick zu verlieren. Al hatte mal einen Steward gefragt, wieviele Menschen in eine 747 passen. Sechshundert Leichen. Das war so, als ob zwei vollgeladene Jumbojets in der Luft kollidiert und alle, vom Kapitän bis zum kleinsten Knirps, tot wären – und man musste mit der Gewissheit leben, dass so etwas in der Art jedes Jahr passierte. Es waren nicht die Zahlen, die Al so wütend machten, als vielmehr die Dummheit der Leute. Er selber war noch nie im Ausland gewesen – das stand auf der Liste seiner Gebete ganz oben, neben dem Lottogewinn und das richtige Mädchen zu treffen. Aber unabhängig vom göttlichen Willen konnte er nicht glauben, wie leichtfertig seine Landsleute ihre einmalige Chance zum Glück wegwarfen. Er erinnerte sich an die Story einer Boulevardzeitung über zwei philippinische Seeleute, die auf einem norwegischem Schiff mit Ziel Südkorea starben. Gut, Seeleute sind zu allen Zeiten auf See gestorben, aber diese zwei Landsleute hatten kleine Stücke von Rentierhorn – Rudolph aus dem berühmten Weihnachtslied war das einzige Rentier, das Al überhaupt kannte – in ihre Penisse implantiert, was einen schweren Tetanus, eine Virusinfektion und einen qualvollen Tod mitten auf dem Ozean zur Folge hatte. Ihre Witwen forderten Entschädigung und erhielten jeweils um die 13.000 Dollar plus ausstehender Gehälter.

Insofern war es keine totale Verschwendung, dass die Leben der Seeleute so endeten, aber – ganz nebenbei – was für eine Verschwendung von Penissen, ganz zu schweigen von Rentierhorn.

Al kniete sich mit einem Bein auf den Boden neben die Kiste, um nach irgendeinem Hinweis zu suchen; manchmal kritzelte ein Ermittler oder sonstwie Befugter den Namen auf die Kiefernkiste mit Kreide oder einem Filzstift, vor allem wenn sie zu mehreren ankamen. Er fragte sich, ob es für all diese Leute nicht besser wäre, gleichzeitig zu sterben und damit mit allem durch zu sein, oder ob dieses stetige Eintrudeln von Catabays, Pamintuans und del Rosarios ewig weiter gehen sollte. Bevor er weiter darüber nachdenken konnte, fand er die Plastikhülle, eine Art Frachtbrief für den Flug, an die Kiste geklebt, in dem er (er wischte das Kondenswasser von der Hülle) den Namen der Verstorbenen in Großbuchstaben entziffern konnte: CABAHUG, AURORA V. Er sah nochmal hin, um sicherzugehen, dass es stimmte, kicherte über seinen Fund, und stand dann auf, um die Trauernden zu trösten, die alle um die falsche Person geweint hatten.

»Er ist nicht hier. Es ist ein Sarg da drin, aber der gehört zu einer anderen Person.« Al hielt die Tür halb geöffnet, blieb aber drinnen, um das Gespräch so kurz wie möglich zu halten. Er wollte auf die Toilette und sich eine Zigarette anzünden.

Für ein paar Sekunden herrschte Schweigen. Was sollten sie empfinden: Freude, Erleichterung, Wut, Empörung? Sollten sie ihm glauben, diesem Pförtner, der keine Ahnung davon hatte, was für ein Mensch Filemon war, nicht mal, wie er ausgesehen hatte.

Schließlich kam der Stiefbruder, der mit seinem Jeepney den ganzen Weg von Lingayen gefahren war, um die Leiche heim zu holen, wieder zu Sinnen. »Was meinst du mit ›Er ist nicht hier‹«, schoss es aus ihm heraus. »Schau nochmal. Das Office sagte, dass sie ihn heute erwarten. Da muss irgendein Fehler sein. Du musst dich irren.«

Al hörte schlagartig auf zu grinsen: »Sie haben Recht, da hat es einen Fehler gegeben – aber ich hab ihn nicht gemacht. Aurora – kennen Sie eine Frau mit dem Namen Aurora? Sie ist die Frau in der Kiste.«

»Welche Frau?« Die Mutter klang noch verlorener als zuvor. »Wo ist mein Sohn?«

»Vielleicht zurück in Dubai oder Kuwait oder von wo immer er kommen sollte. Es tut mir leid, aber hier drin gibt es nur eine Leiche. Sie kam mit dem Jeddah-Flug, aber es ist nicht Ihr Sohn.«

»Bitte lassen Sie uns schauen…«

»Das geht nicht. Die Kisten sind versiegelt. Und hier darf keiner rein.«

»Wo ist Papa?«, fragte das ältere Mädchen.

»Sie haben seinen Kopf abgeschnitten«, sagte ihr kleiner Cousin.

»Was können wir tun?«, fragte ihr Onkel.

»Rufen Sie nochmal im Office an. Rufen sie dort an oder kommen Sie Montag wieder, morgen ist niemand da.«

»Wir leben in Lingayen. Wir sind mit einem Jeepney gekommen.«

»Dann schlaft drin, Leute tun das ständig. Ihr könnt die öffentlichen Toiletten benutzen – nicht zum Waschen natürlich, sonst verbraucht ihr das ganze Wasser in den Tanks.«

Filemons Schwester und ihr Mann sahen sich und ihre Kinder an. Der Älteste war am Schluchzen, das Gesicht den anderen abgewandt, wobei nicht richtig klar war, weshalb er weinte. Al blieb an der halboffenen Tür stehen, er sehnte sich danach, reinzugehen und sich zu erleichtern. Er wusste, dass er – oder wer immer die Morgenschicht am Montag hatte – diese Leute wiedersehen würde.

»Verdammt«, sagte der Mann. »Wir sind den ganzen Weg gefahren für nichts. Sechs Stunden lang. Für nichts!«

»Wir können hier warten bis Montag, ich hab ein bisschen Geld, wir können was zu essen kaufen«, schlug seine Frau vor.

»Ich habe Dodong versprochen ihm mit diesen Dachplatten zu helfen, die er aus Calasiao abholen muss morgen…«

»Dodong kann warten, jemand anderes kann für ihn fahren. Bitte, Mar, es ist nur ein Tag, ich bin sicher, die Kinder stört es nicht.« Das kleinste Mädchen war ihres, es lehnte an den Knien ihrer Großmutter und lutschte am Daumen.

»Lasst uns in den Park gehen«, rief der kleine Junge, »ich will Fahrrad fahren im Park!« Zwei Jahre zuvor, kurz bevor er sie verlassen hatte, hatte Filemon die Kinder in die Großstadt mit ihren Grünanlagen an der Bucht mitgenommen.

»Sei ruhig«, sagte seine ältere Schwester, die sich an ihren Vater noch sehr genau erinnerte.

»Bist du sicher, dass wir ihn am Montag mitnehmen können«, fragte der Stiefbruder Al, der langsam mit den Nerven am Ende war.

»Das kann ich euch nicht sagen, ich besitze keine Airlines, ich mache die Regeln nicht. Vielleicht wird er bis dahin hier sein, vielleicht nicht…«

»Vielleicht ist mein Sohn noch am Leben«, sagte die Mutter. »Vielleicht haben sie jemand anderem den Kopf abgeschlagen. Diese Frau – diese Frau da drin –, wie sagtest du, war ihr Name?«

»Aurora, Aurora, äh, Sulpicio«, sagte Al, den richtigen Nachnamen hatte er schon vergessen. Alles außer »Catabay« lief auf dasselbe hinaus. »Schaut, es gibt hier nichts für euch zu tun. Nehmt meinen Rat an: Lauft ein bisschen rum und schnappt frische Luft. Es ist ein schöner Ort, in den besseren Ecken. Passt einfach nur gut auf euer Geld auf.«

»Oh, wir haben nicht viel – nur was das Dorf aufbringen konnte, damit er ein ordentliches Begräbnis bekommt, und eine Spende vom Abgeordneten…«

Ihr Mann schien überrascht und war sofort in heller Aufregung: »Hast du das ganze Geld mitgenommen?«

»Kann man zuhause irgendjemandem trauen?« Sie trug ihre Tasche um die Schulter und drückte sie fest an sich. Tief in der Tasche, in mit Gummis umwickelten Bündeln, waren fast zwanzigtausend Pesos. Es hätte mehr sein sollen, aber sie hatte, was niemand wusste, bereits die achttausend abgezogen, die sie Filemon – oder besser gesagt seiner Ex-Frau Rosalie, bevor sie ihn wegen einer christlich-apokalyptischen Sekte verließ – für ihre pleite gegangene Geflügelfarm geliehen hatte. Daran war nichts Falsches, entschied die Schwester; Filemon hätte ihr das Geld selbst gegeben, wenn er gekonnt hätte, und nun konnte er. Auf der anderen Seite, man konnte es auch als Gemeinkosten sehen; es war kein Witz und mit Sicherheit kein Spaß, eine so hochemotionale und komplizierte Angelegenheit zu managen wie diese, die auch noch ihre Arbeitszeit als Kassiererin in einem Kaufhaus in Lingayen verkürzte. Wenn ihr Bruder einfach seine diebischen Hände zurückgehalten hätte, nichts von all dem hätte passieren müssen. Tatsächlich, je mehr sie darüber nachdachte, wurde der Katalog von Filemons Fehlern und Fehltritten immer länger. Von der Zeit, da er das Geld klaute, das für das Kleid für ihre Abschlussfeier gedacht war, damit er seinem angehimmelten Clubtänzer einen Sony Walkman kaufen konnte, bis zu der Zeit, da er die Geschichte erfand, den Jeep ihres Vaters an einen Freund ausgeliehen zu haben, der ihn dann angeblich an eine Straßengang verloren hatte. Es war fast so, als hätte die Gerechtigkeit ihrem Bruder persönlich auf die Schulter getippt.

»Nein«, sagte ihr Mann, nachdem er ein bisschen überlegt hatte. Er dachte an die neuen Reifen, die sein Jeepney dringend brauchte. Sie waren schon zweimal runderneuert worden, und dieses Wochenende würde auch nicht helfen.

»Ich will meinen Sohn sehen. Ich habe ihm soviel zu sagen.« Die Tochter umarmte ihre Mutter und zog sie zur Seite. »Wir sind Montag wieder hier«, sagte sie zu Al, der müde nickte, die Tür schloss und dem Herrn dankte.

»Wir gehen in den Park, wir gehen in den Park«, begann der kleine Junge zu singen, der heimlich auf gerade unpassende Freuden wie Zuckerwatte und Wasserspiele hoffte.

»Morgen«, seufzte seine Tante. »Wir sollten das Beste aus unserer Zeit machen. Wir könnten sogar zur Megamall gehen...«

»Ich bleibe hier«, sagte ihr Neffe mürrisch.

»Sei nicht so dumm und so bockig. Du hast gehört, was der Mann sagte. Wir warten hier umsonst. Komm schon, sei nett. Ich besorg dir auch was in der Mall morgen.«

Der Junge blieb standhaft. Die Frau nahm seinen Bruder und seine Schwester zur Seite. Ihr Mann nahm die Tochter Huckepack.

»Wir werden im Jeep sein«, sagte die Frau zum Sohn des Toten. »Du weißt, wo wir parken. Lauf nicht zu weit weg. Ich hole uns bald was zu Essen.«

»Diese arme Frau«, sagte die Mutter, während sie sich ihren Weg zurück zum Parkplatz bahnten, wo in die wartende Menge Bewegung kam wegen der bevorstehenden Ankunft des Nordwest-Fluges aus San Francisco via Tokyo Narita. Autos und Jeeps stauten sich an der Einfahrt, um einen Parkplatz zu ergattern. Die Mutter blieb an der Bordsteinkante stehen, zupfte die Tochter am Arm. »Was glaubst du, was hatte sie wohl für eine Familie?«

Die Verwandtschaft der Toten

Die simple, wenn auch verwirrende Wahrheit war, dass die Frau, die in der Kiste verwesen sollte, sehr lebendig war; jemand anderes lag darin, auch wenn das noch niemand wusste.

Für den Angestellten, der die Akten im Keller nach Auroras persönlichen Daten durchforstete – wobei er immerzu Flüche ausstieß über den Geldmangel seiner Dienststelle, der die Anschaffung von Computern und Deckenventilatoren verhinderte –, gab es keinen Grund, weiter zu suchen als nach dem ersten Ordner, der zu dem vorliegenden Fall passte, nämlich: CABAHUG, AURORA V., der Einfachheit halber gelistet zwischen CABAGNOT, CHARLSON D. und CABAHUG, EUGENIA M.

Da waren Haushaltshilfen, Köche, Fahrer, Tänzer, Klempner, Konstrukteure, Schweißer, kräftige Seeleute und andere Vertreter aller möglichen Dienstleistungen und Gewerbe, die ihre Küchen, Ställe, Klassenzimmer, Fruchtstände, Videoke*-Bars, Schuh- und Gummifabriken verlassen hatten auf der Suche nach besseren Jobs – auf tobender See oder brennendem Sand, von Singapur bis Stockholm, London bis Lagos, Riad bis Reykjavik, in zwielichtigen Kaschemmen und auf Bohrinseln, in Pflegeheimen und Konservenfabriken, Welle um Welle über all die Meere und Ozeane hinweg, die ihre Inseln umschlossen.

Nach Einschätzung der eigenen Regierung gab es über acht Millionen dieser Oversea Workers überall auf dem Planeten gegen Ende des Jahrhunderts – ein langes Jahrhundert, in dem vermutlich ein paar wenigen Filipinos aufregende Dinge widerfahren waren, während es für die meisten anderen eher irgendein trostloser, nicht enden wollender Donnerstag gewesen war. Eine nervöse Folge von Kriegen und Revolutionen hatte ihnen kaum etwas gebracht, das wirklich neu und großartig war, die Armen und Verzweifelten schlossen sich den Mutigen und Gelangweilten in der Schlange der Abreisenden an, umklammerten ihre gefälschten Designertaschen und ihre frisch gedruckten Pässe.

Für viele von ihnen war dieser Sprung nach Hongkong und Singapur (und von dort nach Dubai, Frankfurt und noch weiter) der allererste Flug in ihrem Leben. Sie würden Land verkauft, sich tief verschuldet oder schwere Verhandlungen mit Gott und einem Arbeitgeber geführt haben für diesen schicksalhaften Sprung in ein neues Leben. Vor der Abreise würden ihre Augen funkeln vor purem Ehrgeiz, der sie zu außergewöhnlichen Gelöbnissen und Versprechungen verleitete: sich niemals zu ändern, niemals zu vergessen, und niemals ohne Erfolg in der Tasche zurückzukehren. Sie würden klatschen und nervös kichern, sobald das Flugzeug abhob, und noch eine Stunde später würden sie, wie benommen, unfähig sein, die ganze Weite des Horizonts zu erfassen. Ihre Ziele würden zu tröstlichen Mantras auf ihren Zungen werden, schwer und beladen mit dem Mysterium des bisher unbekannten: O-sa-ka, LON-don, ROT-ter-dam, DO-ha, Ni-CO-sia, Bei-RUT.

Ungefähr eine Million blieb in der Asien-Pazifik-Region; die zwei Amerikas und der Nahe Osten zählten offiziellen Zahlen zufolge jeweils über zwei Millionen, und eine weitere Million war über Europa verstreut. Nur ein Bruchteil dieser Namen war in diesem feuchten und fensterlosen Keller verzeichnet; der Zentralrechner, der sie alle erfassen könnte, müsste erst noch installiert werden. Tatsächlich waren es mit Sicherheit ein paar Millionen Filipinos mehr, die auf keiner Liste, nur in den vagen Erinnerungen der Zurückgebliebenen auftauchten – die Verschwundenen und die freiwillig Ausgewanderten, die Leichtfüßigen und die Gerissenen, die Auferstandenen und die Wiedergeborenen.

Es gab vielleicht fünf oder sechs weitere Cabahugs in dieser untersten Schublade, die bis zu CALIMLIM, NORELYN O. reichte – die Castros alleine teilten den nächsten Schrank unter sich auf –, aber der Angestellte hatte gefunden, was er suchte, zog den Ordner heraus, um abzuschreiben, was er brauchte. Das war der unangenehmste Part der ganzen Arbeit, denn es gab keine Schreibunterlage in Reichweite, und so musste er entweder auf Zehenspitzen stehend die Oberseite des Schranks nutzen oder sich auf den Boden kauern und kniend schreiben. Der Angestellte entschied sich für ersteres, er wollte seine Hose nicht zerknautschen, und kämpfte wie ein schlechter Tänzer mit einem vollkommen unbeweglichen Partner. Zum Glück gab es nicht viel aufzuschreiben: eine Adresse (Gardenia Street 17, Bagumbayani Village) in einer Stadt namens Paez, von der er noch nie gehört hatte; ein Geburtsdatum (6. Juni 1975); der Familienstand (ledig); der Name des Arbeitgebers (Khaled al-Mansur); eine Adresse an der Küste in Jeddah; und ihre Personalagentur (Heroic Manpower Consultants), mit Sitz in Guadeloupe Viejo, Makati. Wenn sie verheiratet gewesen wäre, wäre ihr Ehemann als nächster Verwandter aufgeführt; in diesem Fall stand dort nichts, da sie angegeben hatte, ledig zu sein.

Der Angestellte machte einen Vermerk, ein Telegramm an den Polizeichef der Heimatstadt der Verstorbenen zu schicken; die würden sich um den Rest kümmern. Früher hatte die Dienststelle selbst jemanden losgeschickt, um die Verwandten aufzusuchen, an ihre Tür zu klopfen und die bittere Nachricht zu überbringen. Das hatte bald zur Folge, dass die Hälfte der höheren Angestellten das ganze Jahr über herumreisten und sich dabei darin übten, möglichst traurig auszusehen und ihre sanfteste Tonlage aufzulegen, um dann ausnahmslos mit säckeweise Otap, Barquillos, Durian*, oder was auch immer die örtliche Spezialität war, zurückzukehren. Selbstredend entwickelte sich daraus eine natürliche Hierarchie: Cebu, Davao, Palawan und Baguio fielen an Abteilungschefs und ihre Assistenten, deren Günstlinge auch ihren Teil abbekamen. Merkwürdigerweise entwickelte sich das Verfahren mit der Zeit so, dass die Akten immer weniger und dünner wurden, und die Namen der nächsten Verwandten sich entweder selbst löschten oder offenbar niemals aufgeschrieben worden waren, sodass aufwändige Dienstreisen draußen in der Provinz notwendig wurden. Das ging relativ ungestört so weiter, bis, alarmiert durch den Schwund des Budgets und der Mitarbeiterzahl, der Dienststellenleiter eine Vereinbarung mit dem Direktor der Landespolizei schloss, mit der letzterem die unerfreuliche Verantwortung übertragen wurde, die Verwandtschaft der Toten ausfindig zu machen. Um diesen Handel zu versüßen, ermöglichte eine Zusatzvereinbarung den beiden Chefs, die Umsetzung dieser Maßnahmen einmal im Jahr gemeinsam zu überprüfen, an einem Ort ihrer Wahl – das erste Treffen sollte im Rahmen des nächsten ILO*-Meetings in Genf stattfinden, sodass beide noch gewichtigere Gründe hatten, daran teilzunehmen, als die Mitglieder der fünfunddreißigköpfigen philippinischen Delegation. Der Angestellte, der die Dokumente durchforstete, war nicht begeistert von dieser Vereinbarung, schließlich war sie genau zu dem Zeitpunkt in Kraft getreten, als er selbst gerade dran gewesen wäre, einer Stadt namens Camalaniugan einen Besuch abzustatten, irgendwo im Norden. Wo immer sie war und was immer sie zu bieten hatte, er würde es nie erfahren, war er doch durch ein Telegramm ersetzt worden, das er auch noch selbst aufsetzen musste.

Das Cabahug-Telegramm erreichte – nachdem es zuerst vom direkten Vorgesetzten des Angestellten genehmigt, gegengezeichnet und dann von einem Boten ins Telegrafenamt gebracht werden musste – Paez um zwei Uhr nachmittags an jenem Montag. Eine Stunde später kam es per Fahrrad im Polizeihauptquartier in Paez auf der Rückseite des Rathauses an, wo der diensthabende Polizist sein Schachspiel mit dem Hilfswärter des Stadtgefängnisses unterbrach, um es ins Eingangsbuch einzutragen. Der Chef der Polizei, an den das Telegramm adressiert war, hielt sich gerade in Del Monte auf und nahm seine Aufgabe als einer von sieben Taufpaten der jüngsten Tochter des Vizegouverneurs wahr. Und so würde dieses Stück Papier zwischen den kaffeebefleckten und zerknitterten Seiten des Eingangsbuches die Nacht verbracht haben, wäre es nicht SPO2* Walter G. Zamora gewesen, der die Nachtschicht übernahm und wäre es nicht Walter Zamoras Gewohnheit gewesen, beim Reinkommen das Eingangsbuch durchzublättern, noch bevor er seine Stechkarte gestempelt hatte, natürlich nur, wenn er etwas zu früh dran war.

Und Walter war ziemlich häufig früh dran, nicht nur, weil es zuhause wenig zu tun gab – in dem Zimmer, das er von Aling Naty gemietet hatte, über der Videothek, neben der Billardhalle –, sondern auch, weil er so noch etwas Zeit hatte, im Büro des Chiefs einen Blick in die Zeitungen des vergangenen Tages zu werfen, die aus Del Monte geliefert wurden. Als Polizist unteren Ranges hatte er dort eigentlich nichts zu suchen, es sei denn, der Chief rief ihn persönlich zu sich, was ab und zu passierte; aber die Sekretärin des Chiefs mochte ihn, und sie duldete sein Kommen und Gehen in der stillen Erwartung, dass er sie dafür eines Tages ganz besonders belohnen würde. Tatsächlich konnte Walter schwerlich, Ms. Principe ausgenommen, als Frauenschwarm gelten. Er war gerade mal etwas über einen Meter fünfzig groß und breit gebaut wie ein Boxer; seine Haut hatte Flecken, war an einigen Stellen dunkler, wie etwa am Nacken hinter und unter den Ohren und auf den Handrücken. Wenn Ms. Principe ihm die Schuhe ausgezogen hätte, wären ihr die Fersen aufgefallen, hart und rissig wie Pergamentpapier, eines chronischen Ausschlags wegen. Sein größter Pluspunkt waren seine Augen, rund und eher braun als schwarz, die ihm einen Anschein von Sanftheit, vielleicht sogar Zärtlichkeit verliehen. Er konnte sogar glaubhaft versichern, dass alle Zähne echt waren, auch wenn das Rauchen sie gelb gefärbt hatte, ebenso wie die Haut zwischen Mittel- und Zeigefinger. Er hatte sich angewöhnt, sein Haar kurz zu schneiden, und dafür benutzte er ein altertümliches Gerät, das eine Klinge zwischen zwei Plastikzangen einspannte, und das Ergebnis fiel von Monat zu Monat anders aus, ohne dass irgendjemand davon Notiz genommen hätte. Bevor er zur Polizei gekommen war, hatte sich sein Haar in schwungvollen und feuchten Wellen bis knapp oberhalb der Schultern gewunden; aber das war ein anderes Leben gewesen und er – wie Walter sagen würde – ein anderer Mensch.

Er hielt eine Katze namens Kiamoy, die auf einem Auge blind war und manchmal tagelang weg blieb. Sie war Teil des gemieteten Zimmers und hatte von Anfang an klar gemacht, ihn dort zu überleben. Ein paar Mal hatte Walter versucht, Kiamoy vom Küchentisch wegzuscheuchen und sie dabei bis zum Sofa gejagt mit einem Besen, den er sonst kaum angerührt hätte. Kiamoy schlüpfte dann hinter einen Schrank, außerhalb der Reichweite des Besens. Aber kaum, dass Walter seine juckenden Füße auf dem Sofa platziert hatte, war Kiamoy wieder in der Küche, schob den Deckel beiseite und machte sich an die übrig gebliebenen Sardinen. Wenig später hatte der Mann aufgegeben, und nun war er es, der die Reste von dem, was die Katze übrig gelassen hatte, mit den Fingern aufleckte. Ihr Glück herausfordernd erschien Kiamoy am Tisch, wann immer sich Walter zum Essen hinsetzte, bis die zwei wie selbstverständlich Fisch oder Reste vom Rührei vom selben Teller aßen.

Abgesehen von Kiamoy lebte Walter alleine, und er hatte kaum jemanden, den er seine Familie nennen konnte bis auf seine Mutter und Schwester in Marikina und einen Onkel in San Mateo. Natürlich gab es da noch Bessie und Paolo, wo und mit wem auch immer sie gerade lebten; das letzte Mal hatte er gehört, dass sie wieder einmal umgezogen waren, von Manchester nach Chelmsford, und von da in die Nähe eines Krankenhauses in Great Yarmouth, irgendwo an der Ostküste Englands. Der Gedanke an seine Frau und seinen Sohn erschütterte noch immer sein Herz wie ein fernes Gewitter, aber was in den ersten Jahren der Einsamkeit eine bohrende Qual gewesen war, hatte sich inzwischen in dumpfen Schmerz verwandelt, der sich aber nur in unerwartet kühlen Morgenstunden meldete oder wenn er spüren wollte, ob es überhaupt noch weh tat. Den letzten Brief von Paolo hatte er vor drei Jahre erhalten, kurz bevor Walter nach Paez gezogen war; er hatte nach Chelmsford zurückgeschrieben, erzählt, dass er eine neue Stelle hatte, ohne zu viele Details zu nennen, in der heimlichen Hoffnung, dass zumindest Paolo antworten würde. Aber keine neugierigen oder wenigstens oberflächlichen Nachfragen folgten, und so begann er mit dem Schmerz zu leben, bevor dieser ihn komplett auffressen oder in einem unachtsamen Moment im Dienst töten konnte. Dann und wann, in einer Mischung aus Ängsten und Fantasien, die seinen Schlaf überfielen, traf er seine Frau und seinen Sohn wieder, genauso, wie er sie das letzte Mal gesehen hatte, an jenem Abend Mitte Oktober am Flughafen: Bessie in ihrem taubenblauen Kleid, die schwarze Tasche aus Kunstleder mit den Papieren fest umschlungen, Paolo verloren und noch kleiner mit seinen neun Jahren in seinen Baggy-Jeans. In seinen Träumen standen sie noch genauso da hinter der Glastür, so regungslos und stumm wie aschfahle

Tote. Manchmal redete er mit ihnen, erzählte ihnen Geschichten über ihr altes Viertel, wie Captain Sandovals Haus in einer Schlammlawine einstürzte und wie Ka Tanyongs Hündin drei ihrer eigenen Welpen tot biss, und wenn er nach dem Aufwachen darüber nachdachte, welche Bilder er aus seinem Traum retten konnte, wurde ihm klar, wie trostlos seine Geschichten waren und dass er niemandem verübeln konnte, sich von ihm fernzuhalten. Das, gestand er sich ein, war sein Problem. Schon lange hatte er niemanden mehr zum Lachen gebracht, abgesehen von seinen Dummheiten, und davon hatte er einige auf Lager. Er schaffte es sogar, sich selbst zu verachten, zum Beispiel, wenn er dem Drang nachgab, herauszufinden, wo auf Erden Great Yarmouth genau lag; er verschwendete einen seiner freien Tage damit, zur städtischen Bibliothek in Del Monte zu fahren, wo er in einem muffigen Atlas aus den 1930ern jene Stadt fand, die im Südosten Englands in die Nordsee versank, so wie Paez in den Pazifischen Ozean abrutschte. Das war alles, was er an diesem Tag lernen würde über Great Yarmouth und über sich selbst: Er und sie, beide standen an der Wasserkante, starrten hinaus in die Unendlichkeit; sie hatten das Meer zwischen sich, aber beide blickten sie ostwärts.

Warum bist du nicht bei uns, Papa, platzte es eines Morgens aus Paolo durch das violette Glas heraus, während der vierte Taifun dieses Jahres Paez bis ins Mark durchschüttelte, und er im Schock über diese plötzliche Frage aufwachte. Es war fast besser, wenn sie nicht sprachen, weil sie das eigentlich nie getan hatten, aber dennoch waren sie damals alle zusammen und saßen um denselben Tisch, befolgten das mühsame Ritual, das mit dem Abendessen einherging. Was also gab es zu jammern? Bessie und Paolo waren wahrscheinlich nie glücklicher gewesen im Leben als jetzt, wo sie Great Yarmouths Strände abgingen nach einem bisschen Strandgut mit einem Mann, den Paolo nun Dad nannte (das war ihm, Walter, sofort aufgefallen, in Paolos letztem Brief – wie aus »Mama« »Mum« geworden war, und er zuerst gedacht hatte, Paolo hätte sich verschrieben).

Walters eigene Eltern hatten ihn in Marikina großgezogen, irgendwo in der löchrigen Ebene zwischen dem kaffeebraunen Fluss, der die Schuhmacher-Stadt vom Hauptteil der Metropole trennte, und den Bergen, die den östlichen Horizont prägten. Vor vielen Jahren hatte Walter sich gefragt, was hinter diesen blaugrünen Bergen lag; jetzt wusste er es. Vor vielen Jahren hatte sich Walter niemals vorstellen können, als Polizist zu arbeiten am krustigen Rand der Luzon-Landmasse; nun tat er es. Wenn er es nicht besser gewusst hätte, hätte er seine Verbannung als ein versehentliches Geschenk des Himmels angesehen, so wie sich der typische Stadtjunge palmengesäumte Strände erträumt und Tische, die unter der Last von silbernen Platten voller Thunfisch und Körben süßer Mangos ächzen.

Aber Walter war dafür zu schlau, und er war schlauer als viele Leute, mit Sicherheit schlauer als die Leute, mit denen er arbeitete, seinen Chef eingeschlossen. Er hatte einen Bachelor in Pädagogik in der Tasche von einer Universität in Downtown Manila, aber das war es nicht, was ihn von den Anderen unterschied. Vielmehr war es seine Überzeugung, dass die Welt außerhalb von Paez wichtig war, und auch wenn er selbst nicht weiter gekommen war als bis Baguio hoch im Norden – mit Bessie, natürlich, auf ihrer Hochzeitsreise – und nach Davao unten im Süden, infolge einer Polizeioperation, die er jetzt am liebsten vergessen hätte, wenn die Leute das zuließen, oder wenn sie nicht in unangenehmer Hartnäckigkeit immer wieder in den Nachrichten auftauchte.

Er war ein eifriger Konsument von Nachrichten – was immer er aus den Zeitungen und dem Radio aufschnappen konnte –, und er wusste ungefähr, wo unter der Sonne Städte wie Melbourne oder Atlanta lagen. Paez hatte haufenweise Leute an Orte wie Jersey City in den Staaten oder Christchurch in Neuseeland abwandern sehen, aber entweder nahmen die sich selbst zu ernst oder waren zu sehr damit beschäftigt, ehrenwerte Bürger ihrer neuen Heimat zu werden, schleppten aber Paez und seine Mentalität mit sich rum wie ein altes Holzbett, wohin auch immer sie gingen. Walter, für seinen Teil, hatte alles getan, um sich mit seiner Versetzung abzufinden. Er wusste genau, warum er hierher versetzt worden war, was von ihm erwartet wurde und wie er Ärger aus dem Weg gehen konnte. Im ersten Jahr in Paez hatte er gelernt, was wichtig war – wer die Ansagen machte, wer mit wem schlief, wo Leute ihre Waffen versteckten und von wem sie die bekamen. Aber selbst nach drei Jahren in Paez blieb er ein höflich tolerierter, wenig bekannter Fremder, der kaum Freunde hatte und überhaupt unauffällig blieb. Und all das war ihm, der glaubte, dreißig zu werden sei ein herausfordernder und aufregender Lebenshöhepunkt, nur recht.

Als Polizist in Paez hatte er kaum mehr zu befürchten als zwei betrunkene Streithähne auf einer Hochzeit voneinander zu trennen oder einen Dieb von Heiligenbildern zu verhaften, der ihm geradezu in die Arme gelaufen war. Oftmals wurde er als Schreibkraft eingesetzt, da er eine eidesstattliche Erklärung frei aus dem Kopf tippen konnte, ohne auf die bruchstückhafte Vorlage zurückzugreifen, die sie in der Wache aufbewahrten und – fand der Sohn des Chiefs heraus – er eine Rede in beeindruckend klarem Englisch raushauen konnte, gepfeffert mit Worten und Begriffen wie »Intensitätsanstieg« und »in Rückschau«. Walter mochte Kreuzworträtsel und hatte Ms. Principe bezirzt, sie aus den Zeitungen auszuschneiden und für ihn Woche für Woche zu sammeln. Die Einsamkeit hatte zuerst an ihm genagt, aber er hatte sich mit der Zeit daran gewöhnt, in der Abgeschiedenheit zu leben, niemanden zu stören und sich nur um sich selbst zu kümmern. Je unkomplizierter alles ablief, desto besser. Manchmal kam es ihm so vor, dass das Leben etwas ereignisreicher und sinnhafter sein könnte und dass es selbst in Paez mehr zu ergründen gab als die schlüpfrigen Zusammenhänge zwischen »unten« und »gegenüber«, oder wer oder was »Batmans Butler« sein konnte; aber mit einer Zigarette in der Hand und Kiamoy auf seinem Schoß, einem Topf Reis auf dem Herd, während er die Füße aneinander rieb, war es einfach leicht, sein Schicksal als eine milde Form der Buße vergangener Verfehlungen, tatsächliche und geträumte, zu akzeptieren. Er war gerade achtunddreißig geworden – ein Alter, nicht Fisch und nicht Fleisch, aber für die meisten ein Zeitpunkt, an dem die Zukunft mit einer gewissen Klarheit erkennbar sein sollte, eine Einladung, sich zu sputen und letzte große Chancen zu ergreifen. Walter fühlte davon wenig, er war eher damit beschäftigt, ein paar alte Wehwehchen zu behandeln und Körper und Geist soweit wie möglich zusammenzuhalten, um den Tag, die Woche und das lange Wochenende zu überstehen.

An dem Tag, als das Telegramm kam, war Walter weit nach zwei Uhr nachmittags aufgestanden, aufgescheucht von der Hitze, die von dem verzinkten Blechdach herunter strahlte, und von dem gedämpften Kugelhagel eines Schwarzenegger-Films im unteren Stockwerk. Kiamoy war nirgendwo zu sehen. Das Schwanzstück einer frittierten Forelle, eine Schale Reis und ein paar Tomatenscheiben, die sein Frühstück hätten sein sollen, wozu er jedoch nicht in der Lage gewesen war, standen noch immer auf dem Tisch, offensichtlich unberührt, auch wenn die Tomate angelaufen und eingetrocknet war. Walter lehnte sich aus dem Küchenfenster und spuckte einen Klumpen grünlichen Schleims aus, der in seiner Luftröhre gekitzelt hatte, seit er morgens kurz aufgestanden war, um sich zu erleichtern. Es gab einen Trick, ihn seinem Hals zu entlocken, ein Röcheln tief im Brustkorb, und er machte das immer, wenn er aufwachte, oder er riskierte, dass es später am Tag aus seinem Mund ausbrach wie ein missglückter und ungewollter Satz mitten in einer Unterhaltung. Sobald es draußen und in der blauschwarzen Rinne unter dem Fenster gelandet war, ging es ihm gut. Er bespritzte sein Gesicht mit einem Glas Wasser über dem Waschbecken, pulte mit den Fingerspitzen den Dreck aus den Nasenlöchern, spülte seinen Mund noch einmal aus und zündete dann seine erste Philip Morris des Tages an.

Walter sah auf einen ungeöffneten Umschlag, den er in das hölzerne Gitter geklemmt hatte, das die obere Platte einer niedrigen Kommode umrahmte, die vielleicht mal als Altar gedient hatte, jetzt aber Plastikteller und durcheinander geworfenes Besteck anstelle von Heiligtümern beherbergte. Er hatte einen Airmail-Stempel, und war am vorherigen Tag aus Manila eingetroffen, aber es gab keinen Flug von Manila nach Paez, auch nicht im Umkreis von hundert Kilometern, nicht mal einen Flughafen. Walter war sicher, dass seine Schwester Gayla ihm geschrieben hatte – und einfach einen Umschlag aus einem Stapel genommen hatte, den sie sonst vielleicht brauchte, um Bessie in England zu schreiben –, um ihm die bekannten langweiligen und gewohnten Dinge zu erzählen, die sie ungefähr alle sechs Monate wiederholte: Mama macht dies und jenes, aber es geht ihr gut; wir haben ein neues Kindermädchen; wir müssen das Dach ausbessern lassen; ich war die Patin bei der Konfirmation von Ediths drittem Jungen; wann besuchst du uns mal. Er antwortete selten, und niemals sofort; manchmal rief er an, wenn ihn eine plötzliche Furcht davor erfasste, in tiefste Vergessenheit zu geraten. Einmal war er sogar ohne Ankündigung zuhause aufgetaucht, nur um festzustellen, dass sie sein Zimmer unverändert gelassen hatten seit der Zeit, als Bessie weggegangen war, sodass ihr Foto mit dem Pferdeschwanz – mit Paolo, der mit seinen geschwollenen Augen und ohne Haare aussah wie eine kleine Ratte in den Armen seiner jungen Mutter – noch über seinem Bett hing. Er ließ den Brief, wo er war, über seinen Inhalt und was er darüber denken würde, war er sich sicher, und das hieß: vielleicht morgen, heute sicher nicht.

Das nach Menthol schmeckende Nikotin traf einen bekannten Punkt in seinem Gehirn, und setzte eine Serie von Impulsen in Gang, die er durch halbgeschlossene Augen befolgte: Mach eine Tasse Kaffee, schalte das Radio an, schluck ein paar Bissen Fisch mit Reis herunter, trink ein halbes Glas Wasser, nehme ein frisches T-Shirt aus dem Schrank, zieh Hosen an, riech an den Socken, check die Pistole, zünde noch eine Kippe an, zieh das Käppi auf, schalte das Radio aus, und steig auf die Suzuki. Das Motorrad war eine fünfzehn Jahre alte 75-Kubik-Maschine, die einmal als bessere Hälfte eines Beiwagen-Modells diente und die er für wenig Geld vom Vorbesitzer kaufen konnte, der einen Maschinistenjob in Dubai angenommen hatte. Die Stellen am Rahmen, an denen das Seitenteil angeschweißt gewesen war, bevor sie brutal getrennt wurden, hatten zu rosten begonnen. Aber ansonsten kam die Suzuki mit ihrer Wiedergeburt erstaunlich gut zurecht, und Walter hielt die wichtigen Teile mit viel Sorgfalt besser in Schuss als seinen eigenen Körper, er überprüfte den Ölfilter nach Verschmutzungen, schmierte Vaseline auf die Batterieanschlüsse, zog lockere Speichen an den Rädern fest. Die Maschine hätte einen neuen apfelgrünen Anstrich gut vertragen können, aber Walter mochte den abgenutzten und vertrauten Anblick. Zu Beginn seiner Karriere hatte er den üblichen Edelstahl-Polizisten-Jeep mit einem halben Dutzend dunkelgelber Scheinwerfer vor dem Kühlergrill, aber auch das war lange Vergangenheit.

Heute, an diesem Montagnachmittag, konnte er sich zumindest darauf freuen, bei Ms. Principe reinzuschneien und die Kreuzworträtsel der letzten Woche einzusammeln, ohne vom

Chief für eine weitere Predigt über den Einfluss von Amateurbasketball auf die Bedrohungen durch Cannabiskonsum einbestellt zu werden. Walter parkte sein Bike neben der Wache und überlegte, mit welchen Nettigkeiten er Ms. Principe begrüßen könnte. Angespannt von der zehnminütigen Fahrt zur Arbeit fühlte er sich ungewöhnlich leicht, als ob dies ein Tag werden würde, der ihm ausreichend Zeit ließ, um nichts und alles gleichzeitig zu machen – all die Rätsel lösen, vielleicht, oder sogar eine unliebsame Arbeit: Er hatte es auf sich genommen, die Akten der vergangenen zehn Jahre zu durchforsten und die Fälle von Raub, Vergewaltigung, Körperverletzung, Mord und kleinen Diebstählen aufzulisten, wie sie eine mittelgroße Gemeinde wie Paez heimsuchten. Irgendwo in einer Ecke von Walters Gehirn tauchte ein Hoffnungsschimmer auf, dass all das sich eines Tages als nützlich erweisen könnte, und sei es für eine Masterarbeit über kriminelle Tendenzen im ländlichen Raum der Philippinen.

»Sarge.« Walter tippte mit den Fingern an sein Baseball-Käppi wie zum Gruß, als er den Diensthabenden am Eingang sah. Ihre Dienstgrade hatten sich alle geändert, seit die Polizei, zumindest theoretisch, entmilitarisiert worden war, aber dennoch nannte jeder den SPO3* Valdemar Duterte »Sarge«. Der alte Mann beugte sich über seinen Teil des Bretts und grübelte angesichts der Aussicht, in drei Zügen schachmatt zu sein, während der Wärter an einem Wassereis mit Melonengeschmack lutschte.

»Stör ihn nicht, er ist beschäftigt. Aber in einer Minute ist er so weit«, sagte der Gefängniswärter mit einem Augenzwinkern und einem herablassenden Grinsen.

»Noch ist nichts verloren«, brummelte Sarge und schielte auf seinen glücklosen König, während seine Finger über dem Läufer schwebten, dessen Rückzug dem Ganzen ein Ende setzen würde.

Der Wärter rieb seinen Nacken. »Ich glaube wirklich, wir sollten mit Uhr spielen. Beim nächsten Mal kein Spiel ohne Uhr.«

»Was nimmst du deine oder meine Zeit so wichtig? Du würdest hier den ganzen Tag rumsitzen und deine Eier kraulen, wenn es mich nicht gäbe.«

Walter blätterte durch das Protokoll und entdeckte die Ecke eines Telegramms, noch immer in seinem Plastikumschlag. Er zog es raus und las die Adresse im Fenster. Es war für den Chief, deshalb lag es noch ungeöffnet da.

»Habt ihr das Ms. Principe gezeigt?«

»Ich glaube schon«, sagte Sarge, »aber ich wette, die ist weg. Du weißt, wie das ist, wenn der Boss draußen in Del Monte ist. Es ist gleich vier, ganz nebenbei.«

»Ganz sicher«, sagte der Wärter mit einem übertriebenen Gähnen.

»Lasst mich schauen«, sagte Walter, der hoffte, seine Rätsel in einem Umschlag auf ihrem Schreibtisch zu finden. »Ich bring das zu ihr.«

»Schau nicht rein«, warnte Sarge ihn. »Und wenn doch, sag uns, was drinsteht.« Sarge wandte sich seinem Gegenüber am Schachbrett zu. »Das letzte Mal, als ein Telegramm für den Chief reinkam, war es sein Sohn – aufgegabelt bei einer Drogenrazzia in Mandaluyong.«

»Ich wusste nicht, dass er einen Sohn in Mandaluyong hat«, sagte der Wärter.

»Genauso wenig wie seine Frau«, sagte Walter, während er den Plastikumschlag genauer inspizierte. Es gab da ein winziges Detail, das ihn beschäftigte. Durch das gelbe Plastik, hauchdünn und durchsichtig, konnte er die Buchstaben einiger Wörter erkennen: »… SIEREN VON CABAH… GUMBAYANI VILL… RACHTLAGE…« Kurz vor der Tür des Chiefs stoppte er, schob das Telegramm im Umschlag hin und her, sodass weitere Buchstaben erkennbar waren. Er wusste kaum, was er tat, als er den Umschlag aufriss und den ganzen Text las: »BITTE NÄCHSTEN VERWAND-

TEN LOKALISIEREN VON CABAHUG AURORA V STOPP LETZTE BEKANNTE ADRESSE GARDENIA 17 BAGUMBAYANI VILLAGE STOPP VERSTORBEN DURCH ERTRINKEN FORENSIK JEDDAH STOPP LEICHE EINGETROFFEN AUS JEDDAH FREITAG INT FLUGHAFEN MANILA FRACHTLAGER SCHNELL FREIZUGEBEN AN ANGEHÖRIGE MIT IDENTITÄTSNACHWEIS STOPP DIREKTE NACHFRAGEN MANILA 9223113 BEILEIDSBEZEUGUNG UND DANKE STOPP«. Es war unterzeichnet mit GH ABAD FÜR DEN GENERALDIREKTOR OWWO.

Walter rätselte noch über die Nachricht, als er zurückging. »Das kann nicht sein«, murmelte er. »Irgendwer hat einen Fehler gemacht.«

»Was?« Sarge hatte den Läufer in der Hand und war dabei, ihn abzustellen. Doch dann sah er, was Walter in der Hand hielt.

»Was zur Hölle machst du da?«

Walter ignorierte den Vorwurf in Sarges Stimme und überreichte ihm das Telegramm. »Das kann nicht sein. Da steht, Rory ist tot.«

»Rory wer?«, fragte der Wärter.

»Aurora Cabahug«, sagte Sarge, während er las. »Wer ist sie überhaupt? Und woher weißt du, dass nicht stimmen kann, was hier steht?«

Walter hielt eine Philip Morris in der Hand, und suchte mit der anderen nach seinem Feuerzeug. »Ich kenne sie. Sie singt im Flame Tree.« Er fand das Feuerzeug zwischen seinen Schlüsseln und zündete hastig die Kippe an. »Sie kann nicht tot in Manila liegen, weil ich sie letzte Nacht gesehen habe.«

»Nur ›gesehen‹?« Der Wärter grinste.

»Klar. Ich mag Musik.« Walter nahm einen tiefen Zug, sodass der Rauch bis in seine Eingeweide strömte, dort etwas herumwirbelte, bevor er wieder nach oben waberte und in seinem Kopf einen leichten Schwindel auslöste. Auf jeden Fall hatte er Rory gesehen. Sie hatte eine gute Nacht gehabt, sich zwischen den Auftritten an den Tischen vergnügt, hier eine Rum Cola und da einen Four Seasons getrunken. Er hatte ihr drei Tage zuvor selbst einen Drink spendiert, als Mutprobe sozusagen, und er konnte sich nur noch daran erinnern, dass er mit so einem Zahnstocher-Sonnenschirm serviert wurde, an dessen Ende eine Kirsche aufgespießt war. Als sie die Kirsche in seinen statt ihren Mund steckte, bekam er diese Geste mit dem ungewohnten Geschmack nur schwer in Einklang, und sein Unbehagen musste offenkundig gewesen sein, denn schallendes Gelächter breitete sich am Tisch aus. Dann erhob sie sich für ihren nächsten Auftritt und ließ den Drink für den Rest des Abends unberührt. Er hatte beinahe vergessen, dass noch vier andere Leute mit am Tisch saßen, so einsam und verlassen fühlte er sich plötzlich. Er war danach noch ein paar Mal da gewesen, immer mit ein paar Bekannten, die er noch am ehesten als Freunde ansehen konnte – aber er war zu schüchtern und verlegen, Rory zu fragen, ob sie sich zu ihm setzen würde, und er begnügte sich damit, sie zu beobachten, wie sie die höchsten Töne einiger Whitney Houston-Songs erreichte, eine Hand hinter ihrem Ohr, bevor sie wieder Cocktailkirschen in die Münder anderer Männer schob. Er fand ihren echten Namen heraus, schließlich war er Polizist, der wusste, wen er zu fragen hatte, und wie – niemals direkt. Ja, er hatte sie in bester Stimmung gesehen – und das war's.

»Also wer ist die tote Frau? Und was ist das mit Jeddah?« Sarge eierte herum und tat so, als ob er das Spiel vergessen hätte, von dem eine Fünf-Peso-Wette und seine Lizenz zum Angeben abhing. Er war froh über diese Unterbrechung und hoffte, sein Gegenspieler würde die Bedeutungslosigkeit eines Schachspiels vor dem Hintergrund eines, wie es aussah, tragisch verlorenen Lebens erkennen. Er reichte das Telegramm dem Wärter, der es in die Hand nahm und seine Brille aufsetzte.

Walter zuckte mit den Schultern. »Keine Ahnung. Vielleicht finde ich es heraus.« Auf einmal konnte seine Schicht, die noch nicht mal begonnen hatte, gar nicht schnell genug vorbei sein; um Mitternacht wäre er fertig und das Flame Tree schloss um eins. Vielleicht konnte er Rory noch erwischen, bevor sie nach Hause ging – wo immer das war –, er hätte fragen sollen, aber das hätte zu forsch gewirkt; jetzt hatte er einen guten Grund – oder eigentlich einen sehr schlechten – zu fragen, ob sie in der Gardenia Street wohnte. »Eine Verwechslung«, erklärte der Wärter und gab Walter das Telegramm zurück. »Das passiert ständig. Vor ungefähr fünf Jahren hatten wir einen Insassen – Sarge, erinnerst du dich an den, uh, den Reismühlen-Mörder –, bei dem sich schließlich rausstellte, dass er nur ein Namensvetter des Täters war. Ein ziemlich unüblicher Name außerdem, was ihm nicht gerade half, da sich niemand vorstellen konnte, dass es noch einen anderen Mann mit so einem Namen geben könnte. Es dauerte drei Jahre, bis sie das rausgefunden hatten. Doch am Ende konnten wir ihn nicht gehen lassen, weil er einen anderen Gefangenen im Streit erstochen hatte – diesmal natürlich unter seinem eigenen Namen…«

»Verrat ihn nicht«, fuhr Sarge dazwischen. »Ich erinnere mich an die Geschichte, aber nicht an den Mann. Erzähl weiter – was passierte dann?«

»Nichts…«

»Nein, nein, jetzt erinnere ich mich – hat er nicht den Präsidenten um Begnadigung gebeten, und dann haben sie ihn nach Iwahig gebracht, wo er versucht hat, durch die Mangroven zu fliehen, nur um sich ein Bein von einem Krokodil abbeissen zu lassen? War das der Kerl?«

»Nein, hör zu, du kriegst alles durcheinander! Sie haben den echten Killer erwischt – den echten Deogracias Palongpalong –, und den haben sie verlegt, nicht nach Iwahig, sondern nach

Muntinlupa. Schon irgendjemand von Krokodilen in Muntinlupa gehört? Das war ein Lebenslänglicher in Ibaloi, von dem ich dir erzählt habe, der seinen Fuß an ein Krokodil verloren hat, aber das ist eine andere Geschichte – eh, eh, eh –, ich werde kein Stück weiter erzählen, bevor du nicht deinen Zug machst…«

»Welchen Zug?«

»Deinen Zug, das Spiel, gottverdammt! Ich habe hier lange genug gesessen und gewartet. Du findest immer einen Vorwand, dass du nicht verlierst und Geld abdrücken musst.«

Walter ließ die beiden Streithähne allein und ging zur Toilette. Der Raum war in einem merkwürdig hellen Babyblau gestrichen, und die späte Nachmittagssonne fiel durch die schmutzigen Fenster und verlieh ihm einen noch weicheren Anstrich, der jedoch den beißenden Geruch von Ammoniak aus den Pissoirs nicht linderte.

Walter blies hektisch Rauchwolken aus, um den Gestank zu überdecken, biss auf seine Zigarette und starrte an die Wand. Als er den Reißverschluss öffnete, überlegte er, was er mit dem Telegramm in seiner Tasche anstellen sollte, das er nicht mal hätte aufmachen dürfen. Der Chief war nicht das Problem: Dem Diensthabenden, der auf der Stelle entscheiden musste, würde der Chief verzeihen oder sogar für gut heißen, dass er in das Telegramm reingeschaut hatte. Denn falls es ein Notfall gewesen wäre, hätte er den Chief mitten aus seiner Rede in Del Monte herausrufen lassen müssen. Aber was sollte er Rory erzählen, und wie konnte er es anstellen, ohne gleich Panik auszulösen? Wie der Wärter und er selbst vermuteten, war wahrscheinlich alles ein fürchterlicher Fehler mit einer überraschend einfachen Erklärung. Wie sollte er einem Mädchen, das er kaum kannte – von dem er sich aber mehr erhoffte als nur ein fruchtiges Prickeln auf seiner Zunge –, erklären, dass sie, laut diesem Stück Papier, als Leiche in einem Kühlhaus lag, weit entfernt hinter den Bergen und dem Marikina Tal?

Eine Busladung voller Regines

Zur gleichen Zeit, als SPO2 Walter G. Zamora die Anzeige eines Mannes aufnahm, der behauptete, sein Nachbar habe sein Schwein gestohlen, während seine Frau ihn mit Zärtlichkeiten bedachte, probierte eine andere Frau namens Aurora V. Cabahug ihr »10-Teile-Mini-Beauty Set« vor dem Schminkspiegel aus, das ihr Choi, der koreanische Ingenieur, nach seinem letzten Heimatbesuch aus Seoul mitgebracht hatte. Die Plastikbox enthielt drei Lippenstifte in verschiedenen Rottönen, aufgereiht wie Buntstifte, drei Fläschchen Nagellack, rot, weiß und blau, zwei Augenbrauenstifte und zwei Wimperntuschen mit unterschiedlichen Mascara-Bürstchen.

Rory hatte noch nie von einer Kosmetikserie »Three Orchid's« gehört, aber sie war ja auch noch nie in Korea oder anderswo weit weg von Paez gewesen. Sie fragte sich, ob koreanische Frauen mit roten, weißen und blauen Fingernägeln herumliefen oder sich wegen billigem Schmuck in die Haare gerieten. Sie würde Choi das nächste Mal, wenn er im Flame Tree vorbeischaute, danach fragen. Sie hätten dann ein bisschen Gesprächsstoff, falls Choi überhaupt reden wollte; meistens war er nur daran interessiert, diese kreischenden koreanischen Songs zu singen, während sie neben ihm stand und wie eine besorgte Mutter seine Hand hielt. Auf diese Art liebten die Koreaner ihr Karaoke, ebenso wie sie frisches Obst zu ihrem Bier bestellten anstatt gebratenen Tintenfisch und Ziegeneintopf wie die Einheimischen. Rory hatte die Nase voll von gewürfelten Papayas und Wassermelonen, aber sie war clever genug, sich nicht zu beklagen, wenn die Schälchen auf ihren Tisch kamen. Mehr Früchte bedeuteten mehr Drinks, mehr Trinkgeld und am Ende mehr Gage. Die Sängerinnen durften sich zu den Gästen setzen, um Trinkgeld einzuheimsen, und Rory wusste, dass einige der anderen Mädchen nicht allzu gut auf sie zu sprechen waren wegen ihrer Beliebtheit bei den Koreanern, aber es war nun wirklich nicht ihre Schuld, dass sie besser Englisch sprach als die meisten anderen. Sie hatte zwei Jahre auf dem College Betriebswirtschaft studiert, beendete das aber, nachdem sie in Mathematik durchgefallen war und am selben Tag wieder mal einen Gesangskontest gewonnen hatte; der mathematische Misserfolg ereignete sich kurz davor und verlieh ihrer musikalischen Performance etwas Wütendes. Sie hatte es ihrer Schwester bisher nicht gesagt – sie war zu weit weg und mit ihrem Job zu sehr beschäftigt, als dass sie sich mit den Problemen anderer abgeben würde, an denen sie sowieso nichts ändern könnte. Aber Rory nahm sich vor, reinen Tisch zu machen, vielleicht dann, wenn sie genug Geld gespart oder einen nationalen Song-Wettbewerb gewonnen hätte – und ihre Schwester stolz auf sie sein könnte. In der Zwischenzeit sparte sie soviel sie nur konnte von dem, was ihre Schwester schickte, um ihre Schuldgefühle zu mindern. Im Stillen hoffte sie, zumindest einen Abschluss in einem Computer- oder Tourismuskurs an einer Berufsschule hinzubekommen, einfach, damit sie auf einem Bewerbungsformular im Abschnitt »Ausbildung« etwas hineinschreiben könnte, selbst für einen Job, der nichts weiter erforderte als mit Ausländern zusammenzuhocken, ihre klebrigen Aftershaves und noch klebrigeren Hände zu ertragen. Aber vielleicht war es gerade das, wo so etwas wie eine »Ausbildung« wirklich half.

Sie dachte an die Nacht, nur wenige Wochen war das her, als die Kellner aus dem Nachbargarten Papayas klauen mussten, um den extrem hohen Bedarf bei der Einweihungsfeier der Paez-Del-Monte-Brücke zu stillen. Rory rockte die ganze Nacht in ihren Highheels, hielt koreanische Hände, doch als sie am folgenden Nachmittag aufstand, hatte sie genug Trinkgeld für eine Monatsration Erdbeereis und Corned Beef, und von dem, was noch über war, kaufte sie ein neues Paar Sneaker und ein Malbuch für Nathan. Der Gedanke an die Papayas zauberte noch immer ein Lächeln auf Rorys Lippen, und sie betete, dass die gerupften Bäume sich inzwischen wieder erholt hatten, für alle Fälle.

Es war kurz nach sechs; Rory hatte noch eine Stunde Zeit, um es durch die Stadt und dann auf die Bühne zu ihrem ersten Auftritt zu schaffen, der um halb acht begann. Sie kam aber lieber etwas zeitiger, um den Frühaufstehern, den Streunern und Kneipenhockern Hallo zu sagen, die hier üblicherweise für einen Drink oder zwei Halt machten. Tatsächlich war das Flame Tree für viele dieser Gentlemen ein Zuhause, wo man ein Abendessen bekam, mehrere Portionen geschnetzelte Schweinebäckchen oder Thunfisch-Sashimi, heruntergespült mit etlichen Flaschen San Miguel. Rory machte sich einen Spaß daraus, gegenüber neuen Gästen so zu tun, als wäre sie einfach nur eines der Mädchen, wenn auch ein besonders fleißiges. Ihr Name stand zwar auf einer Reklametafel draußen vor der Bar, aber in sehr kleiner Schrift, und war in den letzten drei Monaten ziemlich verblichen. Nur wenige Gäste sahen eine Verbindung zwischen der mit weißen Lettern auf violettem Samt – einer Beerdigung würdig — angepriesenen »Song-Königin des Abends Ms. Rory Cabahug« und der schlanken, blassen Frau, die ihren Gästen das Gefühl gab, als kenne sie sie alle schon ewig, tatsächlich aber komplett Fremde waren. Es war ihre Stimme, die sie so besonders machte, eine kräftige Stimme, ungewöhnlich für eine auf den ersten Blick so zarte Person. Die Leute erwarteten, dass maunzende, piepsige Töne aus ihrem schmalen Mund kämen, aber stattdessen hörten sie vollmundige Vokale und knallende Konsonanten, immer deutlich, aber nie zu laut, und wenn sie auf die Bühne kam, merkten sie, dass ihr Sprechen nur ein kleiner Vorgeschmack auf ihren Gesang war, der die strahlende Kraft ihrer Stimme bis in die letzten Winkel des Raumes trug, sodass sogar der Koch in seiner Küche oder der Toilettenmann in seiner Toilette ihre Lieder mitsummten, egal ob sie »Rainy Days and Mondays«, oder rätselhafter und gefühlvoller »Love Is Stringer Far Than We« sang, egal ob sie ein blutrotes, rückenfreies Kleid trug, oder, eher schulmädchenhaft verspielt, einen karierten Rock und Kniestrümpfe. Sie hatte eine Zukunft, da schien sich jeder sicher, aber welche und wo, war niemandem so richtig klar. Namen von Popdivas wie Ivy Ciolan, Bernie Varga und Regine Velasquez fielen immer wieder, und alles, was noch zur Starrolle fehlte, waren die obligatorische Nasenkorrektur, Brust-OP und ein versierter Manager. Und, vielleicht, ein passender Künstlername.

»Rory« war als Name attraktiv genug, so wie »Ivy«, »Vernie« und »Regine«, aber ihr Nachname war aus der Sicht von »echten« Experten eher ein überflüssiges Hindernis und, geschäftlich gesehen, eine unnötige Erschwernis, die ohne ihren jugendlichen Starrsinn leicht zu beheben wäre. Für jeden, der nicht selber Cabahug hieß, war es ein Name, der nach Armut roch wie getrockneter Fisch oder Wasserbüffelschwanz oder noch Schlimmeres. Ihn abzulegen wäre ein Zeichen von Intelligenz und Ehrgeiz, meinten jene Experten. Letzten Endes wäre ein Name mit einem »V« am Anfang, wie »Valenciano« oder »Verona«, geschäftlich von Vorteil. Aber sie war in dieser Sache uneinsichtig, und nicht etwa, weil irgendjemand sie zu sehr drängte. Sie managte sich selbst, sie hatte sich ausgerechnet, dass sie kaum genug verdiente, um jemanden bezahlen zu können. Sie war bereit, weiterzukommen, in die Welt zu ziehen, aber mit ihren einundzwanzig Jahren stand sie noch auf der Schwelle zwischen Bewahren und Riskieren, sich nach der Decke zu strecken mit ihrer gewohnten, wöchentlichen Gage oder den Schritt zu wagen und nach den Sternen zu greifen. Das war es, was sie ins Flame Tree gebracht hatte und dort noch immer hielt.

Das Flame Tree war nichts weiter als eine in Beton gestampfte Halle auf einem Hügel, oberhalb der Tanglawan-Bucht und einer Reihe von Hütten, die als Touristendorf galten und auf dünnen Bambusstelzen standen. Auf der Rückseite erstreckte sich bis unten zum Kai ein sandiger Abhang. Selbst ganz oben, wo das Flame Tree stand, rieselte der Sand in Sandalen und Sneakers, und es war ganz normal, dass man das Knirschen der schmalen, trockenen Muscheln hörte, die unter den Sohlen brachen. Der Hügel war zu hoch über dem Meer, als dass man die Brandung hören konnte, außer an sehr stillen Abenden, aber selbst dann hörte man vor allem und in voller Lautstärke die Gesänge, die zu Ehren von Elvis Presley und Frank Sinatra inbrünstig angestimmt wurden und allabendlich wie eine Seuche den Hügel überfielen. Ältere Bewohner von Paez erzählten, dass früher, an derselben Stelle, ein ausgewanderter syrischer Kaufmann ein Haus gebaut hatte, gerade als in den 1890er Jahren die Revolution gegen die spanische Kolonialherrschaft begann; der Syrer floh vor einem mit Fackeln bewaffneten Mob, der eigentlich nie einen Unterschied zwischen ihm und den verhassten Spaniern gemacht hatte, und dann wie im Rausch das Haus plünderte und zerstörte. In der Folgezeit verwandelte sich diese Gegend – eine der wirklich feinsten und schönsten der Stadt – in eine Wildnis aus rußgeschwärzten Mauern und Unkraut, genutzt nur noch im

Weltkrieg von japanischen Wachtposten, und danach, fast unausweichlich, als Treffpunkt für Liebespaare, von dem aus alles so grenzenlos erschien, so vielversprechend. Wo Weite war, war auch Hoffnung, und hier gab es eine so große Weite, dass der Horizont sich vor den Augen krümmte und die Erde ganz rund erschien, wie eine riesige, unbekannte Kugel.

Auf einem solch hoffnungsvollen Gelände war der Vorläufer des Flame Tree in den frühen siebziger Jahren errichtet worden, von einem der schlaueren Unternehmer aus Paez, der seine Profite mit dem kurz boomenden Export von Pukka-Muscheln gemacht hatte. Ungefähr zur selben Zeit stürzten die alten Rohstoffmärkte so sehr ab, dass in anderen Gegenden die Zuckerbarone in ihren Swimmingpools Vorräte bunkerten. Ohne das geringste Vertrauen in die Launen westlicher Mode – und in den Nachschub von Pukka-Muscheln aus den völlig durchkämmten Buchten von Paez – investierte der Gründer vom späteren Flame Tree sein Geld in die unendliche Realität von Musik und Sex.

Das Flame Tree eröffnete unter dem mehr im physikalischen Sinne zutreffenden Namen Hilltop Cabaret – der Baum mit seiner zinnoberroten Krone, der dem Nachfolger des Hilltops seinen Namen leihen sollte, musste erst noch Wurzeln schlagen –, bot Tanzdamen an, Bier und Musik aus der Jukebox und lockte damit Seeleute und Hafenarbeiter, die sich nicht scheuten, einen Kilometer vom Hafen hoch zu stapfen, Tagelöhner in Gummischuhen, die die Paez-Del-Monte-Straße asphaltierten, und ebenso ihre Vorarbeiter, den Punjabi-Händler, der ihnen Schuhe und Hemden verkaufte, den Postboten, einen Werkstattleiter oder ein paar Leute aus der nahen Berufsschule. 1985 verstarb Filomelo Laquindanum ganz plötzlich – nach einem Herzinfarkt, wie sie sagten –, infolge der ihn überfordernden Gesellschaft einer feurigen Anwärterin aus dem fernen Catanduanes. Als alle Geschäftsunterlagen, Quittungen und abgezeichneten Rechnungen geprüft waren, tauchte ein neuer Besitzer auf, niemand anderes als Manjit, der Sikh mit dem Turban, ein heimlicher Investor, der sich schon bald ausbezahlen ließ, um sich ein Leben in spiritueller Kontemplation im Tal der Fünf Flüsse leisten zu können, und von dem man nie wieder etwas hörte. So kam es, dass das Cabaret unter die Fittiche von Mercedes Laquindanum, auch bekannt als Mama Merry, geriet, der Ehefrau des Gründers. Bis zu seinem Tod war sie eine sehr zurückhaltende, kaum präsente Geschäftspartnerin gewesen, hatte zwanzig Jahre gewissenhaft als Bibliothekarin einer High School gearbeitet, bis sie von einer frommen Frauengruppe zum Rücktritt gezwungen wurde. Von der Toilette bis zur Cafeteria wurde sie verfolgt mit dem Vorwurf – nicht ganz unberechtigt –, dass die Gewinne ihres Ehemannes nur durch die Geldverschwendung ihrer Männer zustande kamen, und jeder Einspruch, dass Filomelos Geschäfte nicht notwendigerweise auch ihre waren, blieb umsonst. »Vielleicht isst du nicht vom selben Teller«, sagte eine Kollegin zu ihr auf dem Flur und zitierte dann eine vernichtende Volksweisheit: »Aber du isst dieselbe Banane!« Mrs. Laquindanum war nach dieser Erfahrung so verschreckt, dass sie, nachdem sie das Flame Tree übernommen und ihre neue Rolle angenommen hatte, ihr umfangreiches bibliothekarisches Wissen über Bord warf, um das Hilltop Cabaret umzugestalten und – aus Rache vielleicht – als »Flame Tree« neu zu starten, vielleicht als letzte Verbeugung vor der Poesie und ihren Metaphern. Sie schnappte sich den Fahrer ihres Mannes, Dixon, und seinen Jeep, fuhr nach Manila für eine dreitägige Exkursion durch die Bars am Timog- und Rosas-Boulevard und kam dann mit einem Notizbuch zurück, vollgekritzelt mit Zahlen und Zeichnungen, einer eisernen Entschlossenheit und einem neuen Liebhaber am Steuer. Die kaugummikauenden, bierschlürfenden Tanzdamen verschwanden, ebenso die Armbänder mit ausgedruckten Tickets. Stattdessen gab es einen neuen Betonboden, die Karaoke-Anlage, eine passende Soundanlage, DJ-Sets, Cocktailgläser und Getränke, vor allem für Ladies – und Ladies, die sie tranken, neue sogenannte »Gästebetreuerinnen« in hautengen Plastikröckchen und Stilettos. Natürlich verdoppelten sich die Preise, und die ärmeren der alten Wichtigtuer zogen weiter zu anderen Etablissements wie der Coco Hut Bar unten, neben der Tankstelle. Aber was sie an alten Kunden verlor, machte sie wieder wett mit einer bunten Mischung Neugieriger und Stammgästen, die, wie Süchtige, ständig da waren und sich um einen Kompromiss zwischen den Sehnsüchten in ihren Köpfen und der Realität im Portemonnaie bemühten, keine ganz einfache Übung. Mama Merrys Strategie war es, ihrer Kundschaft etwas zu geben, woran sie sich mit einer Hand festhalten konnte, und etwas anderes gerade so außer Reichweite der freien Hand zu lassen. Genau das war Rorys Job: Die Jungs und Mädchen zufrieden zu stellen mit beliebten Songs und dann, indem sie die Grenzen des Bekannten überschritt, in ihnen ein pochendes Verlangen, eine heimliche Phantasie zu wecken. Die Koreaner strömten ins Flame Tree, weil Mama Merry auf den klugen Gedanken kam, auf einem ihrer Ausflüge nach Manila mit Dixon, der sie noch immer großzügig kutschierte, eine Auswahl koreanischer Songs auf CD zu kaufen.

Die einzig wirkliche Konkurrenz des Flame Tree war das entschieden gehobenere Café Sonata im Hotel Ravioli, das eine ständige Gästeschar aus einheimischen oder angereisten Politikern, Rechtsanwälten, Kaufleuten und verheirateten Frauen zu Gast hatte, sogar den Pfarrer – eigentlich keine große Überraschung, denn Hotel und Café gehörten der Frau des Bürgermeisters. Rory war einige Male dort gewesen, von irgendjemandem eingeladen, hatte das Repertoire der Piano-Bar unter die Lupe genommen, eine in Samt gekleidete, aus Manila importierte »Chanteuse«, die

Lieder sang, die höfliche Leute zu erkennen vorgaben, etwa »La vie en rose«, was sich aber anhörte wie »Luvvee-end-roze«, und Rory hatte beim Rausgehen das Gefühl, dass sie allen einen großen Gefallen getan hätte, wenn sie die groß angekündigte Sängerin einfach zur Seite geschoben und ihnen eine Dosis Donna Summer geboten hätte, denn sie kannte den Geschmack dieser Leute.

Tatsächlich hatte sie einmal im Café Sonata gesungen, bei einer Überraschungs-Geburtstagsparty, arrangiert von der Frau des Bürgermeisters für ihren Ehemann. Die Chanteuse litt unter einer Magen-Darm-Infektion, und irgendjemand hatte Rory, die deswegen für einen Abend auf das Honorar im Flame Tree verzichtete (und dafür Mama Merrys Zorn riskierte, aber das ist eine andere Geschichte) geraten, diesen Auftritt als Sprung auf der Karriereleiter zu sehen, um vielleicht in Zukunft etwas mehr zu verdienen, was angesichts ihrer Geldsorgen wirklich nötig war. Begleitet vom uninspirierten, aber technisch versierten Hauspianisten sang sie eine Reihe von Hits, von Sharon Cuneta oder Olivia Newton-John, und fünfmal »Happy Birthday«, immer dann, wenn ein neuer Schwung Gratulanten eintraf – zu Ehren eines kleinen, freundlich dreinblickenden Mannes in einem Rollstuhl, der erkennbar keine Ahnung hatte, was da gerade vor sich ging.

Als es Zeit war zu gehen, erfuhr Rory, dass die Frau des Bürgermeisters ihre Hausangestellte angewiesen hatte, ihr eine Tüte mit Pancit*, gebratenem Schweinefleisch und einem Stück Zitronentarte nach Hause mitzugeben. »Oh, das wär ja nicht nötig gewesen, zu freundlich«, säuselte Rory, und sie kicherte noch mehr, als ihr die Angestellte ein als Geschenk verpacktes Kuvert »von der Hausherrin« übergab, das sich dick genug anfühlte, um einige Tausend Pesos in kleinen Scheinen zu enthalten. Sie entschuldigte sich, sie müsse auf die Toilette, um sich frisch zu machen, schlitzte das Kuvert voller Gier mit dem Daumennagel auf – und fand drei gefaltete Taschentücher, mit einem Stück Pappe stabilisiert, und kein bisschen Geld. Sie brach beinahe in Tränen aus, und die Enttäuschung spiegelte sich wohl deutlich in ihrem Gesicht, denn als sie die Toilette verließ, stand der Pianist im Flur vor der Herrentoilette und grinste sie an, als ob er sagen wollte: »Du hast wohl auch deinen Teil abbekommen.«

So geschah es, dass Nick Panganiban sie mit einem Dreiradtaxi nach Hause fuhr, das er vorsorglich bestellt hatte. Falls Rory erwartet hatte, im Mercedes des Bürgermeisters chauffiert zu werden, Nick tat das bestimmt nicht. Neben dem laut knatternden Motor und durch sein klapperndes Gebiss sagte Nick ihr, was sie nur allzu gern hören wollte und das sie mehr als entschädigte für ihren finanziellen Verlust: »Deine Stimme – darin steckt mehr als eine Busladung voller Regines. Ich meine nicht nur die Power, nicht nur die Atmung.« Rory verehrte Regine Velasquez und beneidete den Star um seinen Erfolg und sogar um ihre spektakulär verpfuschten Liebesgeschichten, trotzdem blieb sie betont zurückhaltend bei diesem Kompliment. Ihr Begleiter suchte nach schönen Worten, die er jetzt brauchte, fand aber nur wenige: »Ich sag dir was, durch dich werden die Songs besser als sie eigentlich sind.«

Sie hätte ihn jetzt küssen mögen, wenn sie sich ein bisschen näher gekannt hätten, einfach um ihre ganz spontane Freude darüber zu zeigen. Als das Dreirad vorsichtig auf die Nationalstraße einbog, sonnte sie sich im Glanz dieses Kompliments, genoss dessen Bedeutung und durchforstete ihr Repertoire nach Songs, die sie irgendwie aufgepeppt hatte. Nick verfluchte den Staub, den ein Lastwagen vor ihnen aufwirbelte und hielt sich ein Taschentuch vors Gesicht, aber Rory ließ nicht locker.

»Ich habe schon immer im Café Sonata singen wollen«, gestand sie in einem Ton, der um Zuspruch geradezu bettelte. »Ich habe dich da gesehen, weißt du, hörte dich spielen.«

»Du hast keine Ahnung, wovon du redest«, sagte er, sie leicht auf den Arm nehmend. »Du hast wohl immer noch nicht genug von denen?« Er wedelte mit dem Taschentuch. »Ich verlange jeden Abend Vorkasse, und dann geh ich und mach mein eigenes Ding.«

»Aber warum...«

Er ergänzte ihre Frage und drehte sie um. »Warum im Flame Tree singen? – Du bist da die Königin, okay, ihre Song-Königin – steht das immer noch auf ihrer Reklametafel? Solange du singst, was sie mögen, und sie mögen, was du singst. Du wirst wahrscheinlich nicht so bezahlt, wie du es für angemessen hältst, aber du fühlst dich gebraucht und geliebt. Dank dir haben alle eine gute Zeit – links, an der nächsten Ecke links!« Der Fahrer streckte ein Bein nach draußen, um die Richtung anzuzeigen, bremste scharf ab, wodurch alle nach vorne und dann nach rechts schaukelten, als das Taxi in Nicks Straße einbog. »Oh, hab ganz vergessen zu fragen, wo du wohnst, du hast doch nichts dagegen, dass ich zuerst aussteige?« Er streichelte seinen Bauch. »Zu viele grüne Mangos. Aber wie ich sagte – was sagte ich?«

»Was über das Singen im Flame Tree...«

»Ja, richtig. Von Musik leben und Musik machen. Manchmal geht das zusammen, manchmal nicht, das eine kann dem anderen ganz und gar im Weg stehen, besonders wenn man – stopp! Hier, stopp, da meinte ich, verdammt!« Das Dreiradtaxi hielt etliche Meter hinter seinem Haus; der Fahrer machte den Motor aus und schien überrascht, dass Nick allein aus dem Taxi stieg.

»Du bringst sie dann nach ... wohin war es?«

»Bagumbayani Village.«

»Ah, nach Bagumbayani Village.« Nick kramte in seinen Taschen nach Geld, aber Rory winkte ab und bestand darauf, für ihn mitzubezahlen. Der Mann zuckte mit den Schultern, steckte seinen Kopf nochmal ins Taxi – für einen Moment fürchtete sie, dass er ihr einen Gute-Nacht-Kuss geben wollte; sie hatte nicht vor, allzu ergeben oder dankbar zu erscheinen. »Du hast heute gar nichts verdient, das tat mir schon richtig leid«, sagte er, »aber wenn du in Bagumbayani Village lebst, wie kann da das Leben schlecht sein?«

»Meine Schwester zahlt die Miete«, begann sie ihm zu erklären, aber der Taxifahrer hatte den Motor schon wieder angeworfen, um schnell weiterzufahren.

»Komm mich besuchen – am Wochenende nach dem Essen –, dann bring ich dir ein paar Songs bei!« Nick wartete nicht, bis das Taxi weg war, und verschwand in seinem Haus.

Geiler alter Bock, dachte der Fahrer jetzt bestimmt, aber irgendein Gefühl ließ Rory Nick beim Wort nehmen, und so begannen ihre Treffen, die einem echten Unterricht so nahe kamen, wie Rory es bisher noch nicht gekannt hatte. Sie folgten keinem festgelegtem Lehrplan, und manchmal war Nick auch zu kaputt, um die Tür aufzumachen, aber Rory bekam ein Gespür dafür, wann Nick aufgestanden und in der Laune war, ein neues Arrangement auszuprobieren – immer eines nach seiner, nie nach ihrer Wahl, nie Mariah Carey, nie etwas, was sie kannte oder gern kennenlernen würde – und sie bezahlte ihn mit Körben voller grüner Mangos oder Reiskuchen wie einen Dorfarzt. Zwei oder drei Mal im Monat übten sie Songs, die Nick für die Bars in der Bucht von Manila und weit darüber hinaus für attraktiv hielt: leuchtende Hymnen wie »Am I Blue« oder »I'm a Fool to Want You«, die Nick ihr vorsummte und deren Text sie vom Blatt ablas. Nick bestand darauf, dass er ihr so etwas wie »Geschmack« beibrachte, obwohl es Rory eher so vorkam, als lernte sie immer nur das musikalische Äquivalent von unendlicher Einsamkeit, und ab und an musste sie gegen die Versuchung ankämpfen, eine choreographierte Version von »Super Trouper« zum Besten zu geben.

»Du musst begreifen«, quakte dann Nick mit geschlossenen Augen und klimperte dabei unglaublich leicht über die Tasten, »dass es Locations gibt, in denen sie mehr Interesse an Songs haben als an den Sängern. Sie haben den gleichen Song schon tausendmal gehört, aber wenn sie ihn an diesem einen Dienstag nicht genauso zu hören bekommen, fühlen sie sich betrogen und werden sauer.«

»Bars für alte Leute, Songs für alte Leute«, schnaubte Rory, machte aber weiter. Diese Stücke hatten allesamt lange und komplizierte Texte und dazu Worte, die ihr völlig fremd waren, obwohl sie englisch waren; niemand sprach noch so ein Englisch, nicht im Film und schon gar nicht im Flame Tree. »In love's smoldering ember. / One spark may remain / If love still can remember / That spark may burn again.«

Nick teilte sein Zimmer im Erdgeschoss mit einer tragbaren Yamaha-Hifi-Anlage und einem überdimensionierten Ventilator, der die Musik übertönte und deswegen immer ausgestellt wurde, wenn sie probten. Es störte oder irritierte Rory nicht weiter, dass sie sich freiwillig einsperren ließ in einen stickigen Raum zusammen mit einem Mann in einem Unterhemd mit V-Ausschnitt und Nylonsocken. Nick war Mitte sechzig und hatte nach all den Jahren, in denen er den Zigarettenrauch anderer Leute und andere Ausdünstungen eingeatmet hatte, Rheuma bekommen. Die Ecke eines weißen Taschentuchs guckte aus seiner linken Hosentasche, eine Art Markenzeichen von ihm, egal ob er auf der Arbeit Gershwin anschlug oder zu Hause den Abwasch machte. Die Haut seiner Unterarme war ausgetrocknet und dünn wie die einer Mumie; aber seine Finger, die die Tasten schlugen, waren rosa und die Fingernägel tadellos manikürt und aufpoliert von den Mädchen im Friseursalon, ebenso seine nach hinten gekämmten schwarzen Haare, die wahrscheinlich schütterer geworden, aber pechschwarz geblieben waren. Er hatte immer eine Flasche Handlotion mit Zitronenduft in Reichweite und nutzte sie reichlich zwischen den Auftritten, sodass das Café Sonata im vorderen Bereich, mit seiner Mischung aus Zigaretten- und Zitronengeruch, spät abends roch wie ein verbrannter Obstgarten.

Nicomedes Panganiban war einer von diesen Leuten, die in Bands oder Quartetten in Hongkong und Okinawa gespielt hatten, lange bevor es dort große Mode wurde, die Bars und Salons mit Pinoy-Musikern* auszustaffieren, die jeden englischen Song dieses Planeten beherrschten und dazu ein oder zwei Publikumsschmeichler auf Kantonesisch. So zwischen Dreißig und Vierzig lief es für ihn, was Frauengeschichten anbetraf, am besten: Hostessen, freundliche Bardamen, verheiratete Frauen, Sängerinnen, die hinter seinem Piano standen. Vernunft und Philanthropie bewahrten ihn davor zu heiraten, obwohl da ein oder zwei Mädchen dabei waren, auf die er bis zum Lebensende hätte zählen können. Er hatte noch keinen Annäherungsversuch gemacht, aber Rory wusste, wenn sie ihn bitten würde, das Keyboard stehen zu lassen, den Ventilator anzustellen und sich mit ihr auf die Couch zu legen, er das wahrscheinlich auch tun würde, und deswegen sagte sie es nicht, redete ihn jedes Mal mit »Tito« an, genau wie die Kellnerinnen im Café, ganz selbstverständlich und aus Selbstschutz. Es bestand natürlich immer ein Risiko, dass Nick an einem warmen Nachmittag seine Zurückhaltung aufgeben und seine eingecremten Finger zwischen ihre Beine stecken würde, aber Rory vertraute ihm, weil es ihm tatsächlich um Musik und die Förderung ihres Talents ging. Nick selber hatte Notenlesen und Klavierspielen als Jugendlicher im Kirchenchor gelernt, unten in Iloilo. Warum er nach all diesen Jahren nach Paez gekommen war, ging niemanden etwas an; wenn er darüber sprach, schien sein Aufenthalt in Kowloon mit den dort lebenden Engländerinnen der Höhepunkt seines Lebens gewesen zu sein, aber davor und danach blieb seine Vergangenheit ebenso ein Geheimnis wie die Zukunft von Aurora V. Cabahug.

Und heute, gerade als sie darüber nachdachte, wie sinnlos all ihr Nachträllern französischer Songs mit ihren verrauchten Melodien war, tauchte Nick Panganiban mit einer Nachricht, die er in einem Umschlag beim Türsteher des Flame Tree abgab, wieder in Rorys Leben auf. Der orangefarbene Umschlag war von einem Stromversorger, und Rory hatte nach dem ersten Schreck überlegt, wie und warum der sie bis hierher verfolgte, wo sie doch ihre Rechnungen immer pflichtbewusst und pünktlich bezahlt hatte, und das trotz ihrer ständig angespannten Finanzlage. Sie litt immer noch unter der Angst, Licht oder Wasser könnten abgestellt werden, so wie bei einigen Nachbarn, sogar jenen, die Cousins in Hongkong oder Dubai hatten. Rory wollte ein geregeltes Leben – mit schnellem Handeln bei Dingen, die das verlangten, und Abwarten bei solchen, die Geduld erforderten.

Aber als sie ihren gekritzelten Namen auf dem Umschlag las, wusste sie, dass es sich um etwas anderes handeln musste, und als sie ihn in der Garderobe öffnete und Nicks Mitteilung las, musste sie sich an der Kommode festhalten. Die Nachricht enthielt keinerlei Floskeln oder Schmeicheleien. Es hieß dort ganz einfach: »Marriott Saipan, 6 Monatsvertrag, Sängerin gesucht. Start 1. November. Genaueres morgen.«

Rory wäre am liebsten zum Café Sonata geflogen, oder wo immer Nick gerade war, hätte ihn gegen die Wand gedrückt, um jedes Detail aus seinem knochigen Körper zu pressen. Worum ging es, was sollte das bedeuten? Hatte Gott endlich ihrem inbrünstigen Hoffen nachgegeben? Wo genau lag Saipan, was war das Marriott, und welche Stücke erwarteten sie von einer Sängerin? Was müsste sie anziehen? Mit wem würde sie da sein, ob Nick selber mitging? Und dann, fast wie ein Nachklapp, was würde sie verdienen? Aber war das wirklich so wichtig? Was wäre mit Nathan – bei wem könnte sie den kleinen Kerl unterbringen und wie teuer wäre das wohl?

Gegen halb neun hatte Rory ihren ersten Auftritt hinter sich und war in die Küche verschwunden, um sich hastig ein Schinken-Sandwich und ein Glas Calamansi*-Saft einzuverleiben. Der erste und der letzte Auftritt waren am schlimmsten – der erste, weil sich ihr Hals noch steif und rau anfühlte, der letzte, weil jeder Gast seine eigene Vorstellung davon hatte, wie der Abend weiter verlaufen würde, und es war kein Geheimnis, dass einige Mädchen mit ihren Gästen nach Feierabend weiterzogen, meistens in eine der Hütten unten am Strand. Mama Merry verzichtete auf den üblichen Tresenzwang, sodass die Mädchen sich früh mit ihren Gästen zurückziehen und das Unvermeidliche über Stunden vorbereiten konnten. Diese Masche war Teil des provinziellen Charmes des Flame Tree, die süße Illusion einer schummrigen Liebelei und verstohlene Berührungen unterm Tisch, mit denen die Konditionen eines Rendezvous' verhandelt wurden. Mamma Merry duldete kein Knutschen in ihren Räumen, nicht einmal einen flüchtigen Kuss, aber was sie unter den Kokospalmen mit ihren Fingern, Mündern oder Zungen veranstalteten, das war ihre eigene Sache. Rory selber war schon viele Male zu sowas eingeladen worden – der Vizebürgermeister wurde bei jedem Besuch zudringlicher –, aber sie wimmelte sie alle damit ab, dass ein Kind zuhause auf sie wartete. Und das war natürlich die reine Wahrheit, abgesehen davon, dass Nathan nicht ihr Kind, sondern das ihrer Schwester war, und sie einen Teenager aus der Nachbarschaft dafür bezahlte, auf Nathan aufzupassen, wenn sie arbeitete.

Rory hatte ihr Sandwich kaum zur Hälfte vertilgt, als Orfeo seinen Kopf durch die Küchentür steckte und dem Koch Bescheid gab, dass ihr ehrenwertester Gast seinen Platz eingenommen und die übliche Bestellung aufgegeben habe: »Knuspriges Gehacktes für den Vize!«

Der sehr ehrenwerte Vizebürgermeister Tennyson Yip bevorzugte Schweinshaxe, in bissgerechte Stücke gehackt, und Rory stöhnte angesichts der Voraussage, dass ein guter Teil dieser Bissen in ihrem Mund landen würde, auf die Gabel gespießt von Mister Tenny persönlich, der sie glauben machen wollte, ihr fehlten ungefähr zehn Pfund zu ihrem Idealgewicht, wie er ständig wiederholte. Jedenfalls war das der bedauernswerte Vorwand, um ihre Figur näher in Augenschein zu nehmen und genaue Vorschläge zu machen, an welchen Stellen zusätzliche Pfunde draufgepackt werden sollten. Der Vizebürgermeister hatte körperliche Fitness zu einem seiner Wahlkampfthemen gemacht und hielt sich, zumindest bei Tage, daran. Es gab ein Gym in Del Monte, das von heimischen Box- und Sportteams genutzt wurde, und von Tenny wusste man, dass er zweimal die Woche mit seinem Mitsubishi Pajero für ein ausgiebiges Workout dort auftauchte. In Paez selber war sein feuerwehrroter Trainingsanzug morgens am Strand ein gewohnter Anblick, hinter ihm ein Pulk kichernder Kinder; alle paar Minuten stoppte er, boxte in die Luft, ganz wie Rocky, zum großen Vergnügen der Kinder. Sogar Rory musste zugeben, dass Tenny für einen Mann von Anfang dreißig eine gute Figur machte, obwohl er, seltsam genug, seine meisten Abende damit verbrachte, Brandy zu schlürfen und riesige Schüsseln mit gegrilltem Schweinefleisch und Thunfisch-Sashimi zu ordern, vornehmlich im Flame Tree und in ihrer Gesellschaft.

Rory war sich nicht sicher, ob sie ihn mochte oder nicht, und wie ernst sie seine ebenso plumpen wie unfreiwillig komischen Annäherungsversuche nehmen sollte. Er war bekanntlich unverheiratet, und für viele Mädchen hier war er ein Fünfer im Lotto, solange man sich nicht auf mehr als eine flüchtige Begegnung und ein außergewöhnliches Trinkgeld einließ. Der Vizebürgermeister hatte immer Wert darauf gelegt, mit den schönsten Frauen der Stadt gesehen zu werden, und Rory konnte verstehen, dass viele meinten, sie fühle sich geschmeichelt ob seiner besonderen Aufmerksamkeit, die er ihr schenkte, besonders nachdem sie auf der Toilette – viele süße Drinks fanden dort ihren Weg zurück in den Ozean – ein Mädchen sagen hörte, er hätte den ganzen Abend nur auf ihre Titten gestarrt. Einmal hatte er eines späten Abends ihre Hand genommen, und ihr, leicht betrunken, mit halb geschlossenen Augen gestanden, wie sehr er sie liebe, und sie musste so heftig lachen, dass sie noch immer zitterte, als sie das Mikrophon in die Hand nahm und mit Tennys Lieblingssong, in dem es um »Drosseln im Frühling«, eine »Limonade im Juli« und andere Nettigkeiten ging, ihren nächsten Auftritt eröffnete; als sie dann bei der letzten Strophe angekommen war und ihm wunderbare Gedanken wünschte, die ihn wärmen sollten, war er schräg im Sessel hängend eingeschlafen, und seine Stirnlocke, die viele Mädchen so reizend fanden, war ihm ins Gesicht gefallen. Beim Frühstück am nächsten Morgen überlegte Rory, was sie eigentlich so komisch gefunden hatte; bei vielen Männern sorgten Alkohol und schummriges Licht dafür, sich irgendetwas vorzumachen, bei manchen aber auch, die Wahrheiten rauszulassen. Tenny aber war – im Gegensatz zu ihr, glaubte sie jedenfalls – ein wirklich komplizierter Charakter, nicht zuletzt ein Politiker, der sehr wohl fähig war, im gleichen Atemzug Lügen zu spinnen und seine innersten Geheimnisse auszuplaudern, und Rory musste sich wieder klarmachen, dass das Wort »Liebe« im Flame Tree soviel wert war wie eine Fünf-Peso-Münze, die man dem Kellner als Trinkgeld auf den Tisch warf und nicht mal für eine Heimfahrt mit dem Dreiradtaxi reichte.

Was immer sie von Tenny hielt, Rory konnte kaum verhehlen,

dass ihr seine Bitte, sich zu ihm zu setzen, einen Kick Adrenalin bescherte. Sie bemühte sich, keinen ihrer Stammgäste zu bevorzugen, aber Tenny bot ihr eine willkommene Abwechslung von den Koreanern, allerdings weniger, wenn er mal wieder ihre Figur mit einer großzügigen Menge knusprigen Schweinefleischs aufbessern wollte. Aber selbst wenn er die Fettkrusten auf seinem Teller zusammenschob und egal, wieviel Alkohol er getrunken hatte, Tenny zeigte sich als vornehmer Esser, der mit einer Gabel so umgehen konnte, als wäre sie eine Stricknadel, immer darauf bedacht, seine Partnerin nicht mit fettigen Fingern anzufassen. Es war, so redete es sich Rory gerne ein, ein Beweis seiner Zuneigung.

Es gab tatsächlich Momente, in denen Tenny sehr nachdenklich war. Wenn er seine Hände und die Fingerspitzen unter seinem Kinn zusammenlegte, dann sah es aus, als ob er betete – vielleicht tat er das auch – wie ein trauriger, schlitzäugiger Ritter Galahad*. Es kam auch vor, dass er verstummte, den ganzen Abend beleidigt auf seinem Stuhl saß und mit zwei Daumen Kinderspiele mit verschnörkelten Figuren und Zahlen auf seinem Handy spielte; oftmals musste sie dann seinen Schmerz oder seine unbändige Wut ertragen, wie sie in ihm hochkam und ausbrach wie ein lange verborgenes Fieber. In solchen Momenten war Rory froh, noch einen anderen Job zu haben, oben auf der Bühne.

Als Rory aus der Küche kam, sah sie Tenny in seiner Ecke irgendwas in sein silbernes Nokia flüstern. Aus Respekt vor dem hohen Gast drehte der DJ, immer wenn Tennys Telefon läutete, die Musik leiser. Handys waren damals noch neu in Paez, in der ganzen Region gab es nur einen Anbieter, und die individuellen Klingelmelodien – in Tennys Fall die ersten acht Noten von Vivaldis »Frühling« – waren etwas Besonderes, die eher Staunen hervorriefen als Verärgerung, egal, wo es klingelte. Etliche

Ratsherren hatten sich, dieser Mode folgend, Handys auf einem Trip nach Manila gekauft, und so entstand ein richtiger Wettbewerb, wer die auffälligsten Displays, Apps und Klingeltöne hatte. Manche Ratsversammlung wirkte durch Klingeltöne von der »Wilhelm Tell Ouvertüre« bis zu »La Cucaracha«, die pausenlos erklangen, wie ein Treffen arbeitsloser Musiker, bis Tenny persönlich, als Sitzungsleiter, die Anweisung gab, alle Telefone auszuschalten oder beim Portier am Eingang abzugeben. Eher bereit zu sterben als ihr kostbares Telefon in die tollpatschigen Hände eines Ex-Farmers zu drücken, stellten die Ratsherren ihre Geräte auf stumm und knallten sie in purer Verzweiflung auf den Tisch wie ein kaputtes Spielzeug. Tenny selber umging dieses Verbot, indem er die Vibrierfunktion anstellte, und jedesmal, wenn auf seinem Schenkel etwas kitzelte, grinste er entschuldigend. Für den alltäglichen Gebrauch hatte Tenny sein Gerät mit einer speziellen Funktion aufgerüstet, sodass es immer, wenn ein Anruf kam, blau aufblitzte. In einem Lokal wie dem Flame Tree hatte das einen elektrisierenden Effekt; die Mädchen, und auch ein paar der Männer sprangen dann immer auf, um zu sehen, was in Tennys Ecke los war.

Rory wollte auch auf ein so wunderbares Gerät sparen – hoffte aber insgeheim, dass Tenny oder einer der Koreaner auf die Idee kämen, ihr eines zu schenken – obwohl sie gar nicht so viele Leute kannte, die sie anrufen würde, außer ihre Schwester Soledad. Sie schrieben sich, wenn auch unregelmäßig – Soledad mit ihrer schmalen, ungelenken Schrift. Soli hatte ihr wohl auch die Telefonnummer ihres Arbeitgebers gegeben, aber damit konnte Rory nichts anfangen in einer fast telefonlosen Stadt, und sie konnte sich auch nicht mehr daran erinnern, wo sie die Nummer gelassen hatte.

Sie wollte vor ihrem nächsten Auftritt zu Tenny gehen, als ihr Francine in die Quere kam, eine von den Neuen. Die war vor kurzem noch in Looc-Loocan, davor im Stoffladen ihrer Tante in Maribojoc, einem Stadtviertel weiter unten an der Küste. Es passierte nicht oft, dass ein neues Gesicht aus Looc-Loocan hierher kam, eher ging ein altes dorthin; es war der Ort, wo alle weißen Touristen hinströmten. Dort in den Bars zu arbeiten, hieß, vor Gott und der Welt zu gestehen, dass man jeglichen Glauben an sich selbst aufgegeben hatte. Francine, eigentlich Francisca, hatte große Probleme damit, zuzugeben, in dieser Gegend geboren zu sein, aber sie hatte keinen Grund sich zu schämen, so frisch und rein, wie sie selbst im Licht der violetten Scheinwerfer in Tennys Ecke erschien.

Es dauerte einige Sekunden, bis Rory begriff, dass Francine dieselbe Richtung und Person ansteuerte wie sie. Vielleicht machte sie einen Fehler, als sie einfach stehen blieb und aus der Distanz beobachtete, mit welcher unglaublichen Leichtigkeit neue Beziehungen entstanden und alte endeten – mit einem Griff um die Hüfte und einem gespielten, kreischenden Protest. Rory tat so, als ob sie nichts bemerkt hätte, ging schnurstracks auf die Bühne, als wäre sie ein paar Minuten zu spät dran –, dabei war sie absolut pünktlich. Der DJ spielte eine Carpenter-Melodie an, mit der immer ihr zweiter Auftritt begann, bevor sie das Mikrophon vom Ständer in die Hand nahm. Es war so ein Wohlfühl-Liedchen, das Leute dazu brachte, ihre Köpfe hin und her zu bewegen, mit einem albernen, idiotensicheren, mechanischen Rhythmus, die Art von Melodie, die ein Club-Ästhet wie Nick Panganiban bestimmt verabscheut hätte.

»Not a cloud in the sky / Got the sun in my eye / And I won't be surprised if it's a dream…«. Rory merkte, dass sie die Worte nur so herausschleuderte, und versuchte wegzugucken, als Tenny Francine die Narbe auf seinem Unterarm zeigte, die er sich beim Kentern auf dem offenen Meer zugezogen hatte. Sie behielt die Tür im Auge in der Hoffnung, eine Gruppe Koreaner würde hereinkommen und große Mengen Papayas ordern. Aber sie wusste, dass drei der fünf Koreaner nach Del Monte zu einem anderen Projekt abgezogen worden waren, und ihr Freund Choi war in Manila, eigentlich geschäftlich, aber der vergnügte sich dort auch in der Asse Bar an der Panay Avenue, wo eine Hostess namens Yolanda gerade überlegte, welche der drei Nagellackfarben am besten zu ihrem eidechsen-grünen Kleid passte. Rory hatte gehört, dass einige andere Fremde nach Paez gekommen waren, um einen Film in der Panikian-Höhle zu drehen, hatte sie aber selber noch nicht gesehen. Sie waren im Hotel Ravioli einquartiert und tranken und sangen sich dort wahrscheinlich gerade ins Delirium. Welch ein Auftritt wäre es für einen echten Filmstar, durch die Tür des Flame Tree zu schreiten, sich an einen der vorderen Tische zu setzen und dann, ohne ein einziges Wort, einen Applaus aufbrausen zu lassen, der sie von der Bühne reißen würde wie eine Sturmflut.

»Es war gar nichts«, sagte Tenny später, nachdem er Francine weggeschickt und Rory nach ihrem zweiten Auftritt zu sich gewinkt hatte. Sie hatte zuerst überlegt, ihn zu ignorieren, dann aber beschlossen, ihren Platz zurückzuerobern. »Ich war gerade dabei…«

»Bei was? Bei deinem Wahlkampf? Und hast du eine Stimme gewonnen?« Sie versuchte, nicht allzu kratzbürstig zu wirken.

»Ich glaube, ich hab gerade eine verloren…«

»Ja, meine, beinahe…«

»Ihre ganz sicher. Ich habe ihre englische Aussprache trainiert – ihr P und ihr F, ihr B und V. Ich glaube nicht, dass sie begeistert war, Worte nachzusprechen wie »perfect« oder »favor« und »fifty-five«. Ich sagte ihr, dass in dieser Welt …«, er sprach jetzt Englisch und betonte jede Silbe, »… innn this worlddd, you can't get very far without Eeenglishhh is what makes us Filipinos world-classs.«

»Weltklasse in was?«, durch irgendetwas hatte sich Tennys Laune schlagartig gedreht, wie es bei ihm oft vorkam. Er spielte wieder sein Spielchen, hatte aber offenbar ein Spielzeug gefunden, das aufregender war als sein Telefon. Er machte Anstalten, irgendwas zu sagen, und murmelte dann: »Egal.« Francine lachte gerade mit einer Gruppe Getränkehändler über einen Scherz, der mit der Behaarung von Schweineschwänzen zu tun hatte. Als sie merkte, dass Tenny sie anstarrte, drehte sie ihm schnell den Rücken zu.

»Du bist grausam«, sagte Rory auf Filipino und dachte an ihr Englisch, das gesungen besser klang als gesprochen. »Warum machst du sowas?«

Tenny grinste, sagte aber nichts; er weigerte sich, den Streit fortzusetzen, den er selbst provoziert hatte, ging ihm lieber aus dem Weg. Das war eine Seite von Tenny, die sie schon mehrfach erlebt hatte, eine düstere Laune, die sie eigentlich nicht leiden konnte, sie aber trotzdem tief berührte, weil er ihr damit das Gefühl von Vertrauen vermittelte und sie in sein Inneres blicken ließ.

Die anderen Gäste hatten auch ihre mehr oder weniger kleinen Macken und Auffälligkeiten, nur wenige benahmen sich komplett daneben. Sie überlegte, dass Tennys heftige Ausfälle Teil eines Rätsels waren, das sie und nur sie lösen konnte; und genau in dem Moment, als Tennys Handy klingelte und er seine Hand halb über das Telefon und sein Gesicht hielt, entschloss sich Rory, es zu ihrer persönlichen Mission zu machen, diesen Mann besser kennenzulernen, als seine eigene Mutter ihn je gekannt hatte, und bestimmt besser als so eine Newcomerin wie Francine. Sie wollte, dass er ihr vertraute, ihr Dinge sagte, die er noch nie jemand anderem gesagt hatte und die sie auch nie von jemandem anderen hören wollte, Sachen wie »Ich liebe dich«. Sie wollte ihm vertrauen, sehr sogar, aber zuerst musste er ihr vertrauen. So lief das Spiel. Es ging nicht um Liebe, das wusste sie, obwohl auch das Teil des Spiels werden könnte, darum müsste sie vorsichtig sein, um nicht ihren Selbstschutz oder ihr Selbstwertgefühl zu verlieren. Es war nicht unmöglich – sie hatte das viele, viele Male erlebt, dass aus Liebe – was immer das war – etwas entstehen oder gelingen konnte, eine Partnerschaft von Politik und Entertainment. Denn es gab Bürgermeister wie Joey Marquez mit Alma Moreno und jede Menge Abgeordnete oder Regierungsbeamte mit hübschen Frauen aus dem Film- oder Pop-Business. Sie war keine Alma, aber wenn sie besser war als ein ganzes Dutzend Regines, dann sollte sie die mehr als halbe Chance ergreifen und tun, was zu tun war, auf und neben der Bühne.

Orfeo brachte Rory ihre Cola-Rum – die in stillschweigendem Konsens zwischen Barkeeper und den Mädchen aus einem Prozent Rum und 99 Prozent Cola bestand. Die Augenbrauen des Oberkellners rutschten nach oben, als sie das Glas zurückgab mit dem Wunsch, den er noch nie von ihr gehört hatte: »Stärker, bitte.« Ein Gedanke war durch Rorys Kopf geschossen, ein plötzlicher Entschluss. Die Frage, die sie immer wieder quälte mit ihren einundzwanzig Jahren: »Was bin ich wirklich wert!?« Sie wollte von Tennyson Yip eine ehrliche Antwort, egal wie sie ausfallen würde.

Die eineinhalb Stunden zwischen ihrem zweiten und letztem Auftritt gehörten der Karaoke-Maschine. Rory flatterte hin und her zwischen Tenny und der Bühne, wo sie eine Reihe von Elvis-Imitatoren ans Mikrophon holte, die mal aufdringlich, mal schmeichelnd oder mal bedrohlich auftraten; viele verloren ihre Schüchternheit, und nicht wenige der Stammgäste waren längst eingefleischte Interpreten – »LP's« oder »Langspieler« wurden sie von den Mädchen genannt –, die dann schließlich mit nicht allzu freundlichen Worten überredet werden mussten, dem nächsten Gast Platz zu machen. Auch das war Teil ihres Jobs, und man traute ihr zu, die Mikrophon-Alleinherrscher zum Abgang zu bewegen und die eher Schüchternen zu ermuntern, auf die Bühne zu kommen. Aber heute Abend schien sie abgelenkt und vernachlässigte ihre Arbeit. Ein Mann, städtischer Angestellter, unternahm gerade seinen vierten Versuch, eine unerträglich falsch intonierte Wiedergabe von »Love Me Tender« zum Besten zu geben, die den Zuhörern die Schuhe auszog, und erst jetzt erinnerte sich Rory an ihre Pflichten, griff nach dem Mikro, stolperte dabei über die Kabel und fiel kichernd halb über den glücklosen Sänger, der in dem Moment wohl dachte, all seine Gebete seien erhört worden. »Sie ist betrunken«, flüsterte Orfeo zum Kassierer, der aber nicht wusste, ob der das gut oder schlecht fand. Rory klammerte sich immer noch an ihren Retter, kam wieder auf die Füße und begann, mit einem Wink zum DJ, ihren letzten Auftritt mit genau demselben Song, schob den Mann, der zunehmend verärgert zuhörte, wie einen armen Tölpel zur Seite und warf Tenny dann und wann schmachtende Blicke zu. Tenny war in eine lebhafte Konversation mit einem Elektroinstallateur aus Looc-Loocan verwickelt und schenkte Rory wenig Aufmerksamkeit, was ihr aber nichts ausmachte, so sehr war sie mit sich selbst beschäftigt. Sie ließ den gedemütigten Angestellten schnell zu seinen Leuten zurückkehren, und ging dann fließend zu ihrem Sharon Cuneta-Medley über, einer Mischung gefühlvoller Filmsongs, bei der die Hälfte der anwesenden Mädchen mitsang und dabei die Hände ihrer Partner heftig knetete.

Von einem Song zum nächsten, beflügelt von drei Cola-Rum und einem Wodka-Tonic zur Abwechslung, spielte sie alle Möglichkeiten durch, die ihr das Leben über das Flame Tree und Paez hinaus bieten könnte: das Hotel in Makati oder am Roxas Boulevard, ihre Entdeckung durch einen Plattenmagnaten, der gerade einen freien Tag nach dem Casting vieler Möchtegern-Regines hatte, der Vertrag, die Platinum-Platte, die amerikanische Ost- und Westküsten-Tournee (d.h. das Singen vor den Pinoys aus Jersey City und Daly City), die Talkshow-Begegnung mit Ricky Martin und die schwindelerregende zweiwöchige Affäre danach, ihre triumphale Heimkehr, die Einladung in den Palast, die Abgeordneten (warum nicht auch der Senator) an ihrer Seite, das Rendezvous in Cebu oder Davao. Vielleicht wäre der Abgeordnete niemand anderer als Tennyson Yip, falls er schnell genug die Karriereleiter hochkletterte. Vielleicht war das so vorherbestimmt, vielleicht auch nicht. Es müsste schön sein, das herauszufinden.

Rory war sich ihrer selbst noch nie so sicher gewesen, und falls Tenny vorhatte, sie zu einer Fahrt mit seinem Toyota Pajero am Strand entlang einzuladen, würde sie auch das bestimmt im Griff haben. Es war höchste Zeit dafür – oder die Zukunft würde nie beginnen.

Das waren die phantasievollen und wirren Gedanken, die Rory beschäftigten und ihr ein etwas schiefes Lächeln auf die Lippen zauberten, als Walter Zamora eine Viertelstunde nach Mitternacht auftauchte. Rory war gerade beschäftigt mit ihren »Gute Nacht, danke schön und auf Wiedersehen – wundervoll, dass Sie da waren«-Ansagen, bekam also kaum mit, wie sich Walter seinen Weg durch eine Traube nach draußen drängender Gäste bahnte. Tenny war zur Theke gegangen und zeigte Mama Merry eine weitere Funktion seines Handys, indem er auf einige Knöpfe tippte und einen Klingelton zum Besten gab, der an das Klirren eines billigen Glases erinnerte. Rory hoffte, dass er lang genug blieb, um ihr noch einen Drink auszugeben, um dann zu fragen, was es eben noch zu fragen gab. Er würde ihr anbieten, sie nach Hause zu fahren, sie würden an der Straßenbiegung kurz vor der Auffahrt zum Highway anhalten, er würde irgendwas über seine Kindheit erzählen oder irgendwas über das östliche Sternbild; sie würde sich eine wunde Stelle am Knöchel reiben, er würde hinsehen und ihr seine Hand reichen, ein Schuh würde sich lösen, und wer weiß was noch? Tenny sah sie jetzt an, ebenso wie der andere Mann, der einen Zettel in der Hand hielt – guter Gott, er würde sie doch jetzt nicht bitten, noch einen Song zu singen, oder? –, und ein Hauch von Erinnerung ließ eine Falte zwischen ihren Augenbrauen entstehen; sie hatte schon mal mit ihm zusammengesessen – einmal, zweimal? –, und sie überlegte, was sie ihm angetan hatte, dass er so bedrückt aussah.

Der Anblick von Trauer

Walter schnupperte an seinen Achseln, kurz bevor er rausging und das Vorhängeschloss zuschnappen ließ. Kiamoy schlich sich zwischen seinen Füßen durch die Tür, aber Walter schenkte ihr keine weitere Beachtung. Sie würde ihren Weg zurück finden durch einen der Lüftungsschächte oder eines der Löcher zwischen Hauswand und Dach. Es gab einen Fischkopf, in Essig gedünstet, der auf einem Plastikteller in der Spüle auf sie wartete. Walter ging davon aus, an diesem Abend gegen Acht zurück in Paez zu sein; der Vize-Bürgermeister hatte versprochen, ihn von seiner regulären Schicht für diesen Tag zu entbinden, und wenn alles nach Plan lief, wäre er sogar früher als sonst zuhause, ein paar Minuten vor seinem Kätzchen.

Das Schnuppern war ein Reflex; es war Wochen her, dass er so früh aufgestanden war, um zu baden – zwei Eimer kaltes Wasser, mit einer Plastikkelle über den Kopf gegossen, und ein bisschen Seife – und dann die Wohnung für einen Auftrag zu verlassen. Er war so frisch und rosig, wie er es nur sein konnte. Das Vorhängeschloss war neu und ein nerviger Teil der täglichen Routine; eine Ray Ban-Sonnenbrille – eines der letzten Andenken an sein Leben vor Paez – war ein paar Wochen zuvor verschwunden.

Walter war sich sicher, dass er die Brille auf dem Küchentisch liegen gelassen hatte, bevor er zur Arbeit losstürzte, obwohl es genauso gut sein konnte, dass sie aus seiner Brusttasche gefallen oder sogar von seinem Tisch auf der Polizeiwache gemopst worden war. Ihm war auch ein Aiwa-Kassettenspieler abhanden gekommen, den er auf der letzten Weihnachtsfeier dabei hatte: Walter selbst hatte das Gerät rumgereicht, es spielte »Joy of the World« für eine Minute und schon in der nächsten war es verschwunden, einfach so.

Das waren nur zwei von vielen hundert ungelösten Fällen und ungeklärten Geheimnissen in einer Stadt, die nicht groß genug schien, um so viele Gauner zu beherbergen. Sie bereicherten die inoffiziellen Aufzeichnungen über ineffiziente Polizeiarbeit, die Walter zum Zeitvertreib festhielt: Also zwei von zweihundertsechsundsiebzig angezeigten Fällen von Diebstahl und Raub über die letzten drei Jahre, von denen dreiundachtzig ungelöst blieben, abgesehen von den neununddreißig mutmaßlichen Morden, zweihunderteinundvierzig Überfällen, einhundertfünfundzwanzig »Verbrechen gegen die Sittsamkeit«, und wer weiß was noch alles zwischen diesen kargen Hügeln nicht gesehen oder gemeldet wurde. Der Verlust eines Kassettenspielers und einer Sonnenbrille sollten sich nicht allzu gravierend auf diese allgemeine Bilanz auswirken, aber sie wurmten Walter sehr, nicht nur weil sie *ihm* abhanden gekommen waren, verdammt nochmal, sondern weil er die Täter nicht dingfest machen konnte, was ja eigentlich seine Aufgabe war. Als er sich die Fälle in Erinnerung rief, an denen er mit der Harabas Task Force in der Innenstadt gearbeitet hatte – den Peninsular-Bankraub zum Beispiel und die Entführung und Ermordung der Geliebten des Arbeitsrechtlers –, fühlte er eine Mischung aus Begeisterung und ja, er musste es zugeben, Stolz, bis er eine kalte, schwere Hand auf seiner Stirn spürte, die alles weitere Erinnern unterbrach, vielleicht zu seinem eigenen Schutz.

Doch an diesem Dienstagmorgen war es ihm unmöglich, nicht an Manila zu denken und seine Gedanken waren seinen Füßen weit voraus, als er den Van, den er vom Büro des Vize-Bürgermeisters ausgeliehen bekam, vor Rorys Haus in Bagumbayani Village stoppte. Er war ein paar Mal in dem Viertel gewesen, um Pakete für den Chief abzuliefern, und einmal, um die letzte Wohnanschrift eines Mannes zu checken, der von der Polizei in Del Monte gesucht wurde wegen Betrugs und Veruntreuung. Nach allem, was er inzwischen wusste, verstand er, warum Rory hier wohnte.

Bagumbayani erstreckte sich über ein Tal, das sich zur Seeseite hin öffnete, und kroch die umliegenden Hügel hoch, drei Kilometer entfernt vom Flame Tree auf der anderen Seite der Stadt. Es war in »Phasen« gebaut worden, und die neue Phase III drohte bis ans Ufer zu wachsen, Plastikzäune begrenzten die Grundstücke, die der Bauherr dem sumpfigen Boden entreißen wollte. Jede Phase war nach einem Thema benannt: Nationalhelden in Phase I, Heilige in Phase II und Blumen in Phase III.

Der Name des Viertels selbst war eine Erfindung des Bauherrn, die sich auf Bagumbayan bezog, den geweihten Ort, an dem Jose Rizal* hingerichtet worden war, und auf die Bagong Bayani, die im Ausland arbeitenden, gesalbten Helden der neuen Zeit. In den Zeitungen der philippinischen Exilgemeinden wurden Häuser und Grundstücke in Bagumbayani beworben mit Sätzen wie »Dein Traum wird wahr – endlich ein Haus für Dich und Deine Liebsten! Wohneinheiten in Reihen- und freistehenden Häusern in 3 modernen Ausführungen, von 60 bis zu 120 qm Wohnfläche! Niedrige Ratenzahlungen und einfache Tilgung über MacPine Finanzdienstleistungen und Logistik! Jetzt reservieren – begrenzte Anzahl an Wohneinheiten noch frei!«

Bagumbayani war 1976, etwas bescheidener, als Candiville entstanden, so benannt nach der ersten Ehefrau des Bürgermeisters Candida, deren Familie den Großteil des Landes besaß und deren höchstmoderne Idee es war, eine Ansammlung brachliegender Grasflächen und stinkender Luft in das angesagte Stadtviertel des neuen Bürgertums von Paez zu verwandeln – der Pukkamuschel-Lieferanten, der Offiziere der Handelsmarine und der Polizei, der Benzin- und Erdölhändler.

Phase I, das ursprüngliche Candiville, umfasste den Kern der Immobilien links und rechts der Nationalstraße. Die Phase I-Häuser waren auch die kleinsten und billigsten im Viertel, entworfen und gebaut für den leichten und schnellen Verkauf. Das Marketing beschrieb sie als Bauten im Stil »amerikanischer Vorstädte«, was bedeutete, dass sie flache Bungalows oder Doppelhaushälften waren, ausgestattet mit zwei Schlafzimmern, Wellblechdächern, Betonböden, Glasfenstern, einer Toilette und Dusche und einem zusätzlichen Wasseranschluss auf der Rückseite für die Wäsche oder, was jeder Filipino, nicht unbedingt ein amerikanischer Vorstädter benötigte: die »dreckige Küche«, wo Fisch und Geflügel zerteilt und gesäubert wurden; ein wartender Hund nahm sich dann meist der Innereien an (und wenn sich die kleinste Chance bot, auch des ganzen Huhns). Ein schmaler Streifen Erde vorne und ein weiterer hinten dienten als Garten, die Vorgärten bewohnter Grundstücke explodierten bald in üppiger Bepflanzung mit zahllosen Blüten von Kosmeen, Malteserkreuzblumen, Bougainvilleas, Jasmin, Gänseblümchen und vereinzelt von Rosen.

Zur Grundausstattung gehörte ein weißer Außenanstrich, alle anderen Farben kosteten extra; und so war es augenfällig, dass nur diejenigen, die über wenig Mittel und Phantasie verfügten, am einfachen Weiß festhielten, während alle anderen Eigentümer ihre Wände in irgendeiner Farbe streichen ließen, sodass im Ergebnis die meisten Häuser ihr Dasein in einer Schattierung von Spinatgrün oder Korallenrosa fristeten. Weder Zäune noch Tore waren im Paket inbegriffen, und das bot weitere Möglichkeiten, sich von der Masse abzuheben – insbesondere, sie von sich und seinem Eigentum fernzuhalten. Die Maurer und Schweißer machten gute Geschäfte und entwarfen Mauern, die den Nachbarn jede Aussicht verbauten, und Zäune und Tore, die Kreuzfahrern alle Ehre gemacht hätten, mit Zacken, Arabesken und Halterungen für Laternen und Fackeln. Waren die Häuser einmal abbezahlt, konnten sie in jeglicher Form, die man sich wünschen konnte, umgestaltet werden. Ein Bootsmann im Ruhestand, der den Großteil seiner letzten Dienstjahre auf einem griechischen Frachter verbracht hatte, ließ seine Fenster zu Bullaugen umformen. Er stellte einen Mast in den Garten und hisste verschiedene Flaggen, je nach Wetterlage, und seine Haustür war geschmückt mit einem speziell angefertigten hölzernen Steuerrad, das so konstruiert war, dass sich die Tür entriegelte, wenn man daran drehte.

Diese und andere einfallsreiche Dekorationen gaben den Entwicklern von Bagumbayani die Idee für Phase II, die sich stufig an die kahlen Hänge anschmiegte. Hier entstanden die Häuser in ähnlichen baulichen Größenordnungen, jedoch diesmal vermarktet als »mediterraner« Stil, was sich in postkartentauglichen Motiven widerspiegelte, etwa in gewölbten Torbögen und quadratisch gemusterten Fassaden, verziert mit einer Reihe roter, runder Kacheln wie lackierte Fingernägel. Der sichtbarste Unterschied zwischen dem amerikanischen und dem mediterranen Stil war, dass das, was vorher optional war, jetzt Standard wurde, zum Beispiel die grünen und rosaroten Hauswände, sehr zum Ärger der Phase I-Hauseigentümer. Phase II, und ungefähr fünfzig Häuser später, Phase III zogen eine neue Generation von weitläufig mobilen Paezeños an, die Arbeit auf den Baustellen und Ölfeldern des Mittleren Ostens fanden, in den Hotels, Bars und Küchen Europas, und bald auch all die anderen, die in die Welt hinauszogen: Haushaltshilfen in Hongkong, Tänzerinnen in Yokohama, Zimmermädchen in Brunei, Krankenschwestern in Saipan. Im Jahr 1995, die Hundertjahrfeier der philippinischen Revolution kam näher, fand die neue Frau des Bürgermeisters endlich einen noblen Grund, sich des Vermächtnisses ihrer Vorgängerin zu entledigen und mit ihren bescheidenen Mitteln die heilige Geschichte in Erinnerung zu rufen; zwei Kälber und ein halbes Dutzend Schweine wurden geopfert und kollektiv verspeist, um den Untergang Candivilles und die Geburt Bagumbayanis zu feiern, verbunden mit der Einweihung von Phase III.

Die Nummer 17 der Gardenia Street stand am Ende einer Reihe blauer und grüner Häuser; es hatte noch seinen ursprünglichen Kalkanstrich, der abblätterte und vor dem wild wuchernden Gras und den Pfeffersträuchern verloren aussah. Ein Papierdrache, ursprünglich rot, hatte sich in einer Antenne auf dem Dach verfangen und hing dort wie die zerfledderte Fahne eines Landes, das vergessen hatte, wie lange es sich schon im Krieg befand. Wie alle anderen Häuser besaß Nummer 17 vorne einen kleinen Garten, den die meisten Leute mit Blumenstauden bepflanzten, aber hier hielten lediglich ein hochwuchernder Oleander und ein gelber Plastikkinderstuhl Hof.

Walter stieg aus dem Wagen und drückte die Klingel am Torpfosten. Es surrte eher als dass es läutete, und Walter fragte sich, ob er noch mal drücken sollte, um sicherzugehen, dass Rory Notiz von ihm nahm. Er hatte sein Kommen für 9 Uhr 30 angekündigt, für den Fall, dass unerwartete Probleme beim Fuhrpark auftraten; jetzt war es 9 Uhr 45. Ein Schatten bewegte sich hinter dem beschlagenen Fenster, und Walter konnte Stimmen hören. Er widerstand dem plötzlichen Drang, sich wieder zu beschnuppern. Er tastete seine Brusttasche nach der Sonnenbrille ab, und sogleich fiel ihm ein, dass er sie verloren hatte; der Schatten bewegte sich in Richtung Tür. Etwas nervös und um etwas in der Hand zu halten, zog Walter eine Zigarette aus der Packung und wollte sie gerade anzünden, als Rory aus der Tür trat, gefolgt von einem Jungen von vielleicht zwei Jahren, der von einem älteren Mädchen an der Hand gehalten wurde. Walter hatte den Kleinen nicht erwartet und war überrascht angesichts der Möglichkeit – oder Wahrscheinlichkeit –, dass er Rorys Sohn war. Rory kniete sich hin und flüsterte dem Kind etwas ins Ohr, das zunächst quengelte, dann Rory einen Kuss gab und sich schließlich in die Arme seiner Aufpasserin flüchtete. Im hellen Tageslicht, in einer schlichten, weißen Bluse und blauen Jeans, einer Jeansjacke darüber, sah Rory viel jünger aus als im Club. Sie versteckte die nächtliche Tortur hinter der dunkelsten Sonnenbrille, die sie besaß, was Walter noch nervöser machte. Er nahm die Zigarette aus dem Mund und öffnete ihr die Beifahrertür. Rory schmiss ihre Handtasche auf den Sitz und kletterte in den Wagen.

»Das war das Beste, das ich kriegen konnte«, sagte Walter und fuhr auf die Nationalstraße. Der blaugraue Toyota Tamaraw FX besaß keine Klimaanlage, und Walter hatte alle Fenster runtergekurbelt. Es gab nur die Wahl, im Innenraum gegrillt zu werden oder jede Menge Staub und ab und zu einen Mückenschwarm zu inhalieren. »Der Vize wollte uns den Lite-Ace geben, aber Stadtrat Aguirre hat dazwischen gefunkt. Egal, ich hatte dem Vize schon gesagt, dass es problematisch wäre, den – äh – Sarg in den Lite-Ace reinzubekommen, selbst mit runtergeklappten Sitzen.«

»Alles gut. Wir fahren ja nicht zum Picknick.« Sie sah aus dem Fenster. Sie waren dabei, dem Meer den Rücken zuzukehren. Die einlaufende Fähre aus Islang Bato war bloß ein Pünktchen am Horizont.

»Der Vize wollte eigentlich mitkommen und dich sehen, aber er hatte ein Meeting um zehn mit Besuchern aus Del Monte.«

Walter erinnerte sich an was, und fischte, eine Hand am Steuer, einen Tausend-Peso-Schein aus seiner rechten Brusttasche, und reichte ihn, zwischen zwei Finger geklemmt, an Rory weiter. »Er bat mich, dir das zu geben, einfach für den Trip, für Benzin und Essen. Er sagte, er würde dir mehr geben, sobald wir zurück sind. Ich erwischte ihn beim Joggen am Strand und das war alles, was er bei sich hatte. Aber wenigstens hatte er sein Telefon dabei und gab in Manila Bescheid, dass wir kommen, und – und er gab uns, gab dir – diesen Schein.«

Rory starrte auf den blauen Geldschein, machte aber keine Anstalten, ihn zu nehmen. Walters Blicke glitten von der Straße zu ihr und wieder zurück zu einem Bagger, den er überholen musste. »Behalt du es«, murmelte sie. »Wenn wir mehr brauchen, kann ich noch was beisteuern.«

»Nein, nein, das ist mehr als genug, mehr als genug.« Walter stopfte den Schein zurück in die Tasche und überholte den Bagger. Manila war gut fünf bis sechs Stunden entfernt, je nachdem, wie gut die Straßen den letzten Taifun überstanden hatten und wie dicht der Verkehr um Manila war. Dieser Bagger, dachte Walter, war auf dem Weg zu einer Baustelle irgendwo vor ihnen. In einem Wahljahr gab es überall neue Baustellen, das sollte die Bürger daran erinnern, wer sich für ihr Wohlergehen einsetzte und Geld aus den Taschen der Banken zog, wo es sonst keinen Nutzen hatte; ein Spinnennetz aus Baugruben umgab die Stadt und obwohl noch Stunden Fahrt vor ihm lagen, fürchtete Walter sich davor, durch viele Landstriche, gesegnet mit Reisfeldern und Kokosnusspalmen, durchzurasen, nur um dann von einem Stadtviertel zum nächsten zu kriechen, von einer qualmenden Straße zur nächsten, wie ein Fußsoldat. Der Staub legte sich, als sie auf eine Asphaltstraße fuhren, die durch mehrere Städte führte, bevor sie auf eine absolut willkürlich erscheinende Abfolge von Beton-, Kies- und Asphaltpisten stießen. Als er vor einigen Jahren zum dritten Mal diese Strecke gefahren war, hatte Walter endlich begriffen, dass das Ganze damit zu tun hatte, wie die einzelnen Destrikte gewählt hatten und wo der jeweilige Abgeordnete herkam. Kilometerlange vorbildliche Straßen, seitlich geschmückt mit Katzenaugen, führten so durch ein Nest aus Hütten und Maniokpflanzen wie Pulanglupa, während jahrhundertealte Städte mit vielen hundert Familien im Matsch versanken. In einigen dieser Orte gab es noch Rebellen, und Walter war sich mehr oder weniger sicher, dass er, etwas außerhalb von Paez, einmal eine Gruppe von sieben oder acht bewaffneten Männern gesehen hatte, die durch einen Palmenhain schlichen, obwohl es schwierig war, aus der Ferne zu beurteilen – selbst aus der Nähe war es schwierig –, ob es sich um Kämpfer der New People's Army* oder um Milizionäre der Regierung handelte; sie kauften und klauten Waffen voneinander, und trugen dieselben langweiligen T-Shirts und Jeans, dieselben schmalen braunen Gesichter, dieselben Nachnamen.

»Wann warst du das letzte Mal in Manila?«

Die Frage überraschte Walter, er hatte erwartet, dass Rory von sich aus nichts sagen würde, wenn er nicht den Anfang machte. Walter schaltete einen Gang runter und steuerte den Tamaraw über eine steinige Piste, bevor er antwortete: »Vor sechs Monaten.« Seine Mutter war krank gewesen, und er hatte Dokumente zu unterschreiben, so unwichtig die auch waren.

»Du bist nicht von hier oder?«

»Nein.«

»Klingt auch so. Ich hör das.«

»Das glaub ich. Was ist mir dir?«

»Von wo sollte ich sein außer Paez…«

»Ich meine, wann warst du das letzte Mal in Manila?«

Rory nahm die Brille ab und rieb sich die Augen: »Als ich auf der High School war. Wir machten einen Ausflug zur Mall. Unsere Lehrer gingen shoppen. Ich kaufte mir ein Eis, Erdbeer –

mein erstes Erdbeereis. Das einzige, was ich wirklich wollte, war ein Walkman. Aber ich hatte nicht das Geld dafür.« Wie lange das her war! Fünf Jahre. Ihre große Schwester Soli war noch da, und Rory hatte ihr von der Supermall eine schmetterlingsförmige Haarspange mitgebracht. Die Erinnerung ließ ihre Augen feucht werden, sie setzte ihre Brille wieder auf.

Der Walkman erinnerte Walter daran, dass das Auto ein Radio hatte, er wusste nicht, ob es auch funktionierte. Er drehte am Lautstärkeregler, das Radio krächzte laut auf, Rory zuckte zusammen; Walter schaltete das Radio wieder aus. »Alles gut«, sagte Rory, schaltete das Radio wieder ein und wählte einen Sender, der nichts spielte außer Pop- und Rockmelodien, ohne aufwühlende oder harte Stücke, sanft wie eine Handcreme. Trotzdem sorgte der schlechte Empfang für einen kratzigen, rauen Ton, und schon bald rutschte Rory unruhig auf dem dünn gepolsterten Sitz hin und her und versuchte sich auf die Landschaft zu konzentrieren.

»Kann ich dich was fragen«, sagte Walter schließlich. Für Fragen war die Nacht zuvor keine Zeit gewesen. Rory war, nachdem sie das Telegramm gelesen hatte, wortlos zusammengebrochen, und Tennyson Yip hatte sie direkt nach Hause gefahren, nachdem sie sich kurz mit Walter über die am nächsten Morgen anstehende Fahrt abgestimmt hatte.

»Ja«, sagte Rory, »sicher.« Sie mochte seine Zurückhaltung, diese Distanz, die er zwischen ihnen wahrte; Sie konnte aber nicht sagen, ob es einfach Respekt vor ihrer Trauer oder angeborene Schüchternheit war. Rory glaubte, sich zu sehr an laute Männer gewöhnt zu haben, um langes Schweigen ertragen zu können.

»Der Name…«

»Mein Name. Meine Schwester hat ihn benutzt. Es war ihre zweite Auslandsreise – das erste Mal, vor vier Jahren, war sie nach Hongkong gereist. Es gab ein Problem – sie musste ausreisen –, und sie haben ihren Reisepass markiert, sodass sie ihn nicht mehr nutzen konnte. Und deshalb brauchte sie, als sie nach Saudi-Arabien ging, eine neue Identität. Also hat sie meinen Namen benutzt. Das ist bei Schwestern nicht besonders schwierig, wenn man die Papiere hat und das Geld für die Gebühren.«

Und so hatten sie es gemacht: Rory sah sie beide vor sich, Schulter an Schulter, mit derselben Frisur, sie probten, wie gleich sie aussehen konnten, aus verschiedenen Blickwinkeln und mit bestimmten Gesichtsausdrücken. Soli war fünf Jahre älter, und der Altersunterschied zeigte sich auch in der Üppigkeit von Solis Körper gegenüber Rorys drahtiger Jugend; Soli hatte sechs Monate zuvor Nathan zur Welt gebracht, aber sie hatte ihr Normalgewicht zurückgewonnen und war umso ehrgeiziger, so schnell wie möglich wieder abzureisen. Aber das Wichtigste war das Foto – von den Schultern aufwärts. Es war Rorys Pass mit ihrem Foto, logisch, ein absolut legales Dokument, das Solis Vermittler gegen hohe Kosten (wie er versicherte) beschafft hatte, ohne dass Rory deshalb den langen und ermüdenden Weg nach Manila auf sich hatte nehmen müssen. Rorys Herz flatterte, als sie den dunkelbraunen Pass aus Solis Handtasche kommen und auf den Küchentisch fallen sah, die Seiten so frisch und steif, dass Soli sie fast auseinander brechen musste, und sie starrten gemeinsam auf Rorys Foto, Rory strich mit den Fingern über das Plastik, bevor Soli den Pass wieder an sich nahm und mit einem Kugelschreiber Rorys Unterschrift imitierte, was sie vorher tagelang geübt hatte. Sie hätte »Aurora V. Cabahug« in jeglicher Form schreiben können; sie hätte auch ihr eigenes Bild einsetzen lassen können, keiner hätte das gemerkt. Aber Soli genoss anscheinend den Kick, in Rorys Person hineinzuschlüpfen – oder, zumindest, ihr eigenes Gesicht und ihren eigenen Namen abzulegen. Auch Rory fand es spannend, jemand anderes zu sein. Soli steckte den Pass schließlich zurück in ihre Tasche, und das war das letzte Mal, dass sie ihn sehen würde – es sei denn, irgendjemand in Jeddah würde ihn finden und in einen Umschlag stecken.

»Haben sie gesagt, warum sie ertrunken ist?« Rory war jetzt an der Reihe, Fragen zu stellen. »Habt ihr was Neues rausgefunden heute Morgen?«

»Nein, leider nicht. Der Vize konnte nichts weiter in Erfahrung bringen, keine Ahnung, mit wem er telefoniert hat. Sie wissen da nur, dass wir die Leiche abholen.«

»Sie war eine gute Schwimmerin, weißt du«, sagte Rory und blickte wieder zur Seite. Das Meer war jetzt weit hinter ihnen, und links und rechts lagen sattgrüne Reisfelder. Die Luft war kühler, der Boden nass.

Walter dachte an all die Wasserleichen, die er aus nächster Nähe hatte inspizieren müssen – nicht sehr viele, ein halbes Dutzend vielleicht, aber genug, um zu wissen, jedenfalls nach den Zeugenaussagen, dass die meisten dieser Leute gute Schwimmer waren. Oft lag es an was anderem – eine starke Strömung, ein Moment der Unachtsamkeit. Seine erste Leiche hatte er mit zehn gesehen; es war ein geflüchteter Sträfling, aus einem überfluteten Steinbruch in Marikina gezogen. Er hatte sich über die ausgesprochen feingliedrigen Tattoos gewundert – endlose Reihen von Schlangen und Drachen, die sich in das dunkle Violett der aufgedunsenen Haut einfügten. Der Mann war anscheinend schon vor Jahren aus dem Gefängnis in Nueva Ecija geflohen. Walter und seine Leute kannten ihn nur als talentierten Schnitzer von Holzspielzeugen, Steinschleudern und Kreiseln. Niemand war hinter ihm her gewesen, als er in die Grube fiel; vielleicht hatte er einfach etwas Abkühlung vor der drückenden Hitze gesucht.

»Ertrinken ist eine Todesursache – aber kein Grund, zu sterben«, meinte Walter.

»Nein, ist es nicht«, stimmte Rory zu. »Hilfst du mir?«, fragte sie unvermittelt.

»Helfen bei was?«

»Herauszufinden, warum sie gestorben ist. Ich meine, wurde sie gestoßen, ist sie gestürzt, gesprungen, sowas. Du bist Polizist, oder nicht?« Walter konnte die Frustration in ihrer Stimme hören.

»Ja – ich bin nur ein einfacher Polizist, weißt du –, aber natürlich helfe ich dir so gut ich kann – wie jetzt gerade…«

»Nein, nein, das meine ich nicht, ich brauche keinen Fahrer – versteh mich nicht falsch, ich weiß das zu schätzen, wirklich, aber – ich brauche jemanden, der mir die Wahrheit sagt.« Ihre Hände suchten nach etwas, woran sie sich festhalten konnten, Walter hatte Sorge, dass sie auf die Sonnenblende einschlagen würde, aber sie hielt kurz inne, ballte die Hände zu Fäusten, öffnete sie wieder und legte sie langsam zurück in den Schoß wie heimkehrende Vögel.

Walter fragte sich, welche Wahrheiten sie zu erfahren hoffte, so weit vom Tatort entfernt; es müsste einen Antrag und die Anordnung einer Autopsie geben, und jemanden, der sie durchführte, und zwar korrekt. Das wäre noch der einfachere Teil. Manchmal waren Anhaltspunkte nicht an der Leiche, sondern in Dokumenten und Worten zu finden, welche aufgezeichneten Gedanken und Gefühle auch immer die jeweilige Person hinterlassen hatte. Das waren die technischen Probleme, und egal wie herausfordernd die auch sein konnten, es gab immer noch schwierigere Fragen, Komplikationen, die oft mit dem simplen und naiven Bestehen auf der Wahrheit begannen.

»Sie hätten es zumindest mir zuerst mitteilen können«, sagte Rory, ihr Schock und Schmerz zeigten sich jetzt in grübelnder Logik. »Wie können die so – so fahrlässig sein? Sie hätten mir aus Jeddah gleich ein Telegramm schicken müssen, oder nicht? Sie hätten auch jemanden nach Paez schicken können, um mir zu sagen, was passiert ist, langsam und ernst, aber freundlich, von Angesicht zu Angesicht, oder nicht? Dann wäre ich jetzt besser darauf vorbereitet.«

Walter wusste darauf eine Antwort, schließlich stand er seit vielen Jahren auf der anderen Seite, aber die würde ihr jetzt nicht helfen, also sagte er nichts. Einmal wäre er fast über die Leichen zweier alter Männer gestolpert, die auf Zeitungspapier auf dem Boden des städtischen Leichenschauhauses lagen und auf ein ärmliches Begräbnis warteten; die Haut sah aus wie Holz, dunkel und trocken, als ob sie dort schon sehr lange Zeit gelegen hätten und jegliche Ausdünstungen aus ihnen entwichen wären, während der Gerichtsmediziner frischere, aber prominentere Leichen auf seinen gekachelten Tisch hievte. Hatte irgendjemand ihren Familien gesagt, wo sie jetzt waren? Wusste irgendwer, wo diese Familien lebten? Interessierte sich irgendjemand dafür? Was hielt den Aufseher im Leichenschauhaus davon ab, sie an einem verschlafenen Donnerstag auf einen Müllwagen und in gnädiges Vergessen zu werfen? War es möglich, dass Söhne und Töchter letzten Endes doch gefunden und informiert wurden, oder dass die immer noch unterwegs waren auf einem Kanu oder Wasserbüffel und nach ihnen suchten?

Stattdessen fragte Walter: »Was hat sie in Jeddah gemacht?«

»Sie hat sich um das Kind einer Prinzessin gekümmert«, sagte Rory. »Sie konnte schon immer gut mit Kindern, sogar mit mir, auch wenn ich das nicht immer zu schätzen wusste.« Rory zog ein kleines Tuch aus der Tasche und tupfte ihre Augen trocken. »In Hongkong hatte sie als Dienstmädchen für eine Familie gearbeitet. Das war alles, was sie tat – sich um andere Leute kümmern –, obwohl sie sehr klug war, sicher klüger als ich, nur ging sie nicht lange zur Schule, ich schon. Sie hatte im Ausland gearbeitet, damit ich mein College beenden konnte – habe ich aber nie… Und ich habe ihr das nicht, nie gesagt, auch wenn ich es vorhatte… Jetzt wird sie es nie erfahren.« Rory erinnerte sich an die Bilder, die Soli ihr geschickt hatte – Soli in der grellen, pinken Jacke, auf der eine winkende Micky Maus prangte, die Hände in den Taschen, die Haare flatterten in ihrem Gesicht vom Wind, der über den Star Ferry-Fährhafen fegte; an jeder Seite das braune Gesicht einer Filipina – drei Mädchen an einem der seltenen Tage zusammen und draußen, an einem Ort, dessen Sommerwetter und Straßengerüche sich nach Zuhause anfühlten, und doch in vielem sehr anders war, so, als ob sie zwei Dekaden in die Zukunft gereist wären, wie in einer Zeitmaschine.

»Was ist in Hongkong passiert?«

»Was meinst du…«

»Du hast gesagt, dass sie nach Hause geschickt wurde…«

»Hab ich das? Ja, ja, das wurde sie – aber sie hat darüber nie wirklich gesprochen, außer dass es da ein Missverständnis mit ihrem Arbeitgeber gegeben hätte…«

»Was für ein Missverständnis?« Walter wich einem Dreiradtaxi aus, das ihrem Van gefährlich nahe kam; Dreiradtaxis waren der Fluch der Landstraßen, sie beachteten nichts und niemanden, wie die Wasserbüffel, die sie ersetzt hatten, tuckerten fröhlich vor sich hin, während LKWs und ihre Fahrer in ihrem Kielwasser rauchten vor Wut.

»Ich weiß nicht, oder erinnere mich nicht, ich hab nicht weiter nachgefragt, ich war einfach froh, sie wieder bei mir zu haben…«

Rory klang gestresst und durcheinander, aber Walter musste jetzt dranbleiben. »Ich will es nur verstehen«, sagte er. »Deine Schwester hat Paez verlassen, um in Hongkong als Dienstmädchen zu arbeiten. Dann kam sie zurück, nach wie langer Zeit?«

»Fast drei Jahre…«

»Drei Jahre, und dann ist sie in Paez geblieben?«

»Ja, für eineinhalb Jahre – da hat sie Nathan bekommen…«

»Nathan?«

»Ihr Sohn, mein Neffe – der kleine Junge von heute morgen. Er wird zwei – nächsten Monat, am 9. Oktober.« Rory hatte wieder Tränen in den Augen. »Er weiß es nicht, er kann das noch nicht verstehen. Meine Schwester Soli ist nach Jeddah kurz nach seinem ersten Geburtstag. Sie hat Nathan nicht wieder gesehen.« Sie drehte sich zur Seite, um in ihr Taschentuch zu schnäuzen. »Manchmal nennt mich Nathan Mama – ich zeige ihm dann Fotos von seiner Mutter und sage ›Hier, das ist deine Mama‹, aber es nützt nicht viel, er hat Soli nie wirklich gekannt. Seine Mutter ist für ihn eigentlich schon vor einem Jahr gestorben – abgesehen von dem Spielzeug und der Schokolade und den Briefen, die er nicht lesen konnte, auch wenn ich versucht habe, ihm zu erklären, was in den Briefen gestanden hat, so gut ich konnte…«

Walter sagte nichts, beeindruckt von der Wahrhaftigkeit ihrer Trauer. Es war immer einfacher, mit Verlogenheit und Angeberei klarzukommen, wenn du sie einmal erkannt hast – tatsächlich kam er besser mit dem Tod selbst als mit seinen chaotischen Konsequenzen zurecht. Er konnte und wollte keine besonderen Gefühle für die Verstorbene entwickeln – ein Name auf dem Telegramm einer Behörde, und es war nicht mal ihr richtiger Name. Wie konnte jemand sein Baby zurücklassen und auf die andere Seite der Erde abhauen? Um für das Essen zu sorgen, sicher, aber war das nicht…«

»Wo ist er…«, platzte es aus Walter heraus.

»Wer?«

»Solis Mann.«

»Sie haben nicht geheiratet.«

»Dann eben der Vater des Jungen.«

»Ich weiß nicht…«

»Wie kannst du das nicht wissen?« Walter konnte seinen Ärger schwer unterdrücken.

»Ich weiß es nicht! Sie wollte es mir nicht sagen, okay, ich hab sie deswegen gefragt, aber sie wollte es mir nicht sagen. Sie sagte, es wäre nicht wichtig – und nach einiger Zeit war es das auch nicht mehr, auch nicht für mich. Wer auch immer er war, ich habe ihn nie gesehen. Warum fragst du sowas?«

»Du hast mich gebeten, was über Soli rauszufinden.«

»Über ihren Tod, ja, nicht über ihr Leben.«

»Also wo sonst sollte ich…«, fing Walter an, aber Rory drehte sich weg, rutschte weiter weg von ihm; er hatte ihre Reaktion aus dem Augenwinkel beobachtet und entschied, nicht weiter nachzubohren. Beruhige dich, hüte deine Zunge, das hier ist nicht dein Fall, es ist überhaupt kein Fall, es ist die tote Schwester von einer Frau, der du hilfst, sie nach Hause zu bringen, nur der Fahrer eines Leichenwagens, nichts weiter. Nichts weiter.

Es war Mittag, als sie Laguna erreichten, angekündigt von einem Betonbogen über dem Highway, der auf beiden Seiten dasselbe Bild bot, endlose, flache Streifen von Reisfeldern, umgeben von Kokospalmen. Walter war weit genug im Land herumgekommen, um zu wissen, dass es nicht überall so aussah – und dass es Filipinos gab, die von Bergen und vom Meer träumten, von Orten wie Paez auf der abgewandten Seite einer großen Insel, und mit diesen Träumen alt wurden –, aber er wusste auch, dass man stundenlang herumfahren und nichts als das Meer auf der einen und Kokospalmen auf der anderen Seite sehen konnte, so weit war das Land, und gleichzeitig so nah. Walter wusste noch mehr: Dass tief in diesen Wäldern von Kokosnusspalmen und Bambus, zwischen den Duhat- und den Tamarindenbäumen, einige Leute Waffen trugen, die weitaus größer waren als seine 38er-Dienstwaffe. Es waren Handlanger und Anhänger eines verbissenen Glaubens an – was war es nochmal? – Gerechtigkeit, oder die Zukunft oder irgend so eine Abstraktion, die niemals eine weitere Leiche mit offenem Mund und von Fliegen befallen, irgendwo in einem Graben, rechtfertigte. Er hatte schon einige davon gesehen die Straße entlang, als er dort die ersten paar Mal unterwegs war, allerdings beim letzten Mal – er saß als einfacher Zivilist in einem Bus – glaubte er, sie äußerst lebendig gesehen zu haben, als dunkle Schatten im Bambusgestrüpp. Sogar jetzt, er fuhr gerade vorsichtig durch eine enge Kurve, hupend und mit aufheulendem Motor, war er sich nicht sicher, ob ihn am anderen Ende ein Armeetransporter oder provisorischer Checkpoint erwartete – eine Schranke, eine Stahltonne –, die das zeitweilige Durcheinander von Distrikten markierten. Das war es, worum es in diesem Land wirklich ging: Distrikte, Grenzen, Absperrungen, die dich daran erinnerten, wo du hingehörtest und wo du standest. Diese Dinge zu vergessen, war der Anfang vom Ende, und Walter hatte nicht vor, noch einmal diesen Weg zu gehen, Besonnenheit war nun seine Parole, Besonnenheit und Umsicht, das Vermeiden von unnötigen Konflikten – von denen es, Gott wusste das am besten, mehr als genug gab in Walters Welt.

Deshalb konnte und wollte Walter, als er den Van auf eine Raststätte lenkte, die, wie er wusste, gut war für ein spätes Mittagessen, nichts unternehmen, als Rory keinerlei Anstalten machte auszusteigen, ohne jedwedes Interesse an Essen oder einem Gang auf die Toilette. Walter entschuldigte sich, verzichtete auf das Mahl und beeilte sich auf die Toilette zu gehen und etwas Wasser in den Kühler des Vans zu gießen. Rory tat so, als ob sie döste, während sie ihn dabei beobachtete, wie er die Hand hochhob und am Daumen lutschte, als ob er ihn sich an der Kühlerkappe verbrannt hätte, wahrscheinlich hatte er das, und er konnte nicht ahnen, wollte vielleicht auch nicht darauf achten, dass sie ihn beobachtete. Sie unterdrückte ein Grinsen, sah ihn plötzlich als einen Jungen auf Botengang vor sich, für den sie die Sache nicht einfacher machte; aber wie könnte und warum sollte sie auch, in ihrer Lage brauchte sie jemanden, der ihren Schmerz fühlte und teilte, oder zumindest ihre Ernsthaftigkeit zu honorieren verstand. Sie waren auf einer gemeinsamen Reise aus dem traurigsten und ernstesten aller Gründe, und das Beste, was sie tun konnten, war, das so schnell wie möglich hinter sich zu bringen – auch wenn sie in Wahrheit gerade furchtbar großen Hunger bekam und sich sehr zusammenreißen musste. So hätte auch Soli gedacht und sich verhalten, ohne Zweifel. Trotzdem war sie froh, dass sie noch ein bisschen Brot, in Kaffee getunkt, gegessen hatte, bevor sie losgefahren waren; die Erinnerung daran ließ das Wasser in ihrem Mund zusammenlaufen. Als Walter sich wieder auf seinen Sitz quetschte und das Auto zurück auf die Straße und in den Verkehr lenkte, hätte sie ihn fast angebrüllt, dass er anhalten solle, um ihm ihren Hunger und ihr Bedürfnis nach einer normalen Unterhaltung zu gestehen. Stattdessen setzte sie ihre Sonnenbrille auf, so konnte sie für sich sein und Walter seinen eigenen Gedanken nachhängen. Sie sagte auch nichts, als Walter mit einer fast extravaganten Geste eine Tüte Chips mit den Zähnen aufriss, die er an der Raststätte gekauft hatte, sich eine Handvoll davon beim Fahren in den Mund stopfte und keinerlei Anstalten machte, ihr welche anzubieten.

Walter starrte auf die Asphaltstraße, die sich Kilometer um Kilometer durch Kokosnussland bohrte. Hier und da bot ein entgegenkommender Jeepney, bis an die Decke beladen mit struppigen Kindern, prallen Stauden grüner Bananen oder Hühnern in Drahtkäfigen etwas Ablenkung und erinnerte Walter daran, auf die Straße zu achten. Rory hatte sich in ihrer Ecke eingemummelt, sie wollte ihre Nerven nicht noch weiter strapazieren, und ihre Hände umklammerten das Taschentuch zwischen ihren Knien. Ihre Augen waren geschlossen, und ihr Atmen war so gleichmäßig wie das Klopfen des Motors auf einer Straße in einer Gegend, die so unveränderlich schien wie die Sterne am Nachthimmel.

Als der Wagen gerade eine Stahlbrücke, die in eine andere Stadt führte, überquert hatte, fand sich Walter auf einmal in einer Prozession von Jeepneys und Dreiradtaxis wieder, die sich hinter einem dreckigen, grauen Kombi formierte, dessen hinteres Dach und die Sitze abmontiert waren, um Platz zu machen für eine Pritsche aus Plastik, auf der ein weißer Kindersarg, bemalt mit silbernen Muscheln, ruhte. Walter schob sich Meter um Meter an diesem Trauerzug vorbei, und versuchte dabei sein Bestes, um nicht respektlos gegenüber dem toten Kind zu erscheinen, zog aber dennoch böse Blicke der Familie im vordersten Auto, direkt hinter dem Sarg, auf sich. Ein kleiner Junge, vielleicht der Bruder des toten Kindes, winkte ihm zu und Walter lächelte zurück; der Junge war bald außer Sichtweite. Rory schlief, ihre Züge hatten sich entspannt in dieser ersten Stunde der Ruhe.

Der Anblick von Trauer ließ Walter zurückdenken an die Zeit, als sein Vater gestorben war, sechs Jahre zuvor. Er war oben in Baguio, trank ein Bier auf der Terrasse des Mountain Park Hotel und betrachtete das Durcheinander von Sonnenblumen und Gladiolen in dem Wildwuchs unter ihm. Noemi war noch duschen, und er ging davon aus, dass sie bald runterkäme, um gemeinsam essen zu gehen. Bessie hätte darauf bestanden, ein nettes Lokal auf der Session Road oder am Burnham Park zu suchen, eines mit Tischdecke und gutem Geschirr – sie mochte es, ihm in diesen Dingen etwas beizubringen, und er musste so tun, als ob er etwas von ihr lernte und dieses Lernen genoss –, Noemi aber hatte etwas Befreiendes, war für alles zu haben, für Plastikbecher und teigige Würstchen, jetzt, nachdem er einmal ihr Vertrauen gewonnen hatte. Sie hatte auch kaum eine Wahl, und er genauso wenig, meinte er: Wenn er sie verließe, wäre das ihr Ende, und diese Abhängigkeit erfüllte ihn mit Zärtlichkeit und Verantwortungsgefühl. In Wahrheit war es der Nervenkitzel seiner ersten Affäre, den er genoss, seine zweiten Flitterwochen – in derselben Stadt sogar –, der Geruch von Körperpuder zwischen ihren Brüsten, das ständige Verlangen, seine Hand in eine ihrer Hosentaschen zu versenken, ihre Knochen unter dem Fleisch zu spüren. Noemi, ein Strich von einer Frau, ein unerwartetes Geschenk und offenes Geheimnis, aber nur für ihn, zumindest fast: Nur sein Partner Julio wusste, dass sie mit ihm hier war, und sicher nicht Bessie, die glaubte, dass er gerade unten in Dumaguete war, um einem Hinweis wegen der Uyboco-Entführung nachzugehen. So ist der Job, sagte er immer zu ihr – ein Job, über den ich dir nur soviel erzählen kann, wie es gut für dich ist (sogar jetzt), ein Job, der mich mit anderen Leuten und Dingen konfrontiert, zu meinem eigenen Schutz (sogar jetzt), ein Job, der nichts anderes bedeutet als die Verlorenen und Kaputten vor sich selbst und ihren Neigungen zu schützen (sogar jetzt).

Als er Noemi zum ersten Mal, das war fünf Wochen her, in ein 24-Stunden-Restaurant in Malate ausführte, hatte er keine Ahnung, wohin das führen würde. Alles, was er wollte, abgesehen von einem Teller Nudeln um drei Uhr morgens, war, sie zu beschützen, wie jeder verantwortungsvolle Diener des Gesetzes – zumindest redete er sich das ein. Sie weinte etwas, als er ihr, mit Geduld und List eingefädelt, das unterwürfige Geständnis abluchste, sie sei siebzehn und nicht einundzwanzig, wie sie zuerst behauptet hatte. Danach, nachdem er ernst und überzeugend seiner Entrüstung Ausdruck verliehen und sodann generös Hilfe angeboten hatte, gab es keine Tränen mehr, nur noch beschämte Dankbarkeit und die sanften Andeutungen einer Zuneigung, mit der er kaum umzugehen wusste.

Er schlürfte den Schaum von seinem zweiten Bier, als sie runter kam. Sie hatte ihr orangenes Sommerkleid an, das ihre Jugendlichkeit noch unterstrich; seine Scham, mit ihr gesehen zu werden, war längst einem aufrührerischem Stolz gewichen, und er griff nach ihrer ausgestreckten Hand, ohne sie anzusehen, denn er wusste, dass sie da war. Sie bückte sich zu ihm und flüsterte ihm etwas ins Ohr, und er lächelte in Erwartung einer weiteren Zärtlichkeit.

»Das Telefon hat geklingelt, und es hat nicht aufgehört, also bin ich rangegangen«, sagte sie in einem Ton, der genauso gut zur Verlesung des Prozederes eines Gottesdienstes in der Baguio-Kathedrale gepasst hätte. »Walter, dein Vater ist tot. Er hatte einen Herzinfarkt. Sie haben ihn im Badezimmer gefunden, aber es war zu spät.«

Walter sagte für gefühlt eine Minute nichts, aber Noemi bemerkte sein schweres Atmen, ihre Worte fanden langsam den Weg in seinen Kopf. Als er wieder sprechen konnte, fragte er, beinahe wimmernd: »Wer hat angerufen?«

»Deine Frau«, sagte sie. »Sie hat in deiner Dienststelle angerufen, und sie haben ihr die Nummer vom Hotel gegeben.« Sie hörte auf, seine Schulter zu kneten. »Alles, was ich sagen konnte, war: ›Danke, ich werde es ihm sagen‹. Und danach weiß ich nicht, wer zuerst aufgelegt hat, sie oder ich.«

»Du hättest ihr irgendwas erzählen können. Du hättest vorgeben können, das Zimmermädchen zu sein.«

»Walter, dein Vater ist tot.«

»Ich weiß«, sagte er und versuchte, die aufsteigende Panik in seiner Brust zu unterdrücken, »das hab ich verstanden.«

Sie waren zurück aufs Zimmer gegangen, und die Tür war kaum zu, da wurde Walter von einem starken Verlangen übermannt. Er warf Noemi aufs Bett und fiel förmlich über sie her – vergewaltigte sie, verletzte sie aus einem Anfall von Angst und Schmerz. Schließlich lag er wie ein Baby, weinend und schluchzend, in ihren Armen, aber er konnte ihr nicht sagen, warum genau er weinte; er wusste es nicht mal selbst.

Er kehrte erst zwei Tage später nach Hause zurück, er wusste, dass sie ihn erwarten würden, die gute philippinische Familie, bevor er seinen Vater zu Grabe tragen musste. Er nutzte die Zeit, um sich zu sammeln, seine Schwester Gayla anzurufen, um ihr zu sagen, dass die Überwachung, an der er beteiligt war, zu heikel war, um sie sofort abbrechen zu können, und um sie nach der Mutter zu fragen, die ständig irgendetwas von merkwürdigen Ereignissen im Jahr 1957 murmelte; Gayla erzählte noch, dass Bessie sich dafür entschuldigt hatte, an den Vorbereitungen für die Beerdigung nicht teilnehmen zu können; sie litt wieder unter heftigen Bauchschmerzen. Walter tat so, als hätte er das nicht gehört; es war eine schlechte Lüge und noch schlechter, wenn es stimmte. Auch nutzte er die Zeit, um Noemi bei alten Freunden in Sampaloc unterzubringen, wo die Einheimischen daran gewöhnt waren, dass entfernte Onkel ihre Nichten nach Hause brachten. Und er nutzte die Situation, um sich noch länger vom Dienst befreien zu lassen, und war erleichtert, dass ihm aus Anteilnahme eine längere Freistellung gewährt wurde, die ihn für all die gestohlenen und vergeudeten Stunden, die schreckliche Papierarbeit und das ständige Überprüfen von dünnen Spuren, dreisten Beschuldigungen und unverschämten Lügen entschädigen sollte.

Und was war mit seiner eigenen Heuchelei? Sie war so sehr Teil seines Lebens geworden, dass er sie betrieb, ohne darüber nachzudenken, wie das Atmen puren Sauerstoffs und das Ausstoßen von nikotingetränkter Luft. Tatsächlich war es in seinem Job überlebenswichtig, gut lügen zu können.

Als sie seinen Vater beerdigten, brach er wieder in Tränen aus, während er und Gayla ihre Mutter zwischen sich stützten; sie hätten zu viert sein sollen, aber ihr Bruder Elmer war in der High School bei einem Busunfall gestorben. Walter war seinem Vater nie besonders nah gewesen, aber die Leute hielten das Weinen für das, was gute Kinder eben tun. Bessie tauchte schließlich auch auf, Paolo an ihre Seite gedrückt, und stellte sich ihm gegenüber hin, den Sarg zwischen ihnen.

Innerhalb weniger Tage war er zurück ins Elternhaus gezogen, und die frische Witwe empfand das als eine liebevolle Geste ihres Erstgeborenen. Es würde ein Jahr dauern, bis er und Bessie mit etwas Herzlichkeit, sogar Zuneigung, insbesondere von ihrer Seite, miteinander sprachen; sie war durch den unausweichlichen Prozess der Selbstheilung gegangen, mithilfe von Tassen sehr süßen Kaffees mit Freundinnen und Fürbitten an die heilige Jungfrau Maria, und sie war an den Punkt gekommen, ihn – sie beide – zu fragen, ob sie nicht von Neuem beginnen sollten in einem neuen Zuhause, weit weg in einem fernen Land hinter dem Ozean: Sie würde als Krankenschwester arbeiten, und er könnte machen, was er wollte, vielleicht ein Handwerk, das nichts mit Waffen zu tun hatte, wie Schreiner oder Polsterer, und sie würde ihm sein Lieblingsessen, Schwein in Garnelensoße, kochen, während er Paolo bei den Hausaufgaben helfen könnte wie der Grundschullehrer, der er eigentlich hatte werden sollen. Ja, Walter hatte sich das danach so oft selbst eingeredet, dass es fast soweit gekommen wäre. Doch sobald er flüchtige Einwände erhob, zog sie sich schnell in ihr verletztes Schweigen zurück, noch bevor es ihm möglich war, Gründe zu nennen. Für sie gab es nur den einen und der war der schlimmste überhaupt. Er hätte ihr so viel zu sagen gehabt – er hatte Noemi nicht gesehen in all diesen Monaten, nicht, dass er nicht gewollt hätte –, aber zuguterletzt war Bessie gegangen und vielleicht war das am Ende für alle das Beste, weil keiner von ihnen hatte wissen können, wie verloren er in Wirklichkeit war und sein würde, und welche Fehltritte noch auf ihn warteten. Die dumpfe Einfachheit von Paez – ein Leben wie in einer Zwischenwelt nach dem Tod, halb Bestrafung und halb Belohnung, lag nun ausgebreitet vor ihm.

»Wo sind wir?« Rory wurde wachgerüttelt, als sie durch zwei enge Kurven auf die Schnellstraße fuhren. Ihre Armbanduhr zeigte 12 Uhr 49, und sie hatten noch sechzig Kilometer vor sich, bevor sich die Jeeps, Vans und Motorroller, die von den Stränden im Süden den Heimweg antraten, zu einem summenden Schwarm vereinigen würden. Rory konnte sich von ihrem letzten Ausflug nach Manila an wenig entlang der Straße erinnern, außer dass sich die Reisfelder in dreckige Brachen verwandelt hatten, zwischen all den neu hochgezogenen Fabriken, die wattige Rauchschwaden ausspuckten, und den neuen Häusern, arrangiert wie Schuhkartons der Größe 6 in ausufernden Dimensionen, zehn oder zwanzig mal größer als die in Bagumbayani.

»Wir sind bald da«, sagte Walter, und nutzte die Gelegenheit, sich eine Philip Morris mit seinem Zippo anzuzünden. »Willst du eine?«

Rory schüttelte den Kopf. Ihre Augen und die Nase fühlten sich wund an von dem vielen Weinen. Im Gegensatz zu Nick Panganiban war sie keine Raucherin, abgesehen von ein paar Zügen mit ihren Leuten hinter dem Gebäude für Hauswirtschaftslehre in ihrem letzten Schuljahr. Es hatte sich angefühlt, als ob jemand eine heiße Gabel in ihren Rachen gesteckt hätte. Sie konnte sich anpassen – sie musste das in ihrem Job –, aber es war eines dieser Details, das sie fest davon überzeugte, gerade an diesem Morgen, dass sie, elementar und unumkehrbar, anders war. Und dennoch musste sie zugeben, dass sie jetzt, so plötzlich fast allein und weit weg von Zuhause, sich noch nie so leicht verführbar gefühlt hatte. Der Zigarettenrauch, der von der anderen Seite zu ihr hin schwebte, war zu einem vertrauten Geruch geworden, wie ein alter Schal. Vor ihnen tat sich die neue und unbekannte Stadt auf, das einzig Gewisse war, irgendwo verborgen, die Anwesenheit ihres eigenen, wenn auch falsch ausgewiesenen Blutes. Die einzigen Nachweise ihrer Identität, die sie in ihrer Tasche mitführte, waren ihre Geburtsurkunde, ein Studentenausweis, und die Beglaubigung ihres Begleiters, den sie kaum kannte und der bereit war, die unausweichliche Tatsache zu bezeugen, dass sie wirklich sie war, sie selbst und sehr lebendig.

Bis zur Unkenntlichkeit

Der Van fädelte sich in die Schlange von Lieferwagen auf der Schnellstraße ein, und Walters Fahrstil wurde ruhiger und gleichmäßiger, nur alle paar Minuten unterbrochen vom Aufheulen des Motors, wenn sich vor ihm eine Lücke auftat und Walter Gas gab, um das auszunutzen. Er hatte es gar nicht so eilig, aber er hasste es, den Jungs zuzusehen, die hinten oder oben auf den Lieferwagen hockten, die kleinen Jockeys, die von der Ladefläche herunter sprangen, um die Autos mit Pfeifen und Klatschen durch enge Kurven zu navigieren. Manchmal verloren sie wortwörtlich ihren Kopf, wenn sie aus dem Schlaf hochschreckten und plötzlich eine tief hängende Brücke oder eine Stromleitung vor sich sahen – eine Sekunde zu spät. Was Walter noch weniger ausstehen konnte, waren die starren Blicke, verbunden mit anzüglichen Gesten, sobald ein Mann und eine Frau – die vielleicht auch Bruder und Schwester waren, sofern das die Gaffer überhaupt interessierte – in Sichtweite kamen. Wäre er ganz allein gewesen, hätte er mit seiner Pistole wedeln können, um die Plagegeister zu erschrecken, aber wenn er wirklich allein gewesen wäre, hätten sie sich nicht um ihn geschert und sich in missmutiges Schweigen gehüllt. Schweigsamkeit konnte Walter verstehen, aber nicht sehr lange ertragen, wenn er mit jemandem zusammen unterwegs war, so wie jetzt. Seine Begleiterin war so still, dass man meinen konnte, sie sei eingeschlafen, aber er hörte ihre Fingerspitzen auf ihren Schoß trommeln zu einer Melodie, die er nicht hören konnte.

»Du musst deiner Schwester sehr nahe gestanden haben«, bemerkte Walter aus dem Gefühl heraus, dass er die Zeit jetzt vielleicht nutzen könnte, ihren dumpfen Schmerz zu lindern und über das Geschehene zu reden, so wie er sich bei Verhören von Verdächtigen an die Wahrheit herantastete. Die Wahrheit war niemals die Aussage einer Person oder die eine Version einer Tat, sie war oft ein schmutziges und verzwacktes Puzzle, das nicht nur mit göttlicher Geduld, sondern auch mit teuflischem Wissen über die Abgründe der menschlichen Natur zusammengefügt werden konnte.

Rory hatte die Frage gehört, antwortete aber nicht. Sie wusste, dass die erwartete Antwort »ja« war, aber das wäre eine Lüge gewesen. Sie und Soli waren nie so eng, dass die eine intuitiv wusste, was die andere dachte. Da war einmal natürlich der Altersunterschied von fünf Jahren, aber noch mehr unterschieden sie sich darin, wie sie die Welt und ihren Platz darin sahen. Wenn Rory irgendetwas von ihrer Schwester in Erinnerung war, dann war es Soledads zwanghafte und beklemmende Frömmigkeit, die weit über den Gottesdienst und andere Rituale hinausging; sie war überzeugt davon, dass sie bestraft werden müsse für unsagbar schreckliche Sünden. Sie wollte Rory einreden, jeder lustvolle Genuss müsse durch Schmerzen gebüßt werden, und so ging sie allem Vergnügen, wenn sie konnte, aus dem Weg. Und wenn sie nicht länger widerstehen konnte, dann folgte die Strafe auf dem Fuße – sie aß nichts, betete bis in die frühen Morgenstunden –, einmal ritzte sie sich sogar mit einer Rasierklinge kleine Kreuze in das Handgelenk wie ein Junkie der ganz besonderen Art. Das alles passierte natürlich erst nach dem Brand.

Vor dem Brand, als sie noch mit den Eltern in dem großen Haus lebten, entdeckte Aurora die Spieluhr ihrer Mutter, ein Mitbringsel ihres Vaters nach einer seiner Reisen in die Hauptstadt. Ihre Mutter war mit Ditoy zum Markt gegangen, und Soledad fütterte die Hühner im Hinterhof, während ihr Vater ein paar Tage in Del Monte verbrachte auf der Suche nach Ersatzteilen für die Reismühle, die das gesamte Erdgeschoss in Besitz nahm wie ein riesiges Haustier.

Wie so oft an solchen hellen und freien Vormittagen rannte sie die Treppen rauf und runter, ein selbst erfundenes Spiel, bei dem sie mehr und mehr Stufen übersprang, so weit sie eben ihre Beine strecken konnte – bis sie außer Atem war und ihre Waden heftig pochten. Und dann, oben angelangt, auf der Suche nach einem anderen Zeitvertreib, sah sie den glänzenden Messingknauf an der Schlafzimmertür. Sie drehte den Knauf, ging auf Zehenspitzen ins Zimmer, presste ihre Hand auf das blütenweiße Kopfkissen und wartete gespannt, bis es sich wieder in seine alte Form ausgedehnt hatte. Sie war schon vorher ein paar Mal hier gewesen, und der Kitzel bestand darin, nicht erwischt zu werden.

Einmal, nach einem dieser Ausflüge, hatte ihre Mutter sie beim Abendessen sehr merkwürdig angeschaut, ohne ein Wort zu sagen, und Rory konnte ihr Stückchen Tintenfisch kaum schlucken. Obwohl sie noch sehr klein war, merkte sie, dass ihre Mutter etwas ahnte und überlegte, warum sie schwieg. Es gab einen Schlüssel für das Schlafzimmer, aber der wurde nur genutzt, wenn ihre Eltern im Zimmer waren; die Tür wurde erst wieder aufgeschlossen, wenn ihre Mutter mit dem Nachttopf herausging, um ihn in der Toilette zu entleeren. Und dann erschien auch ihr Vater, kratzte seinen Bauch, stapfte in die Küche, um seine erste Tasse Instant-Kaffee zu trinken.

Sie hatten immer mal wieder Dienstmädchen, aber nur wenige konnten die Launen und die Eifersucht von Mrs. Cabahug ertragen, und so war es eine der Pflichten von Soli, vor dem Schlafengehen Wasser in einem Kessel zu kochen und es dann in eine chinesische Thermoskanne für den Morgenkaffee zu gießen. Rory liebte es, ihrer Schwester bei dieser Arbeit zuzugucken, auch wegen des Geruchs, der trotz des Korkverschlusses nach außen drang. Noch mehr faszinierte sie, wie Soli den Gasherd so aufdrehte, dass er auseinander zu fliegen drohte. Dann beschwerte sich Soli immer, dass sie mit ihrem erhitzten Gesicht kaum einschlafen könne, und wartete nur darauf, dass Rory irgendwann diese Hausarbeit übernehmen würde.

Die Schwestern schliefen auf derselben Matte und unter demselben Moskitonetz im Zimmer neben dem ihrer Eltern; Ditoy hatte seine eigene Matte und ein eigenes Netz in seiner Ecke, krabbelte aber immer noch zu den Eltern, besonders in den Augustnächten, wenn es Gewitter gab, so stark, dass große Bäume in den Wäldern von den Blitzen getroffen und gespalten wurden. Soli liebte es, sich von der schmachtenden Musik aus ihrem Kofferradio in den Schlaf wiegen zu lassen. Rorys Aufgabe war es, danach das Radio auszuschalten, und das störte sie auch nicht. Es war ein einfaches Radio, so groß wie ein Schuhkarton, mit einem Knopf fürs Einschalten und einem für die Lautstärke, und Rory hatte schnell heraus, wo die Sender waren, die Soli mochte, und die, die sie nicht mochte. Rory konnte damals noch kaum Englisch, und sie konnte sich an Songs, die sie mithören musste, allein über die Melodie erinnern; Jahre später erkannte sie einige Melodien wieder, und mit einem dicken Buch voller Songtexte bewaffnet sang sie die nach (»Loveagelessandevergreen«), aber das war anders als unter dem Moskitonetz, wenn ihr die Musik wie ein einziges, ineinander fließendes Stück erschien und sie nicht an Liebe dachte, sondern an reife Mangos, Flusskrebse und an die großen, fetten Spinnen, die wie schwarze Sterne an der Decke der Reismühle hingen.

Aber da war etwas, das Rory in dem Haus noch mehr begeisterte. Bei einem ihrer heimlichen Besuche im Elternschlafzimmer – ihre Mutter war auf dem Markt – hatte sie versucht herauszufinden, woher die seltsam klingende Musik kam, die sie dann und wann spät in der Nacht oder früh am Morgen gehört hatte, eine Musik, bei der man an das Klimpern von großen und kleinen Münzen dachte, sie konnte nur aus einem Radio oder einem Instrument stammen, das sie nicht kannte. Sie suchte unter dem Bett, aber da war nichts außer dem emaillierten Nachttopf. Aus dieser Enttäuschung heraus machte sie etwas, was sie noch nie getan hatte; sie durchsuchte die Kommode ihrer Mutter. Sie war das imposanteste Möbelstück im ganzen Haus, ein wirklicher Altar der Schönheit, dominiert von einem muschelförmigen Spiegel, der an seinen Rändern mit ins Glas eingravierten Blumen geschmückt war. Trotz ihres Alters – Mrs. Cabahug hatte ihn von ihrer Mutter geerbt – leuchteten die furnierten Paneele in frischem Glanz und ein dezent harziger Duft strömte aus seinen Ritzen. Im großen Fach standen hinter Glas, schön aufgereiht, Nagellackflaschen in verschiedenen Rottönen, von Babyrosa bis zu unverwechselbarem Blutrot. Um sie herum waren Näpfe mit Gesichtspuder und ein Bündel von Bürsten, Scheren und Feilen drapiert. Eine kleine, quadratische Flasche mit bernsteinfarbigen Parfum wurde überragt von einer rosa glänzenden Lampe, die Rory gerne angemacht hätte, aber sie war hinter Glas verschlossen wie ein teures Museumsstück.

Rory machte sich also an den unteren Schubladen zu schaffen, die keine Schlösser hatten und sich mit ihren Messingknöpfen leicht aufziehen ließen. In der rechten war ein königsblauer Schuhkarton, in dem früher vielleicht teure Schuhe verpackt waren, jetzt aber lag zusammengeknülltes Zeitungspapier darin, und als Rory es auseinander faltete, entdeckte sie kleine Porzellanfiguren, Mädchen und Jungen – nicht solche wie die Nachbarskinder, mit denen sie spielte; sie hatten orangefarbene Haare, rosa Haut, lustige Hüte und lange, weiße Socken; ein Mädchen trug einen Eimer, ein Junge spielte Geige.

Rory legte die Figuren zurück, sie waren hübsch, aber für ihre kindlichen Vorstellungen und Wünsche zu steif und zu fremd; stattdessen suchte sie in der linken Schublade weiter. Sie war vollgestopft mit kaum getragenen, perlenbesetzten Schuhen, Schmuckstücken und weißen Mottenkugeln. Und da, in einem Umschlag aus gekräuseltem Geschenkpapier, lag ein schwarzlackierter Kasten, dessen Deckel glänzte, als sie ihn auswickelte; sie erkannte auf dem Schwarz zarte rote Blüten, in Gold gefasst. Das waren keine Farben für Kinder, und genau deswegen mochte Rory sie.

Sie hob den Deckel vorsichtig mit beiden Daumen an und erschrak, als der Kasten in ihren Händen lebendig wurde: Als erstes kam Musik heraus, eine Art Glockenspiel, das sie ja schon gehört hatte, und dann die zerbrechliche, weiße Figur einer Ballerina, die sich, gestützt auf ein Bein, um die eigene Achse drehte, das andere Bein hatte sie ganz gerade von sich weggestreckt, den Arm gegenüber in Richtung Himmel gehoben. Rory sah sich die aufgemalten Details an: die um die Knöchel gekreuzten Schnürsenkel, die gescheitelten Haare, der Leberfleck auf ihrer Wange. Der Leberfleck hatte sich gerade auf die Rückseite gedreht, als plötzlich alles stehen blieb: die Musik, die Tänzerin, ihr Atem und sogar die Zeit. Sie bemerkte einen Schatten in der Tür hinter sich. Rory drehte sich um und sah Soli, die sie stumm beobachtete; das Herz der jüngeren Schwester gefror, und Peng! machte der Deckel, als sie alles eiligst zurücklegen wollte.

»Ich war bloß…«, begann sie zu erklären, aber Soli blickte auf den Kasten, und im selben Augenblick sagte Rory: »Möchtest du, dass ich ihn aufmache? Willst du mal hören?« Solis Wangen waren so dick aufgeblasen, als ob sie dringend Luft ablassen müsste, aber sie sagte nichts. Rory hob wieder sanft den Deckel an und die Musik machte da weiter, wo sie aufgehört hatte. Soli starrte wie gebannt auf die Tänzerin. Rory konnte in den Augen ihrer Schwester ein sehnsüchtiges Verlangen erkennen, überrascht davon, dass es in diesem großen Haus, voll mit Eidechsen und Spinnen, so etwas Wunderbares geben konnte.

»Versprichst du, Mama nichts zu verraten?« Aber Soli verschwand ohne eine Antwort, und Rory schaute wieder auf die tanzende Figur und bemerkte erst jetzt, dass ein Tupfer Farbe, der ihr schwarzes Haar darstellen sollte, was sie besonders gelungen fand, von der Figur abgeplatzt war. Sie stellte den Kasten wieder an seinen Platz, ging nach unten und sah Soli, wie sie den tönernen Ofen mit Holzspänen fütterte.

Sie redeten nie wieder über die Spieluhr, bis ihre Mutter selber eines Sommerabends das Thema ansprach, kurz nach dem Abendessen, als Soli und Rory den Abwasch machten, Ditoy eine Motte mit kaputtem Flügel quälte und ihr Vater am Fenster des Esszimmers stand und Rauchwolken aufsteigen ließ, um den Sternenhimmel zu verdunkeln. Aus irgendeinem Grund war es ein belastetes, unfrohes Essen gewesen; alles fühlte sich so schwer an – in der Luft, im Mund, im Hals und im Bauch. Die Eltern waren an dem Tag im städtischen Krankenhaus gewesen, um den Befund zu Mrs. Cabahugs linker Brust zu erfahren, und Mr. Cabahug hatte Probleme, das den Kindern zu erklären, weil ihm kein angemessenes Wort für »Brust« einfiel. Mrs. Cabahug betastete immer mal wieder ihre Brust, öfter, als sie selbst bemerkte, und ein unbeteiligter Beobachter hätte denken können, es würde sie da etwas jucken. Aber ihre Finger kratzten nicht, sie drückten und suchten nach etwas.

Doch jetzt kam sie aus ihrem Zimmer mit Kartons unterm Arm. »Mädchen, kommt mal her«, rief sie, und sie kamen angelaufen, ebenso Ditoy, der eigentlich nichts damit zu tun hatte, sich aber immer zwischen den Schwestern durchboxte, um dann ganz vorne neben der Mutter zu stehen, ganz selbstverständlich wie ein treues Haustier. Rory erkannte die Kartons wieder als die, die sie im Zimmer ihrer Mutter entdeckt und durchwühlt hatte, und sagte kein Wort, obwohl ihr Herz heftig pochte. Mrs. Cabahug öffnete die Kartons, wickelte die kleinen Figuren aus, sechs insgesamt, drei davon Jungen – oder Männer, die wie Jungs aussehen sollten – und drei Mädchen; die Wasserträgerin und den Geiger, die Rory schon kannte, in Begleitung von einem Polizisten, einem Feuerwehrmann, einer Nonne und einer Krankenschwester.

»Euer Vater hat mir die aus Manila mitgebracht«, sagte Mrs. Cabahug, als sie die Figuren auf den Tisch stellte, einander das Gesicht zugewandt, als ob sie sich zum Tanz aufstellten, und sie hatte sie so kombiniert, dass alles stimmig war: der Polizist mit der Nonne und so weiter. Mr. Cabahug hatte über seine Schulter geblickt, als er seinen Namen hörte, und erinnerte sich an den Markt an der Escolta-Straße, wo er die Figuren entdeckt hatte. Seine Frau hatte sie in einem Anzeigenblättchen gesehen und gab keine Ruhe, bis er sie nach seiner nächsten Geschäftsreise mitbrachte. Er fand sie damals einfach nur albern, aber heute Abend übermannte ihn die Erinnerung an die Reise und an ihre kindliche Freude, als sie das Geschenk auspackte. Er hätte sie jetzt gerne in die Arme genommen, hochgehoben und wie ein Baby hin und her geschaukelt – aber nicht vor seinen Kindern. Plötzlich gab es soviel zu sagen, aber, wie immer, fehlten ihm die richtigen Worte.

Mrs. Cabahug hatte keine Probleme, Entscheidungen zu treffen. Sie griff sich alle Jungs-Figuren und gab sie Ditoy: »Die gehören dir.« Dann nahm sie die weiblichen und sagte ohne aufzublicken: »Und diese gehören euch.« Für einen Augenblick wusste keines der Mädchen, wer gemeint war, bis Mrs. Cabahug eine der

Figuren, die Krankenschwester, in Solis Hand legte, die sie eher widerwillig hinhielt. Rory konnte es kaum glauben – und Soli ebensowenig –, als Mrs. Cabahug die Spieluhr hochnahm und sie vor Rory hinstellte. »Ich weiß, dass du Musik magst«, sagte ihre Mutter. »Ich habe dich immer in den Schlaf gesungen, und war überrascht, dass du am nächsten Tag genau das Lied gesummt hast, das ich dir vorgesungen hatte.« Rory konnte sich überhaupt nicht erinnern, und außerdem war sie viel zu nervös – sowohl der Aufregung wie auch der Verbitterung wegen, die sie bei Soli bemerkte, deren Figur wie tot in ihrer Hand lag und deren Blicke verärgert zwischen ihrer Mutter und der Spieluhr, der Spieluhr und Rory hin- und herschossen.

Falls Mrs. Cabahug etwas davon bemerkt haben sollte, sie zeigte es nicht; es war nicht das erste Mal, dass sie ihre jüngere Tochter bevorzugt hatte, und sie erwartete irgendwie, dass beide das akzeptierten und verstanden – sei es, weil Solis Gesicht sie vielleicht an die erste Geliebte ihres Mannes erinnerte, eine entfernte Verwandte von ihm – oder dass sie bei der Kleinen eine höhere Intelligenz vermutete, eine Intelligenz, die sie einmal weit aus der Stadt hinaustragen würde. Einer Stadt, aus der Mrs. Cabahug selber nur selten herausgekommen war. »Ich mag auch Musik«, hörten sie Soli sagen, sie spuckte die Worte förmlich aus. »Natürlich tust du das«, sagte die Mutter, »aber du hast ja schon ein Radio und kannst sie hören. Aber das hier, das ist nicht nur was zum Hören.« Sie wollte sie nicht beleidigen oder etwas Gemeines sagen, aber Soli fühlte sich getroffen von dieser eher beiläufigen Bemerkung; was meinte ihre Mutter damit? Wie sollte sie das verstehen? Womit hatte Rory diese Zuneigung verdient? Sie bekam nicht mit, dass Rory sich dieselbe Frage stellte, und dass niemand daran gedacht hatte, ihre Mutter zu fragen, warum sie sich gerade jetzt von ihren Kostbarkeiten trennte.

Stattdessen sprang Soli auf, wie ein Kind, das sie ja noch war, und rannte in den Hof, wo sie all ihre Wut herausließ, gegen die Bank trat und damit die dort schlafenden Hühner aufscheuchte, und dann heulend im Staub saß und mit den Schuhen auf den Boden trampelte. Mr. Cabahug erschien im Licht der Tür und Soli erstarrte vor Angst, sie würde jetzt wegen ihres schlechten Benehmens bestraft werden. Aber ihr Vater zog sie einfach hoch, setzte sich mit ihr auf die Bank und erzählte ihr die Geschichte, wie er Solis Mutter an der Anlegestelle das erste Mal getroffen hatte, wo sie beide auf dasselbe Schiff warteten. Soli hatte davon noch nie etwas gehört, und ihr Ärger verflog langsam, als sie immer neue Details erfuhr – wie zum Beispiel ihre Mutter den Plan aufgegeben hatte, in der Stadt zu studieren, um mit ihm auf dem Hof zu leben, und wie sie das Land seines Vaters verkauft hatten, um jung und unerfahren, wie sie waren, in das Geschäft mit Reismühlen einzusteigen. Was sie aber erstaunte und erschreckte, war, dass ihr Vater zu weinen begann, weil sie das von ihm nicht kannte. Er erzählte ihr von der Zeit, als er der Mutter die kleinen Figuren mitgebracht hatte, Tränen liefen über seine Wangen und seine Stimme zitterte. Aber Soli war zu jung, um all das zu begreifen, das einzige, was sie mitbekam, war, dass sie so abgelenkt wurde von einem Schmerz, den sie schon lange empfand, und die tränenreichen Grübeleien ihres Vaters erschienen ihr bedeutungslos und unpassend. Je mehr sie darüber nachdachte, desto einsamer und elender fühlte sie sich, und sie begann wieder zu weinen, jetzt gemeinsam mit ihrem Vater, in einem unharmonischen Duett. Sie saßen dort im Dunkeln, bis Ditoy mit der Polizistenfigur in der Hand herauskam, um nach seinem Vater zu suchen, der sofort aufstand und mit dem Jungen zurück ins Haus ging. »Kann ich heute Nacht bei dir schlafen, Papi?«, war das letzte, was Soli von Ditoy hörte. »Aber es gibt doch kein Gewitter«, sagte Mr. Cabahug, »guck, da ist der Mond. Gehen wir rein, bevor er uns erwischt.«

Das war die Nacht, als es brannte, und es war kein großes Geheimnis, wie und von wem das verursacht wurde, obwohl Soli für den Rest ihres Lebens immer schwor, dass es ein Unfall war, dass sie nichts anderes vorgehabt hätte, als den Gasofen soweit aufzudrehen, bis er eine helle, starke und schöne, blaue Flamme bekam. In jedem Fall und egal, was Soli vorgehabt hatte, der Gasofen explodierte, stieß eine lange, alles versengende Feuerzunge aus, die das Küchendach erreichte und leidenschaftlich am verrußten Holz leckte. Das Feuer breitete sich schnell weiter aus, sprang über Wände und Türen und schluckte schließlich alles, was es vorfand.

Was den Leuten am nächsten Morgen allerdings merkwürdig vorkam, war, dass Soli fast unversehrt geblieben war, wie die Explosion über sie hinweggefegt war, sodass sie kaum eine versengte oder verletzte Stelle hatte, bis auf eine Beule rechts am Kopf, als sie beim Hinfallen gegen irgendetwas gestoßen war, eine Prellung am rechten Arm, nahe am Ellbogen, und Kratzspuren an ihren Beinen, weil sie über den Fußboden und die Erde nach draußen gezogen worden war. Als sie erfuhr, was geschehen war – ihre Eltern und Ditoy waren nicht mehr aus ihrem Zimmer herausgekommen, die Tür hatte sich nicht öffnen lassen und der Qualm hatte sie ohnmächtig werden lassen; nur Rory war im Halbschlaf gerade noch rechtzeitig hochgesprungen und hatte die Geistesgegenwart und die Kraft, ihre Schwester in Sicherheit zu bringen –, flehte Soli in schmerzerfüllten Gebeten darum, dass sie mehr leiden und anstelle ihrer Eltern hätte sterben sollen und es ihr so erspart bliebe, sich jeden Bruchteil jener Sekunden vorstellen zu müssen, in denen die Eltern und ihr Bruder verbrannten und bis zur Unkenntlichkeit verkohlten. »Warum nicht ich?«, schluchzte sie noch Jahre danach. »Warum nicht ich?«, und fügte sich auf unterschiedlichste Weise Verletzungen zu, um so das schmerzhafte Ziehen in ihrer Brust zu übertönen. Und Rory, die ihr eigenes Leid zu tragen hatte, musste auch das noch ertragen, die Lippen zusammenpressen, die Hand der Schwester halten und sie Jahr für Jahr daran erinnern, dass auch sie überlebt hatte, wofür auch immer das gut war.

Deswegen hätte sie, als sie Walter fragen hörte: »Du musst deiner Schwester sehr nahegestanden haben«, mit »Nein« antworten sollen, was der Wahrheit näher kam als ein »Ja«. Aber sie entschied sich trotz allem für ein »Ja«, weil ihr in dem Moment in den Sinn kam, wie sehr Soli sich um sie gekümmert hatte, und wie die Schwestern so durch Schuldgefühle und Trauer, wenn auch unwillig, zusammenwuchsen wie siamesische Zwillinge. Keine von beiden hatte auch nur das geringste Interesse, der anderen zu ähneln. Die eine suchte Rettung im Schmerz, während die andere sich nach den entgangenen Vergnügungen sehnte, nach Musik, Spaß, Coca Cola, einem normalen Leben.

»Was ist mit dir? Hast du Familie?«, fragte Rory ihren Begleiter, den sie meinte wiedererkannt zu haben als Gast im Flame Tree, wahrscheinlich ein eher schüchterner, weswegen sie sich nur vage an ihn erinnerte, im Gegensatz zum Ingenieur, zum Berater und sogar zu anderen Polizisten, deren Ausgelassenheit noch in ihren Ohren dröhnte, wenn sie ins Bad ging. Sogar als er in den Club kam, um ihr Solis Tod mitzuteilen, tat er das leise, diskret an Tenny Yip vorbei, und schrie nicht schon an der Tür die schlechte Nachricht heraus. Dieser Mann namens Walter schien so etwas wie Anstand zu haben, etwas, was ihr Vertrauen einflößte, so wie das traurige Schweigen ihres Vaters. Doch jetzt konnte sie aus seinem vielleicht unbeabsichtigt schroffen Tonfall eine innere Unruhe heraushören, die respektiert werden wollte und gleichzeitig nach Erlösung suchte. »Ich habe eine Schwester«, sagte er. »Und meine Mutter lebt noch.« In dem Augenblick ergriff er die Chance, einen knatternden VW-Käfer zu überholen, und sie wartete, bis er das Manöver beendet hatte, bevor sie weiterredete.

»Dann leben sie mit dir zusammen in Paez?« Sie hatte mitbekommen, dass er, warum auch immer, weder eine Frau noch ein Kind erwähnt hatte.

»Nein, sie leben hier, in der Stadt. Ich sehe sie nicht sehr oft, aber das macht ihnen nichts aus.« Und warum auch. Wenn seine Mutter ihm nicht mal was erzählen wollte über den Mann, der das Wasser ablas, oder den Zeitungsjungen, die er beide im Verdacht hatte, Geld zu verlangen für Sachen, die nie geliefert worden waren. Seitdem er einmal die Monatsabrechnung gesehen hatte, fragte er sich, warum es für eine Dreiundachzigjährige so wichtig war, jeden Tag aufs Neue von Jahrestagen oder Unglücken zu lesen. Sie konnte aber von den Zeitungen und Magazinen nicht lassen, weil sie daraus Fotos von Leuten ausschnitt, die sie zu kennen glaubte. Und was seine Schwester Gayla betraf, die pflichtbewusste Gayla, so sagte ihr hartnäckiges Schweigen mehr aus als alles andere, ein unausgesprochener, ihn ständig verfolgender Vorwurf.

Rory registrierte seine Abneigung, darüber zu reden, und beließ es dabei. Sie wollte ihn bitten, das Radio wieder anzustellen – seit drei Stunden war es still, weil sie den Nachrichtensender, den er eingeschaltet hatte, nicht mehr ausgehalten hatte –, aber sie wusste nicht, was sie hören wollte: »Sind wir bald am Flughafen? Wie lange brauchen wir noch?«

»Nicht so lange. Wir sind schon in Manila.« Und tatsächlich, die Reisfelder an beiden Seiten der Autobahn waren verschwunden und hatten Fabrikanlagen Platz gemacht, die wer weiß was produzierten: integrierte Schaltkreise, Kugellager, Plastikarmaturen, mit denen man in der neuen Zeit viel Geld machte.

Rory hatte einige Bekannte, die dort arbeiteten und die wahrscheinlich glücklich darüber waren, Paez gegen einen Schlafplatz in den Vororten und einen Sonntag in den Einkaufszentren einzutauschen, Menschen, die eigentlich nie ernsthaft eine Chance hatten, die nur widerwillig akzeptierten, dass jeder Tag, an dem man drei Mahlzeiten im Bauch hatte, ein guter Tag, und dass alles, was darüber hinaus ging, ein Segen war, der bewahrt und verteidigt werden musste vor der ständigen Gefahr, vom Glück verlassen zu werden. Manchmal glaubte sie, sie sei vielleicht auch so eine, für die das größte Glück ihres Lebens noch kommen würde, auf Zehenspitzen und von hinten, irgendwann um ihren fünfunddreißigsten Geburtstag herum, und das hätte das Gesicht irgendeines glatten, grinsenden Zwergs, den sie nicht mal lieben könnte.

Das genau war es, was vielen Menschen, die sie kannte, passierte, früheren Mitschülerinnen, die verheiratet oder zusammengezogen waren mit Klempnern, Eisverkäufern oder Hilfspolizisten – mit irgendeinem, der ihnen ein Bett oder eine Matte zum Schlafen bot, eine Dose Sardinen in Tomatensauce, hin und wieder ein Spielchen, eine warme Hand auf der Brust an einem verregneten Morgen. Rory fragte sich manchmal, ob das auch ihr Schicksal sein würde, ob das alles war, was sie erwarten durfte. Ihre Antwort war natürlich Nein, weil sie sich für etwas Besseres bestimmt glaubte, warum sonst hätte sie das Feuer überlebt? Aber das konnte sie nicht jedem sagen, sie wollte nicht zu eingebildet oder ehrgeizig erscheinen – schon gar nicht Soli gegenüber, die sich zeit ihres Lebens in erschreckender Demut ihrem Schicksal ergab.

Das klopfende Herz der Stadt kündigte sich bereits in der Peripherie an, mit riesigen Wohnsiedlungen, Fabriken und Straßenmärkten, und Rory hörte und sah Flugzeuge über ihnen, die schwerfällig und in der Nachmittagssonne glänzend aufstiegen. Rory stellte sich vor, dass sie an Bord eines dieser Flieger wäre. Sie hatte das Innere von Flugzeugen schon mal im Film gesehen, und Soli hatte ihr erzählt, wie verwirrend und doch berauschend es war, an einen gepolsterten Sitz geschnallt zu sein und ohne Ende mit Nüssen, Nudeln und anderen Mahlzeiten versorgt zu werden, an deren Namen sie sich nicht erinnern konnte, weil sie nicht wusste, wie man sie ausspricht – und dann gab es noch duftende Tücher und Getränke dazu. Soli hatte sich gut geschlagen, hatte sich an ihrem Nachbarn zur Rechten orientiert, einem Japaner, und als er seine Kopfhörer aufsetzte, machte sie das genauso, aber aus ihrem Gerät kam kein Ton, und so musste sie so tun, als ob sie Musik hörte und sich darüber freute, bis sie – nach den irritierten Blicken ihres Nachbarn – bemerkte, dass sie ihre Kopfhörer gar nicht angeschlossen hatte. Wie Soli gelacht hatte, wenn sie das irgendwo in Paez erzählte, in dem Sommer, als sie von Hongkong zurückkehrte, und Rory wirklich geglaubt hatte, dass ihre Schwester sich geändert hätte, egal, was ihr auf ihrer ersten Reise passiert war. Für einen Moment hatte Rory gehofft, Soli hätte endlich ihre Schuldgefühle abgeschüttelt und gelernt, sich selbst zu verzeihen, vielleicht in einer Art Hochgefühl, das dich an der Schulter packt, wie närrisch schüttelt und dich für den Rest deines Lebens lächeln lässt. Soli hatte tatsächlich davon gesprochen, ihren alten Besitz wieder zurückkaufen zu wollen und das abgebrannte Haus wieder aufzubauen, auch wenn sie Rory nicht erklären konnte, wie das genau vonstattengehen sollte. Aber die Energie, die sie antrieb, und der Glanz in ihren Augen, wenn sie ihr versicherte, dass alles so kommen würde, überzeugte die jüngere Schwester, dass Soli zu einem neuen, optimistischen Lebensgefühl gefunden hatte, weit weg vom erhobenen biblischen Zeigefinger und ihren Selbstkasteiungen, die Gott von ihr erwartete. Schließlich war es ja auch Gott, der sie nach Hongkong gebracht hatte mit dem Versprechen, zwei Jahre klaglosen Arbeitens würden ausreichen, um für all ihre Sünden bis ins Jetzt zu bezahlen, vorausgesetzt, sie würde sparen, so viel sie konnte, das Geld nach Hause schicken, vier Fünftel an ihre Schwester, ein Fünftel an den Dorfpriester, Bruder Kureishi, den Mann, der die Asche ihrer Eltern in die Erde versenkt und ihr bei ihrer Abreise seinen privaten Segen erteilt hatte. Jetzt, als sie hochblickte zu den ausfransenden Kondensstreifen eines längst verschwundenen Flugzeugs, erinnerte sich Rory an diese flüchtige, helle Klarheit im Leben ihrer Schwester.

Walter bog an einer Abzweigung des Superhighways nach links ab und fuhr dann westwärts in einem dichten Pulk auf der Avenue Epifanio de los Santos, jener pochenden Verkehrsader, an die sich Rory von ihrem letzten Ausflug nach Manila in die Megamall erinnerte – sie schien breiter und belebter als je zuvor. Neugierig streckte Rory ihren Kopf aus dem Fenster, und Walter musste sie zurückreißen, um sie vor den Bussen zu schützen, die dicht an ihnen vorbeifuhren. Die plötzliche Berührung – ein harter Griff an ihren Arm – drückte sie in ihren Sitz zurück. Mit offenem Mund hatte sie auf die sich ständig wandelnde Stadt gestarrt, auf jede Besonderheit, die an ihr vorbeisauste – die Hotels und Wohnanlagen, die sich frech vor dem stahlgrauen Himmel erhoben, die Baumaschinen, die furchtbar lärmten und sich bewegten wie hungrige, vorhistorische Bestien, die schiere Fülle neuer Autos und verbeulter Jeeps, die auf der achtspurigen Straße aneinander vorbeidrängten, die Werbetafeln, die von einer Sekunde zur anderen von einem hübschen Gesicht zum nächsten wechselten, Elektrogeschäfte und Möbel-Showrooms, die verchromte Waren anpriesen mit schnittigen Ecken und sexy Rundungen – Borde voller laufender, aber stummer Flachbildfernseher, die alle das gleiche Bild zeigten, Betten mit hoher Rückenlehne und apfelgrüne Sofas, die einen ganzen Raum einnahmen, Aquarien voller seltener und teurer Fische. Und die Menschen selber, die alle genau zu wissen schienen, wohin sie zu gehen oder wie sie sich zu bewegen hatten in einer gewaltigen, gelenkten und genau eingeübten Aufführung. Die Fußgänger sicheren Schrittes, auch wenn die Handys an ihren Ohren klebten, während die Autofahrer munter ihre Zigaretten pafften, mit ihren Fingern aufs Armaturenbrett trommelten im Takt irgendeines Radiosongs, den Blick immer weit nach vorne gerichtet.

Rory wusste von ihrem letzten Besuch in Manila, dass die ersten Eindrücke sich bei genauerer Betrachtung als brüchig oder falsch erweisen würden – dass sie auf den schmutzigen Bürgersteigen ausrutschen und das Abwasser in den Gullys stinken und jedes fünfte Gesicht, das ihr auf der Straße begegnete, verwirrt drein schauen würde; aber in den wenigen Minuten, in denen sie drei oder vier Häuserblöcke passierten, konnte sie Rhythmus und Bewegung nur als Ganzes wahrnehmen, wie die Brandung eines riesigen und gewaltigen Ozeans. Es war ziemlich unlogisch, gleichzeitig diese Stadt zu betrachten und über den Tod nachzudenken, dazu war ihre Vitalität, ihr Pochen auf Aufmerksamkeit, zu mächtig. Warum es genau in diesem Moment trotzdem geschah, war Rory nicht sofort klar, Walter nahm es als Zeichen schwesterlicher Trauer, jedenfalls brach sie plötzlich in Tränen aus, hin und her gerissen von widersprüchlichen Emotionen, mal Mitleid mit Soli, dann wieder Vorwürfe, dass sie so eine schwere Dummheit begangen hatte, ihr Leben zu verlieren, wo es doch noch so viel zu sehen und zu tun gab, wo immer sie sich in dem quirligen Universum außerhalb von Paez wiedergefunden hätte.

Walter glaubte das alles zu kennen, zumal er schon oft mit dem Tod und seinen Folgen konfrontiert war, aber neben einer weinenden Frau zu sitzen, das schien doch noch anstrengender. Irgendwie fühlte er sich schuldig; jeder, der sie jetzt beobachtete, würde ihn für ihre Tränen verantwortlich machen, und er hätte nicht gewusst, wie er das erklären sollte. Es war nicht nur peinlich, es war auch ungerecht. Und so war er erleichtert, dass er nicht mehr auf dem Highway war, also außer Sicht von Lieferwagen und darauf hockenden Jungs.

Als sie in eine asphaltierte Straße abbogen, an deren Ende Walter die gelbe Heckflosse eines Privatjets sehen konnte und dann weiter entfernt eine Reihe größerer Maschinen, warf er einen verstohlenen Blick auf seine Uhr, es war 3 Uhr 51. Sie hatten mehr als sechs Stunden gebraucht, und erst jetzt spürte Walter in seinem verschwitzten Rücken eine gewisse Taubheit, sicherlich ein kleines Wehwehchen im Vergleich zu dem, was Soledad Cabahug auf ihrer Reise erlitten hatte und was ihre Schwester, die vor sich hin schluchzte, durchmachte. Er hatte noch nicht an die lange Rückfahrt und an den Aufwand gedacht, den es bedeutete, Solis Leiche noch am selben Tag auf demselben Weg zurückzubringen. Er fummelte in seiner Brusttasche auf der Suche nach beruhigendem Nikotin.

Über ihnen, als ob der Himmel Rory und allen anderen trauernden Menschen in dieser ansonsten so fröhlichen Stadt sein Beileid aussprechen wollte, begann es zu rumpeln und dunkler zu werden, die Windsäcke an den Begrenzungen des Flugplatzes erwachten, füllten sich mit Luft und zeigten stolz aufgerichtet in die Richtung, aus der der Tamaraw kam. Als Walter sein Zippo aufklappte, um die Zigarette anzuzünden, drehte sich die kleine, flackernde Flamme ebenfalls nach Osten, und Rory schlug den Kragen ihrer Jacke hoch, weil ihr plötzlich kalt wurde. Vielleicht war das auch nur Einbildung, andererseits: Es war Ende August, die Jahreszeit, in der sich die warme Luft über den Wellen des Südchinesischen Meeres sammelte, sich viele Meilen nach oben schraubte, unglaubliche Hitze und feuchte Luft zusammenballte, was in den Tropen ein schlammiges und wirbelndes Chaos erzeugte und dennoch viele Dinge sauberer zurückließ als sie jemals zuvor waren.

Vollmond in Hongkong

Das war die Geschichte, die der toten Frau niemals mehr über ihre bläulichen Lippen gehen würde.

Als ihre Eltern starben und die Schwestern bei Tante und Onkel unterkamen, zog sich Soledad noch weiter in ein unheilvolles Schweigen zurück, das alle um sie herum zu respektieren verstanden, aus Rücksicht auf ihre augenscheinliche Trauer; vielleicht wurde das von ihr erwartet, nicht nur weil ihr der Mantel des Leidens so gut stand, sondern auch, weil es ihr dadurch leichter gemacht wurde, sich einzupassen in diese oder jene Position wie ein lieb gewonnenes Möbelstück.

Sie beschwerte sich nie und nahm alles, was auf sie zukam, mit demütiger Dankbarkeit hin – dankbar dafür, vom tödlichen Feuer verschont worden zu sein, dankbar dafür, so liebevoll in den Schoß fürsorglicher Verwandter aufgenommen worden zu sein, dankbar für den Fisch im Magen und die Bluse über den Schultern. Als sie entschieden, sie für einige Jahre aus der Schule zu nehmen, damit sie sich mehr um die Kinder der Familie kümmern konnte, beschwerte sie sich nicht. Als Rory die High School vor ihr beendete, und tatsächlich die Erlaubnis bekam, zu einer Abschlussparty nach Looc-Loocan zu fahren, wo ihre reichste Mitschülerin wohnte, beschwerte sie sich nicht. Als für Rory parfümierte Briefe im Briefkasten lagen oder in ihrem Algebra-Buch oder der Rocktasche ihrer Schuluniform versteckt, roch Soli daran und stellte sich mit kitzelnder Nase vor, welche Botschaften sie überbrachten, welche außergewöhnlichen Zeichen von Zuneigung und Bewunderung sie enthielten für ein Mädchen, deren Party-Outfit Soli gewaschen und gebügelt hatte – und noch immer beschwerte sie sich nicht.

Mit der Zeit verschwand Soledad Cabahug fast im Nirgendwo und jeder ging davon aus – vielleicht sogar Soli selbst –, dass sie glücklich und zufrieden mit ihrem unkomplizierten Leben war, erfüllt von Pflichten und alltäglichen Rosenkranzgebeten, Litaneien und diversen Zuwendungen an St. Pancratius, Schutzheiliger der Kopfschmerzen, und St. Jerome, Schutzheiliger der Bücher und Büchereien, eine weitere Sache, in die Soli sich zurückzog – eine verzehrende Sucht zu lesen, egal was, die irgendwann in ihrem fünfzehnten Lebensjahr aufkam, als sie ihre Schulbücher abgeben musste und von einer plötzlichen Leere ergriffen wurde. Die drei Kinder, um die sie sich kümmerte, waren fünf, sieben und zehn, und sie bemerkte bald, dass Füttern, Anziehen und Saubermachen nicht das Wichtigste war; was die Kleinen mehr brauchten, war ein Flüstern ins Ohr, ein Klaps auf den Po, ein trällerndes: »Hab ich dir von dem Fisch erzählt, der gelernt hat zu laufen und sich eines Tages in der Stadt wiederfand, vor den Füßen dieses sechs Jahre alten Mädchens, das weinte, weil sie ihre Mami vermisste? Er folgte dem Mädchen, bis sie den Markt erreichten, wo er plötzlich ein leises Gemurmel von Stimmen hörte, die er glaubte aus dem Fluss zu kennen…« Und manchmal sang sie mit den Kindern Lieder – keine niedlichen Kinderlieder über Regenbogen, Finger und Zehen, sondern die langsamen, traurigen Lieder, die sie auch in der Kirche sang und auf dem Nachhauseweg summte, und die Kinder schauten sie bewundernd an, wenn sie die Hände eines der Kinder hielt, dann die Augen schloss und zu singen begann über »den rauesten Sturm« und »den ewigen Tag«, was auch immer das bedeutete, und die Kinder fielen mit unsicherer Stimme ein – vor allem die Jüngste, Patricia –, und dann würde sie die Augen öffnen und in ein wildes Lachen ausbrechen, was das Ganze für die Kinder wie ein lustiges Spiel aussehen ließ.

Soledad hatte die Gabe, sich in andere hineinzuversetzen, ihre Wünsche zu erahnen und sie so für sich einzunehmen, dass sie sie im Gegenzug in Ruhe ließen, wenn sie für sich sein wollte oder ihre Magazine und Bücher las. Sie fand die Magazine und Bücher an den unterschiedlichsten Orten – im Wohnzimmer eines Nachbarn, im Beauty-Salon (wo sie nie etwas machen ließ, sondern sich mit einer Kosmetikerin angefreundet hatte, sodass sie sich dort aufhalten konnte, um zu reden oder in den Boulevardzeitungen und Filmmagazinen zu blättern), und sogar im Rathaus, wo es neben dem Büro des Assessors einen Raum gab, der so etwas wie eine Bibliothek darstellte, in der die Zeitungen und Magazine des letzten Jahres gelagert wurden, bevor sie beim Altpapierhändler landeten. Da sie nie viel Zeit außerhalb des Hauses verbringen konnte – sie durfte nur weg, wenn andere Erwachsene da waren, die auf die Kinder aufpassten, und wenn es irgendwelche Besorgungen zu machen gab –, schleppte sie alles nach Hause, und ihr Zimmer war voll von Reader's Digest-Heften bis zurück ins Jahr 1972, und einem verirrten Band der Collier-Enzyklopädie von HA bis HY.

Aus der bunt zusammengewürfelten Ansammlung von coverlosen Magazinen und Büchereiramsch in ihrem Zimmer hätte man schließen können, dass Soledad keinen besonderen Wert darauf legte, was sie las; die Welt, aus ihrer Sicht, mag eine merkwürdige, aber wohltuende Ebenmäßigkeit gehabt haben, sodass die Geschichte eines Tapirs mit gebrochenem Bein im Amazonas genauso interessant war wie eine andere über Mikrowellen oder über Ruffa Gutierrez'* fotografische Missgeschicke. Und das war auf eine Art wahr, da Soledad nie etwas verriet über ihre innersten Sehnsüchte und Wünsche, falls sie überhaupt welche hatte, als wäre das ein Verbrechen. Sogar mit ihrer Schwester Rory – die angefangen hatte, Dinge über Jungs in der Schule und Namen exotischer Parfüms wie »Shalimar« zu flüstern – sprach sie verhalten, beinahe kraftlos, wie durch einen Vorhang: »Rory, heute Nacht ist Vollmond.« »Ich weiß, ich kann ihn sehen, lass uns nach draußen gehen, Schwester, lass ihn uns vom Strand aus anschauen.« »Ich habe dieses Bild vom Vollmond in Hongkong gesehen. Hohe, helle Gebäude über dem Wasser... Ich weiß, wie ein Vollmond aussieht. Ich muss ihn nicht wieder sehen. Aber geh du mit deinen Freunden, das macht mir nichts aus.«

Viele Jahre später würde Soledad diesen Mond wiedersehen – sie hielt sich am Geländer in Tsim Sha Tsui* fest und beobachtete die Muster, die durch die glitzernden Lichter am Hafen auf dem Wasser entstanden, versuchte sie zu lesen wie weiße Buchstaben auf schwarzem Papier. Aber sie suchte nach Zeichen in einer unbekannten Sprache, und der Wind peitschte ihr ins Gesicht und um ihre Beine und erinnerte sie daran, wie weit weg von Paez sie war, auch wenn der Flug von Manila nur zwei Stunden gedauert hatte, und sie wusste, dass es Ecken auf diesem Planeten gab, die noch viel weiter weg waren – Rio de Janeiro, Anchorage, die Färöer –, aber Hongkong war weit und exotisch genug. Sie hatte alles, was sie konnte, in der Enzyklopädie gelesen – über die Geschichte, die Sehenswürdigkeiten, die Nachtmärkte und Straßenbahnen und über all das, was sie dort mit Schlangenblut machten.

Es hatte jeden überrascht – am meisten Aurora –, als die sonst so unerschütterliche Soledad in helle Aufregung versetzt wurde, als ein Anwerber in Paez auftauchte, der Jobs in Hongkong und Singapur versprach. Sie blieb hartnäckig an der Sache dran und wurde so willensstark, dass sie, noch bevor das Jahr vorbei war, ihren kleinen Erbanteil am elterlichen Grundstück verkauft, sich einen Ausweis besorgt, ihr Zimmer ausgeräumt (alles bis auf die Enzyklopädie, die in ihrem Koffer verschwand) und den Bus nach Manila genommen hatte, wo sie über Nacht bei einem Cousin in Malibay blieb, bevor sie ihr erstes Flugzeug bestieg – und all das trotz des Flehens von Rory, die sich auf einmal verlassen fühlte, ohne genau sagen zu können, von was… Soli war, um ehrlich zu sein, immer mehr ein Dienstmädchen als eine Schwester für sie gewesen, und es ist schwierig, jemanden zu vermissen, der ebenso ein Fleck auf einer weißen Wand hätte sein können.

Die Familie, für die Soli arbeitete, hatte ein Acht-Zimmer-Apartment in Tsuen Wan; der Vater war Manager in einer Plastikfabrik in den New Territories, während seine Frau einen Dim Sum*-Laden um die Ecke leitete. Soledad sah sie nur sehr früh morgens und spät am Abend, aber die Mutter des Vaters, die sie mit Nai Nai* ansprachen, blieb den ganzen Tag zuhause in ihrem Zimmer und sprach mit einem kratzigen Flüstern, das Soli an das Schaben eines Bambusbesens in einer Eisenpfanne erinnerte. Sie warteten nur darauf, dass sie starb, und das wusste sie, aber Nai Nai wehrte sich dagegen mit jedem Knurren und Kichern, das in ihrem geschrumpelten Körper noch vorhanden war; es gab Fotos von ihr, als sie gute zweihundert Pfund schwer war, voll und ganz die Hausherrin; mit einer Hibiskusblüte im Haar blickt sie streng in die Kamera, der Sohn hockt auf ihren Knien und sein kleines Gesicht wirkt noch kleiner wegen ihrer großen Hand, an der er sich festhält. Soledad wusste, dass danach irgendetwas Schlimmes passiert sein musste, schlimmer als der unheilbare Krebs, der Nai Nai zu einem abgenagten Gerippe hatte werden lassen; ihr Sohn verließ das Haus jetzt ohne ein Wort oder einen Blick über die Schulter, und seine Frau bellte ihre Schwiegermutter in Hörweite der Nachbarn an: »Hör auf, auf den Boden zu spucken! Hör auf, in dein Bett zu pinkeln. Wenn du das Essen nicht magst, dann lass es eben und iss nichts!« Nai Nai quäkte und fauchte, wenn sie das Haus verlassen hatten, und ließ dann ihren Zorn an Soledad aus – die, wie eh und je ergeben, bloß die Spucke von ihrem Arm wischte und ihre Lobgesänge summte, während sie Nai Nais dreckige Decken und Laken ausschüttelte.

Aber da war noch jemand anderes, der das alles mitansehen durfte, sein Name war Hedison. Wie die meisten Leute aus Hongkong hatten sich auch die Laus westliche Vornamen gegeben, und Chester und Nancy Lau hatten sich bei ihrem einzigen Sohn für Hedison entschieden – nach einem amerikanischen Schauspieler, der einen U-Boot-Matrosen in einer TV-Serie gespielt hatte. Hedison Lau war jetzt siebzehn – ein großer, schlaksiger Junge, der gut Basketball hätte spielen können, wäre da nicht der Auswuchs zwischen dem dritten und vierten Zeh an seinem linken Fuß gewesen, eine Missbildung, die ihn, zumindest in seinem Kopf, dazu brachte, unsicher zu gehen. Er hatte seine Eltern angefleht, ihn operieren zu lassen, damit der verhasste Auswuchs entfernt würde. Und einmal, zu seinem Geburtstag oder einem anderen besonderen Tag, haben sie vielleicht ›ja‹ gesagt, es dann aber so lange hinausgeschoben, bis niemand mehr davon sprach, und die Eltern Lau einfach davon ausgingen, dass Hedison gelernt hatte, mit dem Makel zu leben.

In der Tat sehnte Hedison sich nach nichts mehr als aus diesem höllischen Apartment auszureißen und die ganze Nacht mit seinen Freunden in Lan Kwa Fong am anderen Ufer rumzuhängen, wo er klugen weißen Mädchen, kaum älter als er, dabei zuschauen konnte, wie sie sich betranken und sich um die Autos ihrer Macker versammelten, ohne darauf zu achten, ob man ihre Slips und Nippel sehen konnte, wenn sie sich bückten und ihre schimmernden Beine durch die offene Tür schwangen. Es gab keinen Mangel an Orten oder Straßen in Hongkong, an denen Hedison sein zügelloses Verlangen, ein weibliches Wesen zu sehen, wenn nicht gar zu berühren und zu fühlen, befriedigen konnte, aber er hatte weder das Geld noch das Aussehen – noch die Selbstsicherheit, die mit dem Alter und dem Erwachsenwerden kommt –, um zu tun, was er wollte, und so war er zufrieden mit einer wachsenden Sammlung von Bildern, die er auf seinem Computer und in seinem Schrank hortete. Frauen und Mädchen jeden Alters, jeder Rasse und Veranlagung konkurrierten um Hedisons Aufmerksamkeit und anonyme Fürsorge, so gut wie alle mit gespreizten Beinen wie junge Fohlen. Hedison hoffte verzweifelt, zwischen diese Beine zu kommen, um mit seinen Fingern, seiner Nase, seinem Mund, mit jedem Körperteil, das berühren und fühlen könnte, die Geheimnisse darin zu erforschen, die sein Schatz an JPEGs, AVIs und MPEGs, wenn auch mit fast mikroskopischer Genauigkeit, nur projizieren konnte, und sein Verlangen steigerte sich mit jeder Kurve und Haarlocke. Wie die meisten Jungs in seinem Alter schloss er sich ein, sobald er nach Hause kam und setzte die Kopfhörer auf, bevor er seinen PC anmachte und mit seinem Browser Jagd machte auf neue Uploads auf Seiten wie www.barenakedhoneys.com. Dann machte er es sich im Stuhl gemütlich, öffnete eine Tüte Chips und begann die Maus zu bearbeiten, völlig unberührt von der Abenddämmerung draußen, dem Gespräch seiner Eltern über die Stromrechnung und Nai Nais Schimpftiraden und dieses freche philippinische Dienstmädchen.

Manchmal sah Soledad Hedison durch einen Spalt, wenn sie wegen eines Anrufs an seine Tür klopfte, oder wenn er sich vom Badezimmer hinter ihr durch den Flur schlich, das kleine Handtuch um seine Taille wie ein herabgestiegener Jesus, ein Eindruck, der durch das leuchtende Weiß seiner Haut und seine nassen, kohlrabenschwarzen Haare noch verstärkt wurde. Hedison war sogar jünger als ihr Bruder Ditoy gewesen wäre, aber sie konnte seine Rastlosigkeit spüren wie ein Paar alter Männeraugen. Und manchmal schaute Hedison sie an, wirklich an, als etwas oder jemand, der mehr war als ein Schatten über seiner Schulter oder ein ausgestreckter Arm mit einem Telefon in der Hand. Wenn er in der Küche seine Nudeln schlürfte und die Seiten seines Chemiebuchs befingerte, beobachtete er sie, wie sie den Müll in einen schwarzen Plastiksack stopfte, und er sah eine kleine, aber kräftige Frau, deren hellbraune Haut im reflektierten Licht der weißen Wände hell schimmerte. Ihre dicken Finger und kurzen Vorderarme erinnerten an einen Terrier, aber ihr Anblick war nicht unangenehm; ihre runden Augen und vollen Lippen lagen in einem ovalen Gesicht, das mehr als Freundlichkeit ausstrahlte. Manchmal glaubte Hedison, dass etwas Boshaftes oder gar Dämonisches in dem schweifenden Blick dieser Frau lag, in ihrem unablässigen Gemurmel, in der soldatischen Effizienz, mit der sie Nai Nai hinterher putzte, einer Frau, die bereits krank war, als er geboren wurde, und von der er wünschte, dass sie einfach verschwinden oder über das Geländer zwölf Stockwerke tief in unendliche Ruhe und Frieden stürzen würde.

Eines Tages passierte es: Nai Nai spuckte so viel Blut und stieß so schreckliche und krächzende Flüche über die Familie aus, dass die Laus sie ins Krankenhaus bringen mussten, endlich, und selbst dort würde sie sie nicht in Ruhe lassen, drohte ihnen mit jeder Zuckung, die ihren Körper durchfuhr, davonzulaufen. Chester und Nancy hatten keine andere Wahl als die Nacht im Wartesaal des Krankenhauses zu verbringen. Sie ernährten sich von Automatenkaffee, während sie die Kosten für das Krankenhaus und das unausweichliche Begräbnis überschlugen.

In dieser Nacht kam Hedison nach Hause in eine leere Wohnung, zumindest fast. Die Tür zu Nai Nais Zimmer stand offen, und er konnte das leere Bett und das unberührt glatte Laken darauf sehen. »Sie sind alle im Krankenhaus«, hörte er Soledad hinter sich sagen, und schon war sie wieder verschwunden. Sein Abendessen stand auf dem Tisch – Nudeln mit Pilzen und einem Stück frittierten Barsch, der noch vom Mittagessen übrig war. Als er den Fisch kaute, konnte er das Summen in ihrem Zimmer hören – das sie mit diversen Reinigungsgeräten und der Waschmaschine teilte –, und er dachte an all die philippinischen Dienstmädchen, die am Wochenende in die City einfielen, bekleidet mit schicken Party-Outfits, und er fragte sich, ob sie Freunde hatte, was sie ihnen erzählen würde, wo die Philippinen und ihr Zuhause lagen, ob sie überhaupt eine eigene Familie hatte. Hatte sie einen Mann, vielleicht ein Kind dort? Wie war überhaupt ihr voller Name? »Amah« war alles, was er mal aufgeschnappt hatte – ansonsten hießen sie feiyung, bun bun, oder bun mui*. Wenn sie etwas falsch gemacht und die Polizei nach ihr gesucht hätte, gäbe es nichts, was er ihnen hätte sagen können, außer, dass sie alle möglichen alten philippinischen Zeitungen und Zeitschriften in ihrem Zimmer hortete. Er war ein paar Mal reingegangen, wenn sie unterwegs war – es war ihr weder erlaubt, das Zimmer abzuschließen noch einen eigenen Schlüssel zu haben –, und alles, was er finden konnte, waren Fotos von ausländischen Filmstars, zusammen mit einer Ausgabe des National Geographic über interplanetares Reisen und eine neue Affenspezies in Papua-Neuguinea. Auf dem Pappkarton, den sie hochkant gestellt hatte, um ihn als Tisch und Altar zu nutzen, stand ein pummeliger Baby-Jesus in roter Robe und mit Krönchen, und eine Jungfrau Maria aus Gips mit abgeplatzter Nase – offenbar die Objekte ihrer gemurmelten Hingabe. Neben den Figuren lag ein pinkes Notizbuch, auf dem in großen schwarzen Lettern »PRIVAT« stand, aber als Hedison das Buch durchblätterte, erkannte er nichts außer unübersichtliches Gekritzel in einer fremden Sprache. Zwischen zwei Seiten war das

Foto einer jungen Frau eingelegt, ein Teenager in engen Jeans und mit hochtoupierten Haaren. Sie stand vor etwas, das aussah wie ein gläserner, kugelförmiger Aufzug, und sie hatte eine gewisse Ähnlichkeit mit ihrem Dienstmädchen, jedoch mit feinerer Nase und schmalerem Gesicht. Als er das Foto umdrehte, stand da »Liebste, ein Andenken an die Megamall, wünschte, du wärst hier! Alles Liebe, Rory.« Was und wer auch immer das war.

Als er die Tür aufstieß, war da kein Licht außer vom Mond; die Wohnung lag hoch, außerhalb der Reichweite von Straßenlaternen und Autoscheinwerfern. Ein winziges Fenster am Fuß von Soledads Bett ließ gerade soviel Licht rein, um ihre Füße und nackten Beine aus der Bettdecke hervorscheinen zu lassen. Hedison machte keine Anstalten leise zu sein; wenn sie hochgeschreckt wäre, hätte er gesagt, dass ihm eine Socke für morgen fehlte, sie wäre wahrscheinlich im Trockner, und er müsste früh raus, sehr, sehr früh.

Sie konnte ihn erkennen an der Art, wie er ging, mit dem auffallenden Schlurfen, um seinen Fuß zu schonen, er machte irgendwas in der Küche; die Tür des Kühlschranks quietschte, er war bestimmt auf der Suche nach irgendeiner Soße. Sie stellte sich die Gabel in seiner Hand, ein Klümpchen Klebreis zwischen seinen Fingerspitzen vor. Für jemanden, der sich so plump anstellte, hatte der Junge ausgesprochen lange und schmale Finger, und seine Fingernägel leuchteten in einem hellen Weiß; sie hatte sie oft angesehen, wenn er aß. Sie hörte die Teller im Spülbecken klappern, das Gurgeln vom Wasserhahn. Dann ein kurzes, heiseres Gelächter im kantonesischen Fernsehen, das Gebrüll eines Football-Matches, das Ding-Ding-Ding einer Game-Show, dann ein Knacken – und Ruhe; eine weitere Tür ging auf, eine kurze, heftige Explosion von Rockmusik aus seinem Computer, dann nichts mehr, nur noch die üblichen Geräusche eines Abends in Kowloon – der Verkehr, Telefonklingeln, das Heulen von tieffliegenden Flugzeugen. Soledad lauschte weiter, und bald hörte sie andere Dinge – ihren eigenen Herzschlag, das Fließen des Blutes in ihren Armen und Beinen, Hedisons Schritte, das Seufzen des Sofas, als er sich darauf setzte, und wieder sein Aufstehen und seine Schritte, sein Herumlungern vor ihrer Tür. Sie konnte die Fragen in seinem Kopf hören, und ihre halb-geflüsterten Antworten: »Ich habe dich in deinem Zimmer gesehen. Ich habe gesehen, was du da machst. Ich denke manchmal darüber nach, aber ich weiß nicht, wie ich darüber denken soll. Ich spüre Dinge, mit denen ich nichts anfangen kann. Ich habe darüber gelesen, ich bin nicht dumm, ich habe Bilder gesehen, die Leute verstecken oder wegschmeißen, aber – aber es ist eine Sache, zu lesen, und eine andere, die Fülle göttlicher Schöpfung zu erkennen, mit deinen Händen und Fingern. Gott macht alles geschehen, das weiß ich. Er benutzt viele Stimmen, nimmt viele Formen an. Manchmal sehe ich ihn in den Sachen, die ich lese, in Wörtern, durch viele Seiten getrennt, die sich verbinden wie lange getrennte Brüder, oder Cousins, die sich nie getroffen haben. Er sagt mir – er sagt mir, ich soll aufhören, alles verstehen zu wollen. Ich kann alles wissen, das ich wissen will, aber zu verstehen – das zu tun, liegt nur an ihm.« Sie lag in ihrem Bett, und ihr Atmen zog sich wie ein lang gespanntes Seil kurz vor dem Reißen. Als sich die Tür öffnete und sie seine katzenartige Präsenz an ihren Füßen spürte, atmete sie kurz und laut ein, um ihm zu signalisieren, dass sie wusste, dass er da war, und ihn nicht wegschicken würde. Sie konnte erahnen, wie er innehielt und sich versteifte, wie ein Tier mit hochgehobener Pfote. Als ihr Atem ruhiger wurde – als sie sich selbst dazu zwang, ruhiger zu atmen –, entspannte er sich, und sie malte sich aus, wie er sich mit einem Bein hinkniete, die Augen und Hände orientierungslos – große Augen, aber blinde Hände, die nicht wissen, wo sie hin sollen, was sie tun, wie sie berühren sollen. Sie griff nach unten, als ob sie sich am Oberschenkel kratzen wollte, und die dünne Baumwolldecke rutschte zur Seite, um seinem starren Blick ein Bein und mehr zu offenbaren. Sie war in einen Halbschlaf zurückgefallen, zumindest glaubte sie das, so lange schien es zu dauern, bevor sie seine glühend heiße Hand spürte: ein zaghafter Druck der Fingerspitzen und dann ein festeres, hungriges Kneten ihres weichen Fleisches. Das Bild einer welken Nai Nai, angekettet an ein Gewirr von Schläuchen, schoss kurz durch ihren Kopf, aber als Hedison sie entblößte, Schicht um Schicht, kümmerte sie das nicht weiter.

Ein Berg frisch gewaschener Wäsche

Es erwies sich als erstaunlich unkompliziert, die Leiche aus dem Kühllager herauszubekommen; sie hätten ebenso nach einer Sardinendose in einem Eckladen fragen können. Sobald Walter dem Wachposten am Tor seinen Auftrag erläutert und seinen Polizeiausweis gezeigt hatte, durfte er seinen Van so nahe wie möglich an den Frachtbereich heranfahren. Offenbar wollte niemand diese Särge in ihren Holzkisten länger als absolut notwendig behalten. Egal, wie Al Viduya und seine Kollegen die Situation herunterspielten oder mit hässlichen Scherzen von sich abprallen lassen wollten, die Leichen im hinteren Bereich bedrückten sie, vielleicht wegen des Gestanks, den sie dort in bestimmten Ecken bemerkten und der sich im Beton und in den Fasern ihrer Kleider festsetzte. Und sie bekamen nichts extra für diese gravierenden Umstände, ganz anders – so wurde gemunkelt – als die Angestellten von Airlines wie Quantas, die dreißig US-Dollar pro Sarg als »Erschwerniszulage« erhielten.

An diesem Dienstag Nachmittag hatte sich Al Viduya krank gemeldet. Die Kellnerin aus Ozamis war plötzlich gefeuert worden, weil sie verdächtigt wurde, eine Rechnung über fünfhundert Pesos unterschlagen zu haben, und er, in dieser Notsituation seine Chance witternd, hatte ihr angeboten, sie aus ihrer Unterkunft abzuholen und in ein Kino im Harrison Plaza auszuführen, einfach um sich von bösen Geistern zu befreien, ihren und seinen. Deswegen musste der Mann von der Nachtschicht – ein triefäugiger Nagueño* namens Eufracio Alindogan – Überstunden machen, und er wollte seinen Posten auf jeden Fall pünktlich verlassen, sobald die Uhr fünf schlug. Eufracio hatte die Zeitung schon zweimal durchgelesen und eine lange Busfahrt vor sich bis zum Grace Park in Caloocan; in einer knappen Stunde war Schluss, und er hätte die Mutter des Präsidenten verschenkt, wäre sie bei ihm angestellt und wäre ihm jemand mit irgendeinem Auftrag auf die Pelle gerückt. Als der Tamaraw-Van mit Regierungskennzeichen und einer Frau mit Sonnenbrille sowie einem Polizisten mit Zigarette im Mund in der Parkzone auftauchte, ahnte Eufracio, weswegen sie gekommen waren, und war entschlossen, das Ganze so schnell wie möglich hinter sich zu bringen.

Natürlich mussten Papiere geprüft, unterschrieben und eine »Bearbeitungsgebühr« von fünfhundert Pesos bezahlt werden. Walter fischte Telegramm und Geld aus seiner Brieftasche, um es dem Wärter zu geben, aber Eufracio schaute kaum drauf, überzeugt, dass niemand aus Versehen oder aus kriminellen Motiven hier erschien, um ein zweihundertfünfzig Pfund schweres Paket abzuholen, das Tage später in eine Grube versenkt werden müsste. Eufracio verglich den Namen auf dem Telegramm mit seiner Liste, bestätigte, dass es derselbe Name war wie der auf der Kiste, schrieb die Daten von Walters Dienstausweis ab und ließ Walter mit seinem Namen unterschreiben, bis ihm klar wurde, dass Walter keineswegs der nächste Verwandte der Toten war, sondern wahrscheinlich die andere Person, die draußen vor der Tür stand und leise schluchzend ihre Oberarme rieb. Eufracio überlegte kurz, ob er die Frau nach ihrem Ausweis frage sollte – er hatte bis jetzt nichts Offizielles in der Hand, um diesen Antragstellern die Fracht aushändigen zu dürfen –, aber er entschied dann, das Telegramm und dessen Überbringer als ausreichenden Beweis zu betrachten und so der Frau und auch sich den überflüssigen Nachweis zu ersparen, dass die Leiche in seinem Gewahrsam der Trauernden mehr bedeutete als ihm. Und so, unbeabsichtigt, aber genauso gut – und ohne offizielle Quittung für die Bearbeitungsgebühr –, ersparte Eufracio Alindigan ihnen beiden die komplizierte Erklärung, wieso die Tote und ihre mutmaßliche Schwester genau denselben Namen trugen – ein Geheimnis, das zu lüften ihm, der doch so schnell nach Hause wollte, Schlaf oder, noch schlimmer, seinen Job hätte kosten können.

Die beiden Männer rollten die Kiste auf einer Art Krankenbahre aus der Tür und Eufracio rief dem Wachmann am Tor zu, ihnen beim Anheben und Hineinschieben der schweren Fracht in die offene Hecktür des Vans behilflich zu sein.

Als Rory die Kiste erblickte, lief sie einige Schritte zur Seite, so als ob sie sich überrascht und bedroht fühlte von der Massivität dieses Etwas und seinem befremdlichen Anblick. Sie war nicht in der Lage, die Qualität des Holzes einschätzen zu können, das die Saudis für die Kiste verwendet hatten; es verbreitete einen leichten Harzgeruch und wirkte noch ganz weich und frisch. Die drei Männer klemmten die Kiste zwischen die zwei sich gegenüberliegenden Sitzreihen. Walter schüttelte seine Zigarettenpackung und hielt sie den beiden hin, zum Zeichen seiner Dankbarkeit. Eufracio und der Wachmann nahmen jeder eine, und Walter ließ sein Feuerzeug kreisen. Dann zündete er sich selbst eine an, setzte sich mit dem Hintern auf den Boden und schaute in den Himmel. Die beiden anderen gesellten sich dazu, und so sahen sie aus wie die Angehörigen eines Stammes, die am Straßenrand auf den nächsten Bus warteten.

Diese Verzögerung störte Rory, die erwartet hatte, dass sie die Leiche abholen und gleich wieder zurückfahren würden. Auf einmal fühlte sie sich verletzlich neben den schweigend rauchenden

Männern. Sie fragte, ob sie die Toilette benutzen dürfe, und Eufracio sprang sogleich auf, um ihr den Weg zu zeigen, und schielte dabei augenzwinkernd zu Walter. Es war nicht klar, ob Walter das mitbekam oder nicht, er zeigte es jedenfalls nicht; er war zu sehr damit beschäftigt, die massigen Wolken, die sich zu hohen, dunklen Bergen und mächtigen Türmen ausdehnten, zu beobachten und fluchte dabei über sich selbst, weil er vor der Abfahrt aus Paez nicht die Wettervorhersagen gehört hatte. Er versuchte sich auf das Wetter zu konzentrieren, aber seine Erinnerung zog ihn zurück zu dem Tag, als Bessie und Paolo von diesem Flugplatz aus abgeflogen waren, nicht weit weg von dort, wo er gerade saß. Er war dankbar dafür, dass er den ganzen Weg nicht auf sich genommen hatte, um jemanden in der Abflughalle zu verabschieden, und er fragte sich, welchen Flug man nehmen musste, um nach England und Great Yarmouth zu kommen, wie teuer das wäre und wo er über Nacht bleiben könnte, falls er überhaupt dort ankam. Er wusste, der Ort lag an der Küste mit Blick auf einen ganz anderen Horizont.

»Wie weit musst du fahren?«, fragte der Wachmann, und brachte ihn so zurück nach Pasay City und zum Geruch karamellisierter Bananen, den ein Imbiss auf der anderen Seite des Zauns verströmte. Der Essensgeruch beschäftigte ihn mehr als die Frage; er hatte seit dem Morgen nichts Richtiges gegessen, ebensowenig wie seine Begleiterin. Er hätte sie zwischendurch überzeugen müssen, eine Pause zu machen und etwas zu essen, aber wusste nicht, wie er das anstellen sollte, ohne aufdringlich zu wirken. Dann erinnerte er sich an die Frage des Wachmanns und er erklärte ihm, wo Paez lag und wie lange sie von dort bis zum Flughafen gebraucht hatten. Der Wachmann stieß einen leisen Pfiff aus, wohl um seine Anerkennung zu zeigen; er war noch nie weiter als nach Los Banos gekommen, und das war für ihn weit genug. Er blickte auf den sich verdunkelnden Himmel und sprach dann aus, was Walter lieber ungesagt gelassen hätte: »Ich weiß nicht, wie ihr heute Abend noch nach Hause kommen wollt.«

Auf der Toilette kämpfte Rory mit dem Türverschluss, der sich hartnäckig weigerte, seine Aufgabe zu erfüllen, eines von diesen Teilen, die in eine Öse gleiten sollten, aber ein paar Millimeter zu kurz waren, um diesen Job zu erfüllen. Und so stand sie da, hielt mit der einen Hand die Tür zu, mit der anderen ihre Hose, und war krank vor Scham bei der Vorstellung, sich vor diesen Leuten einzupinkeln. Die Situation war noch unangenehmer, weil sie mitbekam, dass der Mann, der sie zur Toilette geführt hatte, vor der Tür stand; sie konnte den Rauch riechen und seinen keuchenden Atem hören. Sie war sich sicher, dass er von dem Problem wusste, mit dem sie gerade kämpfte, bestimmt war das der Grund, warum er eben so hilfsbereit gewesen war. Es war wahrscheinlich Jahre her, dass eine Frau diese Toilette benutzt hatte – sie sah das an dem Dreck auf dem Boden, auf dem sie leicht hätte ausrutschen können. Und sie konnte sich denken, was er sich gerade vorstellte, den Rücken an die Wand gepresst, seine Kehle staubtrocken und sein Glied, das sich nach Berührung sehnte. Die leicht vorhersehbare Geilheit von Männern überraschte sie nicht mehr; sie hatte im Flame Tree zahllose Fummeleien erlitten und überstanden und ebenso viele Einladungen zu einer langen Heimfahrt. Das war unvermeidlich, aber nicht ausweglos, eine primitive Belästigung, die von jedem klugen und willensstarken Mädchen abgewehrt werden konnte – so wie sie eines war –, vielleicht schon viel zu lange.

Sie war mit einundzwanzig noch Jungfrau, und derjenige, der ihr am nächsten gekommen war, war der Arzt ihrer High School gewesen – ein großer, schlaksiger Mann mit dicken, fast undurchsichtigen, grün-getönten Brillengläsern. Er hatte sie überredet, sich in seinem Büro auszuziehen und sich ihm weit zu öffnen, mit der Begründung, die Krämpfe, die sie plagten, würden durch irgendein böses Bakterium in ihrer Vagina verursacht. Sie war fast besinnungslos vor Schmerzen und hätte alles getan, was er verlangte, als aber ein mit kalter Salbe beschmierter Finger ihre Vagina berührte, sprang sie vom Tisch auf und rannte an ihm und der Krankenschwester vor der Tür vorbei nach draußen, wobei sie beinahe über ihre eigene Hose gestolpert wäre, die sie hektisch neben der Tür aufgehoben hatte. Hinter ihr hörte sie die Krankenschwester kichern, als ob sie eine Comedyserie im Fernsehen anschaute, während sie sich Erdnüsse in den Mund stopfte. »Hey, komm zurück«, rief der Arzt, wobei er auch zu lachen schien. »Ich werde deine Schmerzen verscheuchen.«

Sie zog ihre Jeans runter, pinkelte so leise, wie sie nur konnte, und erblickte in der Ecke eine feuchte, fette Kröte, die im Sekundentakt Luft in ihren dicken Bauch pumpte. Das war der Moment, wo sie diesen schrecklichen Ort fluchtartig verlassen musste, der nach menschlichen Hinterlassenschaften und undefinierbarem Dreck stank, die sich offenbar überall breit machten, wo man vier Wände mit einem Dach obendrauf hinstellte. Als Rory die Tür aufstieß, erreichte sie ein Hauch kalter, frischer Luft, nur leicht angereichert mit Zigarettenrauch. Sie sah Walter, wie er mit dem Mann schwatzte und einen Zigarettenstummel auf dem Asphalt ausdrückte. Die Augen des anderen Mannes fixierten sie sofort, als ob er auf irgendwas wartete, wofür sich dieser lange, sinnlose Tag gelohnt hätte. Walter schaute sie an und sagte: »Fahren wir.« Sie ging schnell zum Van und sah, dass irgendjemand die Hecktür zur Sicherheit zusätzlich mit einer orangefarbenen Plastikschnur zugebunden hatte, als ob die darin liegende Person aufwachen und sich aus dem Staub machen könnte. Sie dachte bei sich: Es ist meine Schwester, die da drin ist, und die ist sehr, sehr tot.

Walter öffnete die Beifahrertür, sie glitt auf ihren Sitz, während gierige Augen sie weiter verfolgten. Und dann glaubte sie zu verstehen, worauf sie warteten: Sie wollten sie weinen, sich auf den Sarg werfen sehen, sehen und hören, wie sie verlangte, den Sarg mit einem Brecheisen zu öffnen, sodass sie das schwarz angelaufene Gesicht ihrer lieben Schwester sehen, vor Entsetzen erschaudern und jammern und strampeln würde wie ein angestochenes Schwein. Sie wollten eine Show, aber stattdessen hatte sie sich verhalten, als ob sie ein überdimensioniertes TV-Gerät abgeholt hätte und es noch vor dem Essen damit nach Hause schaffen wollte. Aber sie kannten Rory Cabahug nicht, sie war nicht so; sie war keine, die zurückzuckte, zusammenbrach. Ihre Gefühle, oder was dafür gehalten werden konnte, galten dem Flame Tree und ein oder zwei auserwählten Gästen.

Walter ließ den Motor an, und Rory verlor ihre Beklemmung. Als er den Rückwärtsgang einlegte und die Reifen auf dem staubigen Boden durchdrehten, rutschte die schwere Kiste im Heck ein Stück nach vorn, und Rory spürte einen Schlag gegen ihren Rücken, beschwerte sich aber nicht. Walter steuerte den Van vom Gelände, blieb am Haupttor stehen und schaute nach oben. Der Himmel sah übel aus, und schon Sekunden später klatschten dicke Regentropfen aufs Dach des Tamaraws, das Wasser strömte die Windschutzscheibe hinunter, sodass die Scheibenwischer kaum dagegen ankamen. Weder Walter noch Rory sagten etwas, obwohl sie beide dasselbe dachten: Keiner hatte davon gesprochen, über Nacht in der Stadt zu bleiben, warum auch, denn beide hatten sich vorgestellt, dass man die Kiste auflädt und dann nochmal fünf oder sechs Stunden nach Hause zurückfährt. Walter hatte eigentlich nichts dagegen, aber er war müde und, noch schlimmer, ausgehungert. Stattdessen sagte er: »Wir müssen tanken. Ich hab noch Siebenhundert von den Tausend übrig. Und ich hab noch was extra dabei für Notfälle.«

»Du musst hungrig sein«, sagte Rory. »Wir sollten was essen.«

Walter lächelte. Es war das erste Mal an diesem Tag, dass sie was Freundliches zu ihm sagte, und bestimmt hatte sie auch Hunger. »Ja, aber wo?«

»Ich kenne mich in Manila nicht aus, du entscheidest«, sagte sie.

»Wir sollten telefonieren«, sagte er. Keiner von beiden hatte ein Handy.

»Anrufen? Wo und wen?«

»Meine Mutter. Meine Schwester. Sie wohnen in Marikina.« Walter schaltete in den ersten Gang und stieß in eine Lücke im stockenden Verkehr. »Wir fahren zum Boulevard, da gibts viele Restaurants. Mit Telefon.«

Sie verließen das Flughafenareal und tauchten in den dichter werdenden Verkehr von Autos und Lastwagen in Richtung Westen, Richtung Bucht ein. Der Regen hatte den Nachmittag und alles andere in ein dunkles Blaugrau getaucht, die Oberfläche mit einem feinen, silbernen Glanz überzogen. Über der Bucht, wo der Himmel jetzt eigentlich in feurigem Orange leuchten sollte, zeigte sich ein langer, grauer Vorhang und ließ nur einen schmalen Lichtstreifen auf dem Wasser erkennen.

Rory erinnerte sich an die Bucht, die sie vor fünf oder sechs Jahren schon einmal gesehen hatte. Sie hörte gar nicht auf, ein Bogen aus Blattgold, und dahinter lagen Hongkong und San Francisco und New York und Orte, die sie nur von den Songs kannte, die der alte Nick ihr beigebracht hatte: »The loveliness of Paris seems somehow sadly gay / The glory that was Rome is of another day…«.

Als Walter den Roxas Boulevard erwähnte, dachte er an Noemi und ihr orangenes Sommerkleid und wie hilflos und zerbrechlich sie in ihren zerrissenen Jeans aussah, als sie das erste Mal in diesem 24-Stunden-Restaurant waren, das er jetzt ansteuerte. Sie war damals Masseuse im Joyluck-Club, und als er sie zur Vernehmung mitnahm, hatte er keine Ahnung, wie das enden würde und welchen Preis er zahlen müsste für die Sotanghon-Suppe und die frischen Lumpia*, die sie herunterschlang auf dem Weg zur Polizeistation. Walter gehörte damals zu einer speziellen Anti-Kidnapping-Einsatztruppe, die der Polizeichef zusammengestellt hatte. Sie waren auf der Jagd nach Leuten mit echter Intelligenz, nicht solchen Straßenkötern, Walter wurde wegen seiner College-Ausbildung für die Truppe ausgesucht, und bald begann er, diesen Job mehr zu lieben als er je erwartet hatte.

Noemi war Charlie Uybocos Gespielin in der Sauna des Joyluck an der E. Rodrigues Avenue, der plötzlich um 11 Uhr 42 in dieser Sommernacht verschwand, von drei oder vier bewaffneten Männern in einen Mitsubishi Pajero gezogen, als er nach draußen zu seinem geparkten Camry ging. Das Joyluck belegte das Erdgeschoss und den ersten Stock eines Gebäudes, das vorher an einen Laden vermietet war, der indische Autos verkaufen wollte, gebaut in Surajpur. Die Firma musste nach nur achtzehn Monaten aufgeben, hatte nicht mehr als fünfzehn »Patna«-Coupés verkauft, und das zu großzügigen Konditionen. Das Geschäft wurde eingestellt, hinterließ aber eine Box voller hübscher Plakate mit traumhaft schönen, indischen Motiven: das Himalaya-Vorgebirge, das Taj Mahal, der Palast von Rajasthan. Der Eigentümer des Joylucks hatte die Plakate in allen Kabinen aufgehängt und, in einem Anfall von Phantasie, die Mädchen in wallende Seidenkleider und rosafarbene Schals gehüllt.

Als Charlie an diesem Abend ankam, hatten die Mädchen gerade ihre letzte Schicht, manche würden bis zwei Uhr nachts bleiben, hofften inständig auf einen Ritter, der sie das Minimum von zwei Kunden pro Abend einhalten ließ. Noemi hatte diese Nacht schon drei bedient, empfing Charlie an der Tür aber wie eine taufrische Debütantin. Charlie Uyboco war zweiundsechzig, verheiratet, Einwohner von Damar Village in der Stadt Quezon, Eigentümer der Five Stars Plastikfabrik in Meycauayan, und besuchte das Joyluck mindestens zweimal die Woche. Manchmal nahm er sich zwei oder sogar drei Mädchen auf einmal, zahlte jeder tausend Pesos extra dafür, dass er ihnen heftig die Brust betatschen oder zwischen ihre Beine greifen durfte, zu mehr war er nicht mehr in der Lage. Die Mädchen kämpften um das leicht verdiente Geld und ersannen eine faire Rotation, um Charlies Gunst auf alle zu verteilen und auch, um ihn nicht zu langweilen. Das lief so einige Monate, bis er Noemi begegnete, frisch eingetroffen von irgendeinem Bauernhof in Camarines Norte und mit einem Naturtalent gesegnet, Tote zum Leben zu erwecken, wie Charlie herausfand. Ab da wurde sie das Ziel seiner Besuche, und trotz einiger schräger Blicke ihrer Kolleginnen blieb Noemi ihrem besten Kunden treu und brachte ihn sogar dazu, bei einem Lied aus ihrer High School-Zeit mitzusummen: »Shine Little glowworm, glimmer, glimmer... Lead us lest too far we wander, night's sweet voice is calling yonder...«

Charlie überlebte dieses Martyrium, um dreißig Millionen Pesos erleichtert, die seine Frau, seine Brüder und Schwestern in Windeseile aufgebracht hatten und die sie dann in zwei großen Taschen im Kofferraum eines 84er Corona in Ormoe deponierten; sie entdeckten ihn in Davao, benommen und zitternd, übersät von Insektenstichen vor dem Luz Kinilaw Restaurant. »Warum dauerte das so lange«, war alles, was er Walter und das Team fragen konnte. Seine Kidnapper wurden nie gefunden, ebensowenig das Lösegeld. Schon bald kehrte Charlie Uyboco wieder zu seinem alten Leben zurück, zu seinem Golfspiel und den Hahnenkämpfen, aber nicht zum Joyluck und nicht zu Noemi – nur zu verständlich, für andere aber ein schmerzlicher Verlust.

Später erinnerte sich Walter an ein Gespräch, das er mit einer der Zeuginnen gehabt hatte, mit einem Mädchen namens Noemi, als die anderen Mitglieder seines Teams noch die Kassenbücher durchblätterten und die Hintern der anderen anwesenden Mädchen tätschelten. Sie war das Mädchen, das zuletzt mit dem Entführten zusammen war, und als Walter sie in dieselbe Kabine brachte, in der sie vorher mit ihm gewesen war, hatte sie alles erzählt, was sie über den Mann wusste, bis zum Leberfleck auf seinem rechten Hoden und seiner nach Australien ausgewanderten Tochter, und wie gerne er ihr, bevor er ihr den Tausend-Peso-Schein in die Hand drücken würde, Davao gezeigt hätte, wo sie doch über die Durian-Frucht gesprochen hatten und über deren pikanten Geschmack. »Könntest du für eine Woche kommen?«, hatte er sie augenzwinkernd gefragt. »Nur eine Woche, komm, nur eine Woche. Ich bezahl dir die Fahrkarte. Du wirst Davao lieben.« Es war ein altes Ritual zwischen ihnen, das Versprechen einer nebulösen Zukunft im Austausch für ein paar Minuten mehr, die sie ihm mit zärtlichen Diensten versüßte, die er sowieso, unabhängig von seinen Versprechungen, bekommen hätte. »Davao«, hatte er gesagt; er hatte immer von Durian und Davao gesprochen. Walter hatte das fast vergessen, bis Charlie Uyboco plötzlich auf der Straße weiter südlich gefunden wurde, zwischen tiefgefrorenen Thunfischen, die gerade von Jeepneys abgeladen wurden, und dem Heulen eines Muezzin, das von einem nahegelegenen Minarett abgespielt wurde.

In dem Moment fügte Walter Stück um Stück zusammen und wusste genau, was passiert und wo das Geld war. Als er in das Joyluck zurückkam, war sie nicht mehr da, sie war, sagten sie, schon seit drei Tagen nicht mehr zur Arbeit erschienen – und für eine Minute dachte er, sie sei Teil des Spiels, würde sich in frisch gedruckten Geldscheinen irgendwo in Tagaytay wälzen oder sich ein Haus und ein Modegeschäft in Daet kaufen; aber als er sie an ihrer Adresse in Singalong aufsuchte, die sie ihm gegeben hatte, hockte sie da, mitten in einem Berg frisch gewaschener Wäsche. Erst hatte sie sich geweigert, die Tür zu öffnen, aber er schaffte es durch Überzeugung, nicht mit Gewalt – mit der gleichen coolen, sanften Stimme, mit der er mit ihr in der Kabine gesprochen hatte –, sodass sie schließlich nachgab. Sie hatte aber auch keine Wahl.

»Was ist passiert?«, fragte Walter.

»Charlie rief mich vor vier Tagen im Joyluck an«, antwortete sie, »nur um zu fragen, wie es mir geht. Ich sagte, mir geht es okay. Und fragte, wo er sei. Er antwortete nicht. Er fragte mich, wo ich wohne. Ich fragte ihn, warum. Und er sagte, er wolle mir ein Geschenk machen. Und dann…«

»Und dann was?«

»Und dann bekam ich Angst. Da war irgendwas in seiner Stimme. Ich legte auf. Und dann bin ich abgehauen, ohne meine Schicht zu beenden.«

»Wer weiß, wo du wohnst?«

»Keiner. Gut – meine Eltern in Paracale, weil ich ihnen schreibe. Und auch meine Cousine.«

»Und die im Laden?«

»Ich hab ihnen die Adresse von meiner Cousine gegeben, bei der ich gewohnt habe, als ich herkam. Ich hab bei ihr in Malabon gewohnt. Sie war es, die den Besitzer des Joyluck kannte…«

»Wo ist sie jetzt?«

»Ich weiß es nicht. Seit gestern versuche ich sie zu erreichen. Sie ruft nicht zurück. Einmal nahm jemand den Hörer ab, und ich begann zu schluchzen: ›Wo bist du gewesen?‹ Niemand antwortete. Aber jemand war dran. Ich weiß nicht, was passiert ist. Ich will nicht mal mehr rausgehen und telefonieren.«

»Komm mit mir zur Wache. Wir müssen deine Aussage aufnehmen.«

»Ich will nicht – ich will aber auch nicht hierbleiben…«

»Keine Sorge. Wir werden irgendetwas finden, wo du sicher bist, glaub mir.«

»Ich bin sehr hungrig. Ich hab seit Tagen nichts gegessen.«

Und so geschah es, dass sie im Aristocrat landeten und nicht auf der Polizeistation, und so verlor er Bessie und Paolo an Great Yarmouth, weit hinter der bleifarbenen Bucht.

Der Tatort

»Wohin fahren wir?« Sie waren jetzt eine Viertelstunde gefahren, ohne ein Wort zu wechseln; dichter Regen verwischte alles, was zehn oder fünfzehn Meter entfernt war, und es gab nichts, woran sie sich orientieren konnten als die roten oder orangenen Bremslichter vor ihnen, aber Walter wusste offenbar, wohin er wollte.

»Wir sind fast da«, sagte er, und sie fragte nicht weiter nach. Seltsamerweise tröstete sie sein Schweigen. Er war auf jeden Fall ganz anders als die Polizisten, die sie sonst aus Paez oder sogar Del Monte her kannte, die entweder dickbäuchige, schießwütige Schweine oder rheumakranke Onkels kurz vor der Rente waren, und alle hatten nach ein paar Bier laut und langatmig Geschichten loszuwerden von Banküberfällen oder Bordellrazzien. SPO2 Walter Zamora war nicht so gestrickt; sie hatten fast einen ganzen Tag zusammen verbracht, und er hatte praktisch kein Wort verloren über sich oder seine Heldentaten, blieb immer auf Distanz. Sie begann es langsam als Herausforderung zu sehen, ihm angesichts der vielen Stunden, die noch vor ihnen lagen, eine Geschichte zu entlocken, egal, was sie wert war.

Walter überfiel ein komisches Gefühl, da er gerade dabei war, zum Tatort zurückzukehren, getrieben von dem Verdacht, dass er noch fehlende Teile in dem Puzzle finden könnte, einen verschwundenen Beleg oder eine Botschaft mit Lippenstift auf dem Badezimmerspiegel, die ihm damals hätten sagen sollen, dass da irgendwas falsch lief, viel schlimmer als das, was er mit seinen eigenen Augen sah: ein Mädchen, zitternd vor Angst und Hunger, ein Zeichen, das er damals auf sich bezog, wenn nicht als Verlangen nach Sex, dann nach seinem warmen Körper, der sie vor allem Übel beschützen sollte. Als er verstohlen zu Rory blickte – das hatte er schon ein paar Mal getan, wenn er glaubte, sie sei abgelenkt –, dann sah er keine Unschuld, sondern Gefahr, und daher auch seine Vorsicht, seine hartnäckige Weigerung, sich auf mehr einzulassen als belanglose Unterhaltungen. Jetzt war es ihm peinlich, als er sich an die Cocktail-Kirsche erinnerte und wie sie ihm die in den Mund geschoben hatte, nur ein paar Tage, gefühlt ein Jahrzehnt her. Ob sie auch daran dachte? Erinnerte sie sich an dieses Treffen zwischen zwei Sets? Und wenn nicht, was würde das für ihn heißen?

Walter bog auf eine Zufahrt ab und fuhr dicht an den Haupteingang des Aristocrat heran; ein Portier lief zu ihnen mit geöffnetem Regenschirm, und Rory schälte sich aus ihrem Sitz heraus, um ihre Glieder zu recken. Walter blieb im Auto sitzen, steuerte einen freien Parkplatz an und rannte dann zum Eingang zurück, ohne daran zu denken, das Auto abzuschließen. Der Regen prasselte mit voller Wucht auf ihn nieder, durchnässte sein Haar, rann den Nacken hinunter und weiter bis zum Unterhemd. Rory wartete auf ihn an der Tür wie eine besorgte Ehefrau, hielt ihr kleines, gelbes Taschentuch für ihn bereit. Er nahm es ganz selbstverständlich und wischte sich damit sein Gesicht trocken.

Walter schaute auf die Tische auf der linken Seite des Raums, von denen man auf den Park und die Kirche sehen konnte. Ohne zu zögern führte er Rory in diese Ecke, und obwohl es nicht der gleiche Tisch war wie beim letzten Mal, bot er genau denselben Blick auf Kirche, Park, Restaurants, Straße und Bucht, mit minimalen Unterschieden in der Höhe und Farbe der Hecken und den Namen der Geschäfte; wenn man so da saß, wirkte alles wie eh und je – was manchmal ein angenehmes Gefühl war, manchmal nicht.

Er bestellte ein halbes Grillhähnchen mit einer Schale safranfarbenen Reis, dazu eine Cola; sie nahm eine Suppe mit dicken Lomi-Nudeln und frittierten Eierrollen. Er zündete sich eine Zigarette an, während sie warteten, und der Kellner brachte ihnen sofort einen Aschenbecher, obwohl niemand sonst im Raum rauchte. Rory registrierte, dass ihr Begleiter immer noch seine Polizeiuniform trug, deutlich erkennbar, so nass und zerknittert nach der langen Fahrt sie auch war, und einen Dienstrevolver an seiner Hüfte. Draußen tauchte der Abend die Umgebung in ein dunkles, mit Gold gesprenkeltes Blau, und nur die struppigen Palmenwipfel, die vom Wind gepeitscht wurden, ließen das Ufer erahnen. Rory sah einen kleinen Mann mit Brille und Regenschirm unter einer Markise stehen, der sie durchs Fenster anstarrte; sie war ihm schon beim Hineingehen begegnet, und er hatte sie an jemanden erinnert, den sie kannte. Es war nervend, wenn man nach langer Zeit manche Leute nicht mehr traf oder wiedererkannte, wohl aber ihre billige Kopien. Rory fragte sich, wie Soli wohl aussah, bevor sie starb. Hatte sie ihre Frisur geändert, Gewicht verloren, hatte Unglück ihren Rücken gekrümmt oder zumindest die Mundwinkel nach unten gezogen? Vor drei Wochen hatte sie den letzten Brief von Soli erhalten, und, um die Wahrheit zu sagen, sie schien glücklich zu sein, plauderte über ihr Leben im Dienst der Prinzessin, einen Jungen namens Fouad und die Villa an der Bucht, in der sie wohnte, und wie sie sich nach Paez vor allem der Zwergpalmen wegen sehnte. Das Foto in dem Umschlag zeigte Soli vor einem blauen Streifen, dem Ozean, ihr Kopf bedeckt mit einem Tuch, und wenn Soli nicht geschrieben hätte: »Das bin ich«, hätte sie ihre Schwester nicht erkannt. Rory nahm sich vor, den Brief Walter zu zeigen, sobald sie wieder in Paez waren, als Beweis – aber wofür?

Walter bot Rory eine Zigarette an und diesmal nahm sie eine; der Rauch kratzte und kitzelte ihre Lunge, gab ihr aber vorübergehend ein Gefühl von Wärme.

»Es ist noch eine lange Fahrt«, sagte Rory.

»Ja, ist es«, antwortete er, »aber wenn wir gleich nach dem Essen losfahren, schaffen wir es bis Mitternacht.«

»Bist du nicht müde?«

»Doch, bin ich, sehr sogar. Aber ich kann noch fahren, wenn wir heute Nacht zurück sein wollen.« Kaum merklich lag die Betonung auf dem »wenn«, und Rory fragte sich kurz, ob sie das vorschlagen sollte oder doch besser er. Sie wollte vermeiden, dass er auf irgendwelche blöden Gedanken kam, hatte selber aber auch keine Idee, wie das jetzt weitergehen könnte. Ganz bestimmt waren sie nicht darauf aus, in irgendein Motel zu gehen und im gleichen Bett zu kuscheln. Aber wenn sie schon erschöpft war nach diesen sechs oder sieben Stunden, in denen sie nichts getan hatte als zu sitzen, wieviel müder müsste er sein, jetzt und erst recht später.

»Müssen wir? Ich meine, noch heute Nacht zurückfahren?« Rory hörte kaum ihre eigene Stimme.

»Macht das einen Unterschied?«, fragte er und nickte vage in Richtung Van und seiner einsamen Fracht.

»Ich habe noch keine Vorbereitungen getroffen, also für ihre Beerdigung. Ich nehme an, dass es schnell gehen muss. Oder jedenfalls so schnell wie möglich. Es gibt niemanden, der darauf wartet.« Rory dachte an die Ecke des Friedhofs, wo ihre Eltern und Ditoy lagen, und überlegte, ob da noch Platz genug war für ihre Schwester, wenn nicht für den Sarg, dann wenigstens für die Urne, falls Rory sie einäschern ließ. Sie hatte keine Ahnung, wo oder wie Leichen eingeäschert wurden oder wie groß oder klein die Überreste nach der Verbrennung sein würden. Niemand, den sie kannte, war jemals eingeäschert worden, nicht mal ihre Familie, deren verkohlten Gebeine in verschlossenen Särgen beerdigt wurden, auch um den Schmerz über ihr Ende zu lindern. Sie stellte sich vor, dass Soli dann nichts mehr als ein kleiner Haufen Asche wäre, so wie die flockige Asche von einer Handvoll Zigaretten in den Aschenbechern des Flame Tree. Und sie fragte sich, ob sie Soli überhaupt nochmal sehen wollte, bevor sie verbrannt wurde.

»Ich dachte, du musst noch einen Anruf machen.«

»Ja, muss ich, ich überleg noch, was ich ihnen sagen soll.« Er nahm einen tiefen Zug aus seiner Zigarette und hielt den Rauch noch in seinem aufgeblähten Mund, bevor er ihn wieder ausstieß. »Ich wollte erst dich fragen.«

»Wer sind *sie*? Und was mich fragen?«

»Meine Schwester. Meine Mutter. Wenn du – also wenn das für dich okay ist, können wir dort über Nacht bleiben.« Irgendwo in seiner Brieftasche hatte er ihre Nummer, auf der Rückseite der Visitenkarte eines Polizeigenerals notiert, er war der Kommandeur seiner Spezialeinheit, derselbe, der ihn nach Paez strafversetzt hatte, nachdem kein Peso von der Geiselnahme aufgetaucht war, erst recht nach dem Tod zweier Zeuginnen und eines Polizisten, der in Davao geblieben war, um das ganze Desaster aufzuklären.

»Ja, warum nicht«, sagte Rory. »Ich würde mich freuen, sie kennenzulernen. Aber ich bin mir nicht sicher, ob *sie* sich freuen, uns zu sehen – oder mich. Stell dir mal vor, dass wir vor ihrer Tür auftauchen – zusammen mit der Leiche meiner Schwester.« Ihre letzte Bemerkung hörte sich nur kurz wie ein Scherz an.

Ich bin mir auch nicht sicher, ob sie mich gerne sehen, wollte Walter sagen, stand aber stattdessen auf und kramte in seinen Taschen nach Ein-Peso-Münzen. »Ich ruf an.« Er erinnerte sich, wie Noemi sich von ihrem Stuhl erhoben hatte, auf die Toilette, wie sie gesagt hatte, und er in Panik geriet, weil es so lange dauerte, und ihr dann hinterherging. Sie stand vor dem Münztelefon um die Ecke und versuchte nochmal ihre Cousine anzurufen, ohne Erfolg, wie sie sagte. Und jetzt erinnerte sich Walter an das Klimpern der hineinfallenden Münzen, als sie den Hörer auflegte, ein Geräusch, das er nicht hatte hören sollen. Wen hatte sie angerufen? Er hatte nie danach gefragt, sah immer nur ihre unwiderstehliche Zerbrechlichkeit.

Er fand ein freies Telefon, steckte zwei Pesos in den Schlitz und wählte die Nummer, die er auf der Karte notiert hatte. Gayla müsste um die Uhrzeit von ihrem Job als Bankkassiererin zurück sein, aber es war eine fremde Stimme, die am Telefon war, die eines Mannes, eher jugendlich und hoch. »Hello«, die Stimme säuselte, als ob sie jemand anderen erwartet hätte, vorzugsweise ein sechzehnjähriges Mädchen.

»Ist Gayla da?«

Ein Hüsteln. »Hm. Gayla? Wer?«

»Zamora. Gayla Zamora. Sie wohnt da. Und wer ist am Apparat?«

»Ich wohne hier, wir wohnen hier jetzt«, sagte der Junge bestimmt.»Keine Gayla hier. Falsche Nummer, sorry.« Er sprach »sorry« ziemlich affektiert aus, und Walter merkte, dass er den Hörer auflegen wollte.

»Warte, bitte, warte! Tut mir leid, seit wann lebt ihr da?«

»Zwei Wochen…«

Walter dachte an den Brief, der ungeöffnet in Paez lag, und ärgerte sich jetzt, dass er ihn nicht eingesteckt hatte. »Wohin sind sie gezogen? Die Leute, die da gewohnt haben?«

»Ich weiß es leider nicht. Da war niemand, als wir eingezogen sind.«

»Haben sie einen Brief dagelassen, irgendeine Nachricht…«

»Das weiß ich nicht. Wir haben alles weggeschmissen. Es war sehr verdreckt und roch nach Urin.« Walter hörte eine weibliche Stimme, im Befehlston, streng und kehlig. »Nein, Ma, es ist nicht Shirley!« Und dann schnell und tonlos: »Ich weiß nichts, tut mir leid«, damit war die Leitung tot.

Rory sah, dass Walter bedrückt zurückkehrte, als ob die Mühe eines ganzen Tages auf seinen Schultern lastete. Sie drückte ihre Zigarette aus und wollte ihm eine Frage stellen, aber er hatte schon seine Hand gehoben, als ob er sagen wollte: »Nicht jetzt, später«, sie hielt sich zurück.

Das Essen wurde gebracht und die beiden stürzten sich darauf mit gewaltigem Hunger, ihre Essgeräusche mischten sich mit dem ansteigenden Stimmengewirr der Gäste, die nach der Arbeit und aus dem Regen zum Abendessen hereinkamen. Für einige Minuten waren er mit dem Kauen und sie mit dem Schlürfen der Nudelsuppe beschäftigt, was jede Unterhaltung unmöglich machte. Draußen ließ der Regen nach, aus den Autos und Taxis stiegen Leute aus und ein, sprangen Regenschirme auf und zu. Rory fragte sich, wie es sich wohl leben ließe in so einer lärmenden großen Stadt mit ihren Tausenden von Flame Trees und Café Sonatas – einige Dutzend von ihnen waren genau da vorne am Boulevard mit ihren Bühnen, Pianos und Sängerinnen. Sogar die Sirenen der Rettungswagen und das Trommeln des Regenwassers in den Fallrohren und auf den Markisen formten sich zu einer Art von Musik. Unausgesprochene Worte bildeten sich in ihrem Mund, solche wie »ich lebe« und »ich will«. Mehr nebenbei bekam sie mit, dass Walter etwas sagen wollte, auch deswegen, weil er nicht auf sie, sondern auf die mageren Reste ihrer Suppe schaute, als ob er sie gern aufessen würde, sich aber nicht zu fragen traute.

»Ich kann sie nicht erreichen, sie sind umgezogen, und ich weiß nicht, wohin.«

»Oh.«

»Ich weiß noch nicht mal, ob – gut, sie mussten wohl umziehen. Ihr Vermieter verlangte immer mehr.« Er zündete sich noch eine Zigarette an. »Obwohl es gegen das Gesetz ist.«

»Und was machen wir jetzt?«

»Wir können zurückfahren. Du kannst schlafen. Der Regen wird bald aufhören und dann geht es, nachts zu fahren – ohne Verkehr.«

»Ich wünschte, ich könnte Auto fahren«, sagte sie. »Aber wir hatten nie eins. Das heißt doch, vielleicht schon, aber ich war zu jung, ich kann mich daran nicht erinnern. Mein Vater sagte mal sowas, aber vielleicht war das Auto auch nicht seins.«

»Wo sind sie jetzt, wo sind sie alle?«

Diese unerwartete, vielleicht gar nicht beabsichtigte Direktheit der Frage traf sie tief. Wo, ja, wo waren sie –, alle waren tot, und daran erinnerte mehr als alles andere die Frau in dieser Kiste, aus ihrem Fleisch und Blut, egal, wie verschieden sie sich entwickelt oder zu entwickeln versucht hatten. Tränen schossen ihr in die Augen, und Rory war bewusst, dass diese Gefühle sich schon lange wenige Millimeter unter ihrer Haut verborgen hatten und nur darauf warteten, bei dem kleinsten Anlass oder Vorwand herauszuströmen. Sie spürte einen plötzlichen Drang, nach draußen zum Van zu laufen und den Sarg zu berühren, um so wieder eine Verbindung zu Soledad zu finden, greifbar und konkret. Es wäre genau die Szene, die sie vorher diesen ungehobelten Männern gegenüber nicht bieten wollte.

»Sie sind alle gestorben«, sagte sie schließlich mit zitternder Stimme und stand auf. »Wir müssen los. Bitte, fahren wir.« Es gab immer noch Nathan, ja, aber der gehörte in eine andere Zeit, und was man nie gehabt hatte, konnte man auch nicht verlieren.

Walter bezahlte bei der Kellnerin die Rechnung, schaute aber zu ihr hin und erkannte ihren Kummer. Er begriff das Verrückte ihres erzwungenen Zusammentreffens, und wenn er etwas mutiger gewesen wäre, hätte er ihre Hand berührt oder seinen Arm um ihre Schulter gelegt.

»Warte draußen, bitte«, sagte Walter, »ich bin gleich bei dir und dann fahren wir.« Rory ging an ihm vorbei und war froh, angesichts des unruhigen Wetters etwas Ablenkung zu finden.

Ein langer und schwieriger Weg lag vor ihnen. Es wurde Walter plötzlich klar, dass er jetzt offiziell Fahrer eines Leichenwagens war, eines umfunktionierten Fahrzeugs an der Spitze eines Trauerzugs – aber was war mit seiner eigenen Trauer? Und was konnte trauriger sein als ihre miteinander verflochtenen Schicksale?

Er war schnell draußen. Er pustete auf die Glut seiner Winston und beschützte sie in seiner hohlen Hand vor den Windböen, er sah Rory im Regen; sie drehte sich hierhin und dorthin, offenbar, um dem Regenschirm zu entkommen, mit dem ein uniformierter Parkwächter hinter ihr her lief.

»Rory«, rief Walter. Es war das erste Mal, dass er ihren Namen so eindringlich rief. Der Verkehr hatte zugenommen und mit ihm der Lärm der Autohupen und der quietschenden Bremsen. »Wo willst du hin?«

Sie drehte sich zu ihm um, und ihr Gesichtsausdruck hatte sich schlagartig verändert. Ihr tiefer Schmerz war einem verständnislosen Erstaunen gewichen.

»Der Van«, sagte sie, »ich kann den Van nicht finden. Du hattest ihn doch hier geparkt, oder?«

Ja, das hatte er, und jetzt war er weg, aber der Mann mit dem Regenschirm war noch immer damit beschäftigt, Rory vor dem Regen zu schützen, und Walter begriff, wie viel schlechter selbst das Schlechte immer noch werden konnte.

Über Wasser gehen

Das Einzige, was Jose Maria Pulumbarit jemals werden wollte, war Seemann. Aufgewachsen war er in Olongapo, am Rande einer der größten amerikanischen Marinestützpunkte in Asien, Heimathafen der Pazifik-Flotte, und von dem Moment an, als er seinen ersten amerikanischen Matrosen von der USS Belleau Wood mit weißer Mütze und weißem Pulli heruntersteigen sah, wusste Jomar, dass ein Schiff der beste Platz der Welt für ihn war – eine Insel, immer in Bewegung auf einem Planeten voller fester Adressen. Ein Onkel von ihm war schon da draußen, er diente als Hilfskellner in der Offiziersmesse auf einem Flugzeugträger, der die meiste Zeit auf dem Atlantik unterwegs war, und Jomar wartete sehnsüchtig auf dessen Briefe und die Schokolade, die er mitschickte, oder was immer für ihn übrig blieb, nachdem sein Vater und zwei ältere Brüder alles durchwühlt hatten.

Aber sein Vater hatte andere Pläne für seine Söhne, insbesondere für Jomar, der ihm, dem alten Mann, zu feingliedrig und fast feminin erschien, so wie er sich bewegte und mit seiner Vorliebe für alles, was mit Reisen und exotischen Plätzen zu tun hatte. Jomar hing, so oft er konnte, bei den Seeleuten herum, rannte los, um ihre Zigaretten anzuzünden, machte kleine Besorgungen für deren Mädchen, lehnte sich unter die offenen Motorhauben der Jeeps und sah den Mechanikern zu, wie sie Verteilerkappen und Keilriemen ersetzten. Seine zwei Brüder fanden Jobs im Stützpunkt und hofften, sich irgendwann auf ein Schiff hochzuarbeiten und dann weiter nach San Diego und schließlich in das große Amerika.

Jomar klaute Philip Morris-Zigaretten mit blauer Banderole, Ray Bans, und im Alter von sechzehn Jahren wurde er von der MP des Stützpunkts am Steuer eines Jeeps erwischt, der randvoll beladen war mit Großhandelspackungen von Hershey-Schokolade, Lays-Kartoffelchips, Folger's Instant Coffee, Shampoo und einigen Flaschen Jack Daniels. Die lokale Polizei verabreichte ihm eine Tracht Prügel, und er bekam, nachdem Jomars Vater ihn rausgeholt hatte, nochmal Prügel, nicht weil er etwas gestohlen hatte, sondern weil er sich hatte erwischen lassen und so die Jobs seiner Brüder gefährdete. Dieses Gaunerstück bescherte Jomar einen gebrochenen Zahn und eine gebrochene Rippe, deren Heilung Wochen dauerte, bestärkte ihn aber auch in seinem Entschluss, Olongapo zu verlassen und nicht wie seine Brüder immer nur Gräben auszuheben oder Dächer anzustreichen. Er wollte über Wasser gehen.

Und das tat er – auf seine Art; sechs Monate nach dem Rippenbruch war Jose Maria Pulumbarit auf See und trug genau die weißen Sachen, von denen er schon geträumt hatte, als er gerade mal seine Schnürsenkel binden konnte – auch wenn sie ein paar Nummern zu groß waren, denn sie gehörten dem Bootsmaat Dritter Klasse Rufus B. Melnicki, der aber nicht dort, sondern auf der USS Cushing diente, die nach einem Manöver in der Subic-Bucht wieder im japanischen Stützpunkt Yokusuka angelegt hatte. Jomar hatte sich auf die USS Abraham Lincoln geschlichen, als wegen des plötzlichen Vulkanausbruchs des Mount Pinatubo mit Megatonnen von Dreck und beißendem Rauch und der darauf folgenden Evakuierung von Besatzungsangehörigen ein riesiges Durcheinander entstand. Die Lincoln war schon fast in Guam, als man ihn hinten in der Schiffsküche entdeckte, benommen von Hitze und Dehydrierung. Selbst in diesem Zustand erfand er eine Geschichte von mit Schlagringen bewaffneten Onkels, die ihn in seiner Kindheit missbraucht hatten, und der glücklichen Befreiung durch den heftigen Vulkanausbruch. Statt ihn in die Arrestzelle zu stecken, nahmen sie ihn auf und stopften ihn mit kanadischem Schinken und Kartoffelbrei voll. Er sollte an Bord bleiben, als sie in Guam anlegten, aber irgendwie hatte er seinen Traum schon verwirklicht, und als er dann mit dem Kapitänsboot zur USS Juneau übergesetzt wurde, die ihn zurück nach Subic bringen sollte, fühlte er sich bereits als Held, nicht als Eindringling, und nutze die Zeit, um etwas über Radioelektronik und verschiedene Arten von Motoröl zu lernen.

Und Jose Maria Pulumbarits Leben hätte ab da einen permanenten Aufschwung nehmen können, aber das erste, was er nach der Anlandung in Subic machte, war, einem Bootsfeldwebel das Portemonnaie zu klauen, um seine nächste große Heldentat zu finanzieren, eine Flucht in eine andere Bucht, in eine andere Stadt, einhundertzwanzig Kilometer südlich: Manila.

Das war derselbe Jomar Pulumbarit, der nach etlichen Aufenthalten im städtischen Gefängnis und reichlich ausgestattet mit Tattoos auf Rücken und Schenkeln, unter der Markise des Aristocrat Schutz vor dem prasselnden Regen suchte und die hineinströmenden Gäste beobachtete. Das schelmische Funkeln seiner Augen war schon lange abgelöst worden von einem stumpfen, alles kontrollierenden Blick aus einer Brille mit dickem Gestell, und das freche Grinsen von verschlossenen Lippen, die rein gar nichts verrieten. Er hatte gelernt, sich so unauffällig zu verhalten, dass er kaum mehr wahrgenommen wurde. Guam und der rollende Ozean waren nur noch eine, wenn auch schmerzliche, Erinnerung.

Das Meer war nur eine Minute entfernt von dem Platz, wo er stand, und dort, wo er wohnte in Pasay, musste er nur die tief hängenden Wäscheleinen zur Seite schieben, um von seinem Blechdach aus die Bucht sehen und jedem seiner fünf Kinder die eigelbfarbene Sonne zeigen zu können. Er hätte die Kleineren aufs Dach tragen können – seine schmalen Arme waren kräftig geworden vom Tragen gußeiserner Autoteile und vom Aufbocken schwerer Fahrzeuge. Diese Arme trugen Narben – Messerstiche, Brand- und Schnittwunden von Nylonseilen –, aber eines hatte Jomar aus seiner Jugend behalten – die Weichheit und Präzision seiner Hände. Zwei seiner Finger der rechten Hand waren nach einer Schraubstock-Attacke hinüber, aber er hatte dieser Hand beigebracht, auch mit drei Fingern zu funktionieren, und hatte den Rest ihrer Fähigkeiten auf die linke Hand übertragen.

Heute war er im Auftrag der in Novaliches operierenden Gang unterwegs, für die er arbeitete. Sie brauchten einen Van – keinen neuen, keinen auffälligen, je unscheinbarer, desto besser. Er wurde gebraucht für den Abtransport verschiedener Objekte von hohem Wert aus einem Haus in Corinthian Gardens. Genaueres sollte und wollte er gar nicht wissen, nur dass es um eine bestimmte Größe und ein bestimmtes Gewicht ging. Für diesen Auftrag musste es ein spezielles Fabrikat und Modell sein, und als der Tamaraw im Regen in der Auffahrt auftauchte, wusste Jomar, dass er einen Treffer gelandet hatte. Tamaraws waren zu Tausenden in der Stadt unterwegs, hinterließen bei niemandem einen bleibenden Eindruck und fuhren sich ziemlich leicht. Alles, was es brauchte, war ein Draht von bestimmter Länge, um das Schloss zu knacken, und ein bisschen Fummelei an der Zündung, um das Auto in Besitz zu nehmen. Auf dem Restaurant-Parkplatz standen noch andere Transportfahrzeuge – ein Ford Fiera war schon früher vorgefahren und wäre auch geeignet gewesen –, aber Jomar bevorzugte dieses Auto, weil ein uniformierter Polizist aus dem Tamaraw gestiegen war; damit bekam sein Auftrag eine süße, persönliche Note. Jomar verabscheute Polizisten seit dem Tag, als sie ihn von einem vorbeifahrenden Jeep aus mit einer schallenden Backpfeife auf den Asphalt des Magsaysay Boulevard schickten und dann an einen konspirativen Ort zu dem Mann brachten, der seine Finger in einen Schraubstock steckte und drehte. Die Polizisten drückten ihn auf den Boden und wollten von ihm eine Aussage erpressen, wo der Mitsubishi Pajero war oder wenigstens das Geld, das er dafür bekommen hatte. »Ich klaue Autos, ich verkaufe sie nicht«, hatte er geschrien, als sie seinen kleinen Finger in den Schraubstock steckten, und das nächste, an das er sich erinnerte, waren Ströme von Blut, die aus dem Finger hervorquollen. Als er wieder bei Bewusstsein war, steckten sie den nächsten Finger in den Schraubstock und stellten dieselben Fragen nochmal. Am Ende war es so, dass sie zwar die Finger, aber nicht ihn gebrochen hatten, und Jose Maria Pulumbarit verdiente sich so in der berüchtigten Bukas-Kotse-Gang seinen professionellen Spitznamen: »Boy Alambre«*, der sich sowohl auf sein Lieblingswerkzeug wie auch auf seine bewundernswerte Widerstandsfähigkeit bezog. Er versteckte dieses Werkzeug – eine kleine Spule Wäscheleinen-Draht – unter dem Hemdsärmel, der auch seine Tattoos bedeckte, und hielt in der anderen Hand einen Regenschirm, mit dem er seine Aktionen bestens verbergen konnte; bei trockenem Wetter nahm er eine Zeitung oder einfach eine Einkaufstüte. Zufällige Passanten würden so einen typischen Angestellten sehen, der brav auf seine Frau wartet, um mit ihr wie jede Woche einmal essen zu gehen, und genau das dachte Walter Zamora und nichts weiter, als er zum Eingang des Aristocrat und zu Rory zurückrannte, nachdem er den Van eingeparkt hatte. Jomar hatte das Mädchen bemerkt, und sie ihn vermutlich ebenso, wenn sie nicht ein tiefsitzendes Vorurteil gegenüber Männern mit Brille gehabt hätte und sich stattdessen auf ihren durchnässten Fahrer konzentriert und ein kleines Taschentuch aus ihrer Tasche gekramt hätte, womit er sein Gesicht trocken reiben konnte.

Jomar wartete mindestens fünf Minuten, bevor er sich an die Arbeit machte. Die Menschen waren eifrig damit beschäftigt, ihr Essen zu bestellen; die Entscheidung, was man isst, ist immer sehr persönlich, und nimmt die gesamte Person in Anspruch, mehr als der lauteste Streit oder der stürmischste Flirt. Jomar ging um die Ecke, um nicht im Blickfeld des Parkplatzwächters zu stehen und um den Polizisten und das Mädchen durch das beleuchtete Fenster zu beobachten. Aus ihren vorsichtigen Bewegungen, der behäbigen Art, wie sie rauchten, erkannte er eine verlegene Distanz zwischen ihnen. Er fragte sich, ob sie ein Paar waren, und entschied sich dann dafür; heutzutage war es sicherer, davon auszugehen, denn Männer und Frauen – oder Männer und Männer, Frauen und Frauen – nutzten jeden kleinsten Vorwand oder Anlass, um im selben Bett zu landen, und warum auch nicht?

Als Walter zum Telefon ging, machte Jomar instinktiv einen Schritt zurück; als er wählte und zu sprechen begann, sprang er über die Pfützen auf die Straße, sah, dass der Wächter mit anderen Gästen beschäftigt war, öffnete den Regenschirm und näherte sich unauffällig dem Tamaraw. Er sah die rot-weißen Regierungsnummernschilder und freute sich darüber. Er bekam noch eine weitere Zugabe – die Fahrertür war nicht verschlossen, aber das passierte oft an solchen Regentagen. Jomar glitt auf den Fahrersitz und fasste unter das Armaturenbrett, um Kabel zu entwirren, abzuziehen und wieder zusammenzustecken und den Anlasser zu starten. Das war schnell getan, und er war schon weg, bevor sich der Wächter in seinem kurzärmeligen Barong* die zwei oder drei Pesos Trinkgeld bei ihm abholen konnte, die er für seine Dienste erwarten durfte. »Wieder so ein undankbarer

Idiot«, grummelte der. Im Polizeibericht erschien er als Aniceto Quisumbing y Labo, sechsunddreißig, verheiratet, aus Bacon, Provinz Cavite, vormals Installateur in Tabuk, Saudi-Arabien, bevor er vor dem Ablaufen seines ersten Vertrags nach Hause floh, um der Einsamkeit zu entkommen.

SPO2 Walter Zamora meinte gleich den eher weichen Charakter des Zeugen erkannt zu haben, als sie ihn in der Polizeiwache unten am Boulevard befragten. Walter hatte die nächstgelegene Polizeistation angerufen, und die waren ihm, überrascht, einen uniformierten Polizeibeamten so weit weg von seinem Zuständigkeitsbereich anzutreffen, mit offenem Misstrauen begegnet, nahmen ihm seine Waffe ab, ließen ihn hinten im Streifenwagen sitzen, prüften seinen Ausweis und glichen ihn mit dem amtlichen Polizistenregister ab.

Walter hatte schon überlegt, ein paar Namen fallen zu lassen, die er aus seiner Zeit hier in der Stadt kannte, ließ es aber lieber, als er an die Gründe für seinen Abschied und die Versetzung ins Hinterland dachte. Es gab da böses Blut bei der Polizei, hartnäckige Gerüchte, Walter wäre an Uybocos Geld rangekommen durch den Tipp eines Mädchens namens Noemi; es musste einen Zusammenhang geben zwischen dem Geld und Noemi, warum sonst hätte er sich so um sie gekümmert – er hätte sie blind gevögelt, feixten sie, während der alte Mann auf den Badezimmerfliesen krächzte und seine Frau für seine Rettung betete.

Aber wenn das so wäre, wo war dann Noemi, und was ließ sie ihm zurück außer einem lässigen Blick über die Kartoffelchips und Schokoladenriegel hinweg in einem 7-Eleven-Shop, bevor sie sich verabschiedete ohne ein »Dankeschön« oder »Es war schön« oder sonst einem Abschiedstrost. Wie konnte jemand aus deinem Leben in einem 7-Eleven verschwinden, wo du gerade einen Zwölferpack zur Kasse trägst und Winston-Zigaretten und zwei

Hotdogs mit Ketchup und Senf bestellst? Wie konnte sowas vor deiner Nase passieren, vor derselben Nase, die sonst alles riecht, was verdächtig ist?

Walter überlegte, während das Autoradio knisterte, dass, falls er wieder die Schulbank drücken würde, er eine Masterarbeit über Todesfälle und Verschwundene schreiben könnte. Auf seinem alten Posten, hier in der Stadt, hatte er Leichen kommen und verschwinden sehen, in Notaufnahmen und Leichenhallen, hatte sie begleitet zu Bestattungsinstituten, hatte gesehen, wie sie aufgeschnitten und dann wieder zusammengeflickt wurden wie alte Handtaschen. Sieben- oder achtmal hatte er an Türen klopfen oder vor Türen von Klassenräumen oder Kapellen stehen müssen, um die schrecklichen Neuigkeiten weiter zu geben und dann zuzusehen, wie selbst die Hartgesottensten in Sekunden zusammenbrachen. Er hatte damit umzugehen gelernt, wie mit dem unvermeidlich folgenden Zorn auf den Himmel, die Ungerechtigkeit oder die Unfähigkeit der Polizei.

Aber was würde er schließlich zu sagen haben über Todesfälle und Verschwundene? Sie schienen ähnlich gelagert, aber das stimmte nicht. Einige Menschen starben, aber verschwanden nicht wirklich. Er erinnerte sich, wie er am Totenbett eines Luciano Asperilla stand, einem Tierarzt und selbsternannten Mystiker, dem man vorwarf, ein zwölf Jahre altes Mädchen aus Barangay Tumana verführt, missbraucht und zerstückelt zu haben; aber niemand konnte das wirklich beweisen. Der Mann weigerte sich zu gestehen, und die Leiche des Mädchens wurde nie gefunden, obwohl bei einer Suchaktion in einem Schuppen auf dem Gelände seiner Praxis ein Ohrring und die sauber abgetrennte Spitze eines Fingers gefunden wurden. Als Walter hörte, dass der Mann im Sterben lag, war er so schnell wie möglich zu ihm gefahren, drängelte sich zwischen die schluchzende Frau und die Kinder in der Hoffnung, von ihm, in Erwartung des Todes geläutert, endlich die Wahrheit zu hören. Stattdessen sah Walter im Gesicht des Verdächtigen ein Zeichen des Wiedererkennens, ein breites, triumphierendes Grinsen und dann nichts mehr.

Andere Leute verschwanden, aber starben nicht oder vielleicht nicht. Möglich, dass Noemi irgendwo am Leben war und von Charlie Uyoboco als gelegentlich nützliches Haustier gefangen gehalten wurde. Er stellte sich vor, wie Charlies grauhaariger Kopf über ihrem lag, Charlie auf seine Ellbogen gestützt mit seiner wiedergewonnenen Kraft in sie hineinstieß und sein Schweiß auf sie herabtropfte. Ein idiotischer Anfall von Eifersucht überkam ihn, und in diesem Moment wusste Walter nicht, ob es für ihn besser wäre, wenn sie tot wäre. Aber ob tot oder lebendig, sie war verschwunden, und dieses Geheimnis wühlte ihn immer noch auf. Wäre ihr Tod seinen inneren Frieden wert?

»Du bist okay«, sagte der Polizist aus Manila, das Funkgerät in der Hand, und sein Kollege gab ihm die Pistole zurück. Sie nahmen noch Rory und den Parkplatzwächter mit und fuhren zur Wache.

»Sie haben wirklich niemanden und nichts gesehen?« Walter setzte Aniceto Quisumbing unter Druck.

»Nein, Sir, ich schwöre es. Ich habe mich darum gekümmert, dass die Dame und andere Gäste nicht nass wurden!« Quisumbing sah zu Rory, fand aber nicht die Sympathie, die er erwartet hatte.

Rory war vor lauter Schuldgefühlen und Hilflosigkeit außer sich. »Was machen wir jetzt? Wo ist sie? Wie kriegen wir sie zurück?« Sie hatte sich an einen Tisch neben dem Pult des Sergeants zurückgezogen, und keiner hätte sie beachtet, wenn sie sich jetzt nicht eingemischt hätte.

»Wen zurückkriegen?«, fragte Senior Inspector Radovan Macias, der schon vier Jahre Chef dieser Wache war und für den der Diebstahl eines Autos – dazu noch eines wertlosen Tamaraw – nichts weiter als lästigen Papierkram bedeutete. Sie würden wahrscheinlich die Karosserie in einer Woche oder so finden, ohne Motor und ohne Reifen, und der Rest landete in den Secondhand-Autoshops in Banawe – ein Rückspiegel dort, eine Lampe hier. Er war zu einem offiziellen Abendessen eingeladen im Aristocrat, zu Ehren eines in den Ruhestand versetzten Armee-Obersten, der sein Schieß-Ausbilder an der Militärakademie gewesen war. Ihre Frauen spielten Mahjong* miteinander.

»Meine Schwester! Meine Schwester ist in dem Van«, rief Rory und konnte ihre Tränen nicht mehr zurückhalten.

»Wie bitte? Ihre Schwester ist im Van? Hatten Sie ein Kind in dem Van gelassen?« Macias' Blick war voller Unverständnis und Verachtung.

»Nein, Sir, ihre Schwester ist älter, Sir – und sie – und sie ist tot, Sir«, stammelte Walter.

»Tot! Wieso tot?«

»Jemand hat sie umgebracht«, sagte Rory.

Aniceto Quisumbings Gesichtsausdruck wechselte zwischen Bestürzung und Grauen. Diese Leute wollten ihm weismachen, sie hätten einen toten – ermordeten – Körper in ihrem Van gelassen, während sie einkehrten und Würste und Ananassaft oder sonst was bestellten. Ganz sicher waren sie selber die Mörder. Er konnte das an den blutunterlaufenen Augen dieses von wer weiß woher kommenden Polizisten erkennen. Walter zündete sich eine Zigarette an und seine Finger zitterten – ein sicheres Zeichen von Schuld oder wenigstens Mittäterschaft.

»Die Leiche ihrer Schwester war im Van – in einem Sarg. Wir wollten ihn nach Hause bringen.«

»Ich brauche eine Erklärung, Zamora«, sagte Macias und stellte einen Stuhl zwischen Walter und Rory. Rory wimmerte in ihrer Ecke, Walter brachte kein Wort heraus, die Geschichte lief aus dem Ruder.

Ungefähr zu dieser Zeit fuhr Jose Maria Pulumbarit auf die Nagtahan-Brücke, um dann schnell in den labyrinthartigen Straßen von Sta. Mesa zu verschwinden. Er wusste, dass er einen Vorsprung von mindestens zwanzig Minuten hatte, bevor der Diebstahl entdeckt und Alarm geschlagen würde, weswegen auch niemandem ein blau-grauer Tamaraw mit Regierungsnummernschildern an einem blau-grauen Abend auffallen würde. So viele Dinge funktionierten in der Stadt, weil andere nicht funktionierten, und dies war ein Beispiel dafür: die an Regentagen genau vorhersehbare Trägheit der Menschen und der spezielle Hang der Polizei, sich dann unter Zeltdächern oder in klimatisierten Bars zu versammeln, mit ihren knackenden Funkgeräten zu fiedeln und ihre Bäuche zu streicheln.

Jomar merkte, dass sich im hinteren Teil des Vans etwas bewegte, und zum ersten Mal wurde ihm klar, dass der Polizist und seine Frau irgendwas da hinten transportiert haben könnten, bestimmt keine Person, da hätte er was hören müssen, und er erinnerte sich an das Plastikseil, das um die Türgriffe hinten gewickelt war, um ein Aufspringen der Tür zu verhindern. Es kam vor, dass Leute ziemlich wertvolle oder interessante Sachen in den Autos liegen hatten, mit denen er dann wegfuhr, und er nahm sie wie einen Bonus – wie zum Beispiel Radios oder CD-Spieler, die seine Frau glücklich in Empfang nahm, sie aber bald wieder verpfändete, oder einmal Kisten voller Dosen mit Hundefutter, mit denen er nichts anzufangen wusste, bis er eines Tages nach Hause kam und sah, wie sein einziges Mädchen, das mittlere Kind, in den festen Brocken herumrührte und ihre Backen damit beschmierte. Ein anderes Mal fand er im Handschuhfach eines SUVs Fotos einer Frau, die dem Vollmond ihr lachendes Gesicht zeigte, und andere, auf denen dieselbe Frau mit leicht benebeltem Blick im Bett lag und ein Glas Wein in Richtung Kamera erhob. Jomar dachte über diese Leben nach, in die er für kurze Zeit einbrach, ihnen Unannehmlichkeiten bereitete, auch wenn er überzeugt war, dass diese Verluste für sie erträglich und ersetzbar waren – wenn nicht, ginge das bitte auf seine Rechnung –, aber sie könnten vielleicht früher als gedacht zur Selbstbesinnung, vielleicht sogar zu einer wegweisenden Veränderung führen. So wie er sich auch manchmal dem Gesetz und seinen Auflagen stellen musste. Jomar war überzeugt, dass ein unerwarteter Bruch mit dem Gewohnten alles am Leben hielt, und er bot diesen Dienst an, damit die Leute besser darauf achteten, wo sie parkten und mit wem sie sich zum Essen trafen, selbst wenn sich ihre Vorsicht als vergeblich erwies gegenüber seinen deformierten Fingern.

Der Plan war, das Auto in ein Lagerhaus in Barrio Bambang in Pasig zu bringen, dort die Nummernschilder zu wechseln und den Wagen zu präparieren für den Job, der in drei Tagen über die Bühne gehen sollte. Als er die Brücke runterfuhr, verrutschte die Ladung wieder ein Stück, er fühlte einen Schlag gegen seinen Rücken. Es musste sich um ein ziemlich massives Teil handeln – einen großen Koffer vielleicht oder um eine Balikbayan-Box* voller Schokolade und elektronischer Geräte aus Kalifornien. Sein Bruder Damian war früher in diesem Geschäft tätig, hatte von seiner langen Ausbildung auf der Marinebasis profitiert und dann noch zusätzlich einen Abschluss in Kältetechnik an einer Abendschule gemacht. Aber er hatte seit zehn Jahren nichts mehr von Damian gehört. Er hielt ihn für tot, sogar noch toter als Cosme, der in Subic betrunken in einen Graben gestürzt war, aber manchmal begegnete er Jomar im Traum und sprach ein Englisch, das weit über die sechs Jahre Schulzeit hinausging.

Was immer sich im Heck des Wagens befand, er könnte es sicherlich gebrauchen, ob es eine Kiste Bibeln, Orangen oder irgendwas Schwarzes aus Plastik mit blinkenden Lampen dran war; er hatte einen Bekannten in Dapitan, der mit den unglaublichsten Sachen handelte, stapelweise Second Hand-Magazine und Kataloge besaß, um immer auf dem Laufenden zu sein, was die Sachen aktuell für Preise hatten, von Kohler-Bidets bis zu Manansala*-Gemälden. Jomar fuhr nach Sta. Mesa rein und bog dann schnell in eine Seitenstraße ab, von wo aus er eine Route nach Pasig kannte, die ihn an höchstens einer Handvoll von Polizeiposten und Verkehrsampeln vorbeiführte.

Ein neues Zuhause

Noch Jahre später, nachdem sie Nathan bei Rory zurücklassen musste wegen eines Jobs in einem weiteren fremden Land, erinnerte sich Soledad an genau diesen Moment und wunderte sich immer noch über ihren Mut und das Fehlen jeglichen Schuldgefühls. Hedison konnte ihr nach seinem nächtlichen Besuch tagelang nicht in die Augen sehen und hatte wohl auch keine Ahnung, was er ihr eingepflanzt hatte. Aber Soledad selber fühlte sich wie befreit von inneren Fesseln und sagte nichts zu dem Jungen, was ihn beschämt oder gequält hätte. Nai Nai hatte die Schwelle zum Tod wieder verlassen, war noch mehr zusammengeschrumpft, noch unerträglicher geworden, und Soledad kehrte wieder zu ihrer alten Routine zurück. Dann und wann blieb ihr Blick an Hedisons geschlossener Tür hängen, und einmal hatte er keine andere Wahl, er musste sich im Flur zur Küche an Soledads Rücken vorbei quetschen, aber irgendwas hing zwischen ihnen wie ein schwerer Vorhang, durch den man nur schemenhaft etwas erkennen konnte. Soledad hätte nichts dagegen gehabt, wieder so berührt zu werden, manchmal fühlte sie in sich eine trockene, stechende Hitze, aber sie tat nichts, um Hedison zu ermuntern, der seinerseits stärker als sie durch das Geschehene verwirrt zu sein schien, und mit seinen Freunden länger wegblieb als sonst. Aber sie spürte, dass bei ihm der Wunsch wuchs, das Beisammensein wiederzubeleben. Eines frühen Nachmittags, als der Junge unter dem Vorwand eines leichten Fiebers nach Hause wollte – alle Fieber in Hongkong standen sofort unter dem Verdacht, Anzeichen eines tödlichen Virus zu sein, der aus einer Mischung von Schweine- und Geflügelkot entstand –, lief er direkt zu Soledad in die Küche und presste sie dort gegen den gefliesten Rand des Waschbeckens, wo sie gerade Pak Choi und Radieschen gewaschen hatte und nun ihre Hände unter den Wasserhahn hielt, als er von hinten mit einer unbeholfenen, aber zielstrebigen Verzweiflung in sie hineinstieß. Sie kümmerten sich überhaupt nicht um die unsterbliche Nai Nai, die sie von ihrem feuchtem Bett aus hören, vielleicht sogar sehen konnte, wenn sie die Tür mit ihrem Stock leicht öffnete. Als, eine Stunde später, Soledad in ihr Zimmer kam, um die Laken zu wechseln, begrüßte sie Nai Nai nicht mit dem üblichen schrillen Gezeter, sondern mit einem leichten Stottern und einem Blick hinter Solis Schultern, als wäre sie geschockt darüber, dass die Welt so schlecht geworden war, dass ihr Enkelsohn seine Manneskraft und seinen Samen an so eine Feiyung vergeudete.

Ziemlich schnell schloss Mrs. Lau aus bestimmten Indizien, dass ihr Dienstmädchen schwanger war, und ihr Verdacht fiel natürlich auf ihren Ehemann Chester, dessen Unschuldsbeteuerungen auf taube Ohren stießen: »Guck runter«, flehte er sie an und wies auf die ameisenartigen Horden ein Dutzend Stockwerke unter ihnen, »mit wie vielen dieser Boten oder Angestellten hätte sie auf ihrem Weg zum Metzger rumgemacht haben können!« Nancy Lau war wild entschlossen, sowohl auf Chester wie auf Soledad – die sich in ihrem Zimmer vor dem aufziehenden Sturm verbarrikadiert hatte – mit einem kurzen Messer einzustechen, das eher schreckliche Schmerzen als einen schnellen, barmherzigen Tod zur Folge haben würde. Dieser technisch schlecht vorbereitete Mord wurde nur dadurch abgewendet, dass Nai Nai so laut stöhnte und schrie, dass das Paar sofort zu ihr eilte, besorgt darüber, wieder eine lange und teure Nacht im Krankenhaus verbringen zu müssen. »Ich muss verschiedene wichtige Besorgungen machen für eine Party für fünfzehn Leute morgen!«, verkündete Nancy, als sie hinter Chester ins Zimmer lief. »Ich kann nicht so lange aufbleiben, also ruf du ein Taxi und bring sie ins Krankenhaus, wenn es sein muss. Was sagt sie überhaupt?« Chester zuckte mit den Schultern, drehte sich um und schreckte zurück, als er sah, dass seine Frau immer noch das Messer in der Hand hielt. Auch Nancy schien darüber überrascht und stieß das Messer in einen kleinen, roten Apfel, in den Nai Nai niemals hätte beißen können, den ihr aber Chester alle paar Tage hinlegte, bis er verschrumpelt war. Der Saft spritzte in die Luft und verlieh der angespannten Atmosphäre etwas Liebliches. »Was hast du gesagt, Nai Nai? Was möchtest du? Ich weiß, du möchtest weiterleben, das tun wir doch alle, aber was sonst möchtest du?« Chester Lau war genervt, weil Nancy ihm und seiner Ausrede zuvorgekommen war; er hatte eigentlich sagen wollen: »Wir haben morgen eine Werksbesichtigung mit unseren koreanischen Investoren, und ich muss ihnen demonstrieren, wie Wasserpistolen produziert werden.« Nai Nai stöhnte weiter und steigerte sich zu einem Ausbruch von Lauten, die nur noch sie selbst verstand. Nancy schüttelte ihren Kopf und ging zu ihrem Schlafzimmer. »Du bleibst hier«, sagte sie zu Mr. Lau, »ich will nicht neben dir schlafen heute Nacht. Oder … wenn ich darüber nachdenke – doch komm mit mir, aber sofort! Du kannst dich glücklich schätzen, dass ich morgen fünfzehn Gäste habe – aber nicht zu glücklich, nicht glücklich, dass du wieder Vater wirst. Es ist gut, dass Hedison gerade unterwegs ist – welch eine Schande für einen Sohn, so etwas zu erleben. Welch eine Schande! Morgen werden wir mit ihm reden müssen, nachdem ich mich ums Geschäft gekümmert habe. Aber heute Nacht will ich nur schlafen. Komm!«

Am nächsten Morgen erwartete die Laus eine Aufregung ganz anderer Art. Das Dienstmädchen Soledad klopfte an die Schlafzimmertür, nicht um für sich um Vergebung zu bitten, sondern um mitzuteilen, dass Nai Nai im Schlaf gestorben sei. Sogar Hedison stand auf, und tatsächlich sah es so aus, als sei die alte Frau friedlich eingeschlafen, obwohl ihre Augen und der Mund noch halb geöffnet waren, als hätte sie gerade etwas sagen wollen. Ihre Arme waren zu einem Halbkreis ausgebreitet, als ob sie gegen etwas gekämpft oder umklammert hätte. Aber niemand hatte Interesse an einer Autopsie oder an einer ausführlichen Diagnose; für eine dreiundachtzigjährige Großmutter – oder demnächst Urgroßmutter – konnte der Tod nicht unerwartet oder plötzlich sein. Genau wie alle anderen fühlte sich Soledad für einen Moment erleichtert, selbst als Mrs. Lau sie umkreiste wie ein Hai und ihr kräftig gegen den Bauch schlug, als sie sich vorbeugte, um eine Decke über Nai Nais Leiche zu legen.

Am Donnerstag darauf ließ Hedison die Chemiestunde ausfallen und kam wieder mal früh nach Hause. Er wusste, dass seine Eltern immer noch mit der Planung der Beerdigung beschäftigt waren, aber im Dienstmädchenzimmer war nichts mehr außer einem zusammengeklappten Feldbett und dem stechenden Geruch eines Reinigungsmittels.

Als Soledad Cabahug so plötzlich nach Paez zurückkam, fiel das niemandem groß auf, genauso wie niemandem ihre Abreise aufgefallen war, bis auf Rory, die Soli mit Parfüms und Kosmetika überhäufte, die sie selber nie benutzte; ihre kleine Schwester kam ihr vor wie ein Projekt, perfekter als sie je sein könnte, und es erfüllte sie mit großer Zufriedenheit, ihr die Wünsche von den Lippen abzulesen. Mit dem, was sie von Hongkong überwiesen hatte, und mit Rorys Anteil am Erbe ihrer Eltern war es ihnen möglich, ein neues Zuhause für sie beide zu suchen, in dem neuen Wohnviertel, das auf den Reisfeldern der ersten Frau des Bürgermeisters, Candida, entstanden war. Es war nicht viel mehr als eine Betonhütte mit einer Grundfläche von vierzig Quadratmetern, aber Soli war wie besessen von der Idee, sie mit allem Nötigen und aller Bequemlichkeit auszustatten, sehr zur Freude von Rory, die sich aber gleichzeitig darüber wunderte, denn sie hatte ihre ältere Schwester nie als jemanden kennengelernt, der sich um materielle Dinge scherte. Soli hatte darauf bestanden, einen großen Esstisch für sechs Personen zu bestellen, wo doch ein ausklappbarer Plastiktisch für sie vollkommen ausgereicht hätte. Und dann hatte Rory verstanden, was ihre Schwester vorhatte: ein neues Nest zu bauen, das das alte ersetzte, Mauer für Mauer, Zimmer für Zimmer, und wenn sie nach Hause kam und ihr Bauch langsam anschwoll in der prallen Sommerhitze, merkte Rory, wie eigenartig gefasst und sogar zufrieden Soli war, trotz der Gerüchte, die laut an ihrer Tür kratzten, so als ob auch das etwas war, was sie immer so gewollt hatte. Als Rory sich endlich traute zu fragen: »Wer war es? Was ist passiert? Wurdest du vergewaltigt? Missbraucht?«, sagte Soli nur: »Das spielt keine Rolle.« »Aber natürlich tut es das!«, schrie Rory, »Dauernd liest man sowas in den Zeitungen, du bist nicht die einzige, die lesen kann. Ich konnte zur Schule gehen, ja, und ich bin dankbar für alles, was du für mich getan hast. Aber Schwester, ich bin nicht blöd, ich will wissen, was passiert ist!« Soli hatte sie freundlich angesehen, vielleicht auch mitleidig, und gefragt: »Wofür?« Und so erzählte Rory ihren Klassenkameradinnen, die es ganz bestimmt ihren Müttern weitererzählten, die es wiederum ihren Nachbarn und Freunden weitererzählten, dass Soledad Cabahug von ihrem chinesischen Arbeitgeber in einem Moment absoluter Hilflosigkeit hinterhältig überfallen worden sei und sie deswegen jede Sympathie und jeden Respekt verdiene – was allerdings nur wenigen einleuchtete. »Wahrscheinlich suchte sie einen Weg, für immer dazubleiben …«, gluckste eines dieser Fischweiber, »und stattdessen gab er ihr ein Geschenk mit.« Manchmal wünschte Rory, ihre Schwester würde diese Bemerkungen selber hören und sich dann ebenso gekränkt und wirklich verletzt fühlen wie sie, aber Soli schien vollkommen glücklich zu sein in ihrem Zwei-Zimmer-Bungalow. Vorhänge für die Fenster und Gewänder für das Jesuskind zu nähen, während sie in einem Sessel mit breiten Rücken- und Armlehnen saß, war eine ihrer Lieblingsbeschäftigungen, genauso Briefe an namenlose Empfänger zu schreiben oder Nachrichten aus aller Welt zu lesen, als ob eine Explosion in Beirut oder Wahlen in Norwegen wichtiger wären als ihr eigenes, ins Stocken geratene Leben.

Eines Nachmittags sagte sie zu Rory: »Ich möchte, dass du das College abschließt. Papa hätte darauf bestanden.« Die Plötzlichkeit und Bestimmtheit dieser Worte ließ Rory ahnen, dass dem noch etwas folgen würde. Sie hatte gerade erst an der Tür ihre Schuhe ausgezogen, hatte noch ihre Schuluniform an. In der vergangenen Woche waren einige Telegramme aus Manila angekommen, aber Soli hatte kein Wort über sie verloren, sie wurde nur noch schweigsamer als sonst und die Schlaflieder für ihren Säugling glichen eher den Klageliedern eines Seemanns auf hoher See. »Ich möchte dieses Haus behalten, ich möchte, dass Nathan hier aufwächst und Ingenieur wird.« Sie reichte Rory ein kleines Handtuch, damit sie sich den Schweiß von ihrem Rücken abtrocknen konnte; die Fahrt von der Schule mit dem Dreiradtaxi, in dem man gegen die Plastiksitze gepresst wurde, hinterließ auf der Haut einen Film aus Schweiß und Staub, und wenn man das lang genug ignorierte, bildeten sich kleine entzündbare Pusteln. Soli wollte Rory vor jeder möglichen Unannehmlichkeit bewahren. Sie wusste, dass ihre Schwester dieses Bemuttern nicht leiden konnte, aber sie ignorierte ihr Grummeln und nahm das Handtuch, um ihr beim Trockenreiben zu helfen. »Eines Tages wird dein Mann deinen Rücken anschauen und er sollte ihn ebenso mögen wie das, was er vorne sieht.« Rory war kurz irritiert, gab dann aber ihrer Fürsorglichkeit nach und schätzte diese spät entdeckte Schwesternliebe nach Jahren ihrer Abwesenheit. Jetzt gab es nur noch sie beide – oder sie drei –, die füreinander da waren und gegenseitig auf sich aufpassten.

»Ich muss mich bald wieder auf den Weg machen«, sagte Soli schroff und rieb Rorys Rücken so heftig, dass es weh tat. »Meine Ersparnisse sind bald zu Ende, und wir brauchen Dinge für dich und Nathan… Wir wollen dieses Haus behalten, deswegen muss ich mich auf den Weg machen.«

»Aber Soli! Wohin und wann?« Das war alles, was Rory, plötzlich verängstigt, sagen konnte. Ihr wurde klar, dass ihre Unabhängigkeit im Grunde nur dadurch gesichert werden konnte, dass sie wieder allein blieb. Und hörte sich dann sagen: »Ich könnte gehen, Schwester, ich bin alt genug. Ich könnte ebenso arbeiten wie du, ich kann Geld für uns verdienen – und sehen, wie es da draußen zugeht!«

»Sei nicht so dumm«, sagte Soli und packte Rory an den Schultern. »Sieh dich an, deine Hände, deine Schultern, deine Beine. Möchtest du nach einem Monat Fußböden schrubben und Schleppen von Säcken voller Reis, weil der Fahrstuhl kaputt ist, aussehen wie ich?« Soli fing an zu lachen, immer lauter, bis sie die Spucke aus ihren Mundwinkeln abwischen musste und ihr Sohn sie ebenso entgeistert anschaute wie Rory. »He, Aurora, manchmal überraschst du mich. Denk nicht ans Arbeiten, dafür ist genug Zeit nach der Schule. Es gibt nichts, was du jetzt schon tun könntest und wofür dich Leute bezahlen würden – außer, gut, außer Dinge, an die du nicht mal denken solltest und ich nicht will, dass du das machst, niemals.«

»Aber ich kann singen, Schwester! Ich habe Song-Wettbewerbe gewonnen, ich hab es dir geschrieben, du hast mich singen hören, man kann heutzutage mit Singen gutes Geld verdienen. In Japan, in Thailand, auf Schiffen, überall auf der Welt.«

»Es reicht! Du machst den College-Abschluss, und danach kann ich zurückkommen und wir können zusammen sein, bis du heiratest oder ich sterbe oder Nathan erwachsen ist und mich oder uns irgendwohin mitnimmt, vielleicht nach Atlanta, vielleicht nach Australien oder bis die Erde sich unter unseren Füßen auftut und uns alle verschlingt. Sei vernünftig und hör mir zu. Ich brauche deine Hilfe. Hilfst du mir?«

»Natürlich helfe ich dir.« Rory begann vor lauter Anspannung zu weinen. Früher an diesem Nachmittag hatte sie nur einen Grund gehabt, sich Sorgen zu machen, nämlich über eine Aufgabe in Geschichte – sie fragte sich, was Emilio Aguinaldo* und der Frieden von Paris* mit ihrem kaufmännischen Studiengang zu tun hatte, für den sie sich eingeschrieben hatte. Aber jetzt fühlte sie sich hineingezogen in einen Strudel ungeahnter und verantwortungsvoller Aufgaben.

»Das Allerwichtigste: Ich lasse Nathan bei dir. Ich besorge eine Hilfe, aber versprich mir beim Grab unserer Eltern, dass du dich um ihn so kümmerst wie ich mich um dich.«

»Ja, Schwester.« Schon der Gedanke, dass sie die Mutterrolle gegenüber einem so kleinen Kind übernehmen sollte, versetzte Rory in Angst und Schrecken, aber für den Moment schob sie das beiseite. Der Junge lag wieder in seinem Kinderbett und spielte mit einem Plastikband, das sich aus dem Moskitonetz über ihm gelöst hatte. Wann immer Nathan es zur Seite stieß, pendelte es sofort wieder zu ihm zurück. Obschon Babys scheinbar ein simples Leben führten, setzten sie sich doch unentwegt mit großartigen und unauflösbaren Geheimnissen auseinander. »Ich hätte mir gewünscht, dass du das früher gesagt hättest, dann hätte ich mich darauf vorbereiten können, irgendwie.« Rory rieb am Saum ihrer Bluse, als ob da ein Fleck wäre. »Wo willst du denn hin?« Das war eine Frage, die sie manchmal auch gern gehört hätte, und sie hätte eine passende und hoffentlich wahre Antwort gegeben wie Tokio oder New York. Anders als Soli kannte sie nicht so viele Orte, aber das würde sich ändern, zu gegebener Zeit.

Soli griff Rorys Hände und ließ sie gemeinsam hin- und herschwingen, fast als wollte sie mit ihr tanzen. »Es gibt da eine Stadt weit, weit weg in Saudi-Arabien am, wie sie es nennen, Roten Meer. Ich habe keine Ahnung, warum sie es rot nennen, vielleicht ist es nur die Färbung des Wassers, bevor es dunkel wird. Der Name der Stadt ist Jeddah. Ich sag's nochmal, damit du das behältst: Jed – dah. Ich hab noch kein Foto gesehen, aber alles, was am Meer liegt, kann nicht so hässlich sein. Es ist sehr heiß in Saudi-Arabien, und man sagt, es kann in der Wüste so heiß werden, dass einem das Blut im Kopf kocht und aus der Nase quillt, wenn man lange genug unterwegs ist. Alle Muslime beten da zu Allah, und sie haben Könige und Prinzen und Leute wie uns, die den Sand aus ihren Palästen fegen und ihre Hunde baden. Da gibt es eine Prinzessin, die mich für sich und ihre zwei kleinen Kinder braucht. Loulwa heißt sie, Prinzessin Loulwa, ich frag' mich, was für eine Person sie ist. Die Menschen überraschen einen immer wieder, so wie du mich überrascht hast mit deiner komischen Idee, vom Singen leben zu wollen.«

»Wann fährst du?« »Sobald ich meine Papiere habe. Da gibt es jemanden, der sich darum kümmert, er weiß genau, worauf es ankommt.« Soledad stand Schulter an Schulter neben ihrer Schwester und verglich ihre Maße. Zweifellos war sie schwerer und dunkelhäutiger, aber eine gewisse Ähnlichkeit war da, besonders die Augen und Nasen, die einen am deutlichsten von anderen Menschen unterschieden. Soli strich ihr Haar nach hinten, stemmte ihre Hände in die Hüften und stellte sich hinter Rory wie ein dunkler Schatten.

»Ich brauch deinen Namen«, flüsterte sie in Rorys Ohr. »Ich muss mir deinen Namen für einen neuen Pass leihen. Es ist zu kompliziert, das zu erklären, aber ich kann mit meinem alten Pass nicht ausreisen – ich weiß noch nicht mal, wo er ist, ich glaube, er fiel mir aus der Tasche während der Fahrt hierher, vielleicht in eine Straßenrinne, das könnte es gewesen sein –, jedenfalls ist er weg und außerdem hilft er nicht. Ich bekomme Schwierigkeiten, wenn sie wissen, wer ich bin.«

»Wer sind *sie?*«, fragte Rory, »Warum sollten sie?«

»Psst! Es sind die Könige und Prinzen aller Länder, die größer sind als Saudi-Arabien und sich von Europa bis Nordchina, über den Pazifischen Ozean bis nach Kota Kinabalu* erstrecken. Es gab da dieses Mädchen in Hongkong, ihr Name war Hana, sie kam aus Kota Kinabalu und hatte einen Herrn, der jedes Mädchen, das bei ihm arbeitete, vergewaltigte. Sie sah, wie er seine eigene Tochter missbrauchte, die gerade mal dreizehn war. Nachdem Hana an der Reihe war und er sie überwältigt hatte, griff sie ein heißes Bügeleisen, mit dem sie seine Lenden versengen wollte, sobald er schlief. Aber er wachte rechtzeitig auf, griff sich das Bügeleisen, drückte sie nach unten und presste es auf ihren Rücken – hier, genau zwischen die Schulterblätter, eine ganze Minute.«

»Oh mein Gott«, keuchte Rory. »Hat sie überlebt?«

»Natürlich überlebte sie. Er wollte sie nicht umbringen, nur auf die schlimmste Weise bestrafen.«

»Und was machte sie dann?«

Soli ging zum Baby und zog das Plastikband, das Nathan schließlich festgehalten hatte, aus seinem Mund, kitzelte ihn und bekam von ihm dafür ein feuchtes Glucksen.

»Sie machte gar nichts, und dann, eines Tages, brachte sie seine Tochter um, stach ein Messer zwischen ihre Rippen, zog es wieder heraus und richtete es gegen sich selbst. Das war es, was sie am Statue Square in Hongkong erzählten, wo wir uns alle trafen, sie erzählten die Geschichte jeden Sonntag.«

»Aber warum sie, nicht ihn? Das ist doch nicht gerecht!«

Soledad zuckte mit den Schultern und nahm Nathan hoch, als er anfing zu husten. »Wer weiß, warum Menschen tun, was sie tun? Jeden Tag machen wir Dinge, die nicht mal wir selber verstehen, obwohl sie in dem Moment, in dem wir sie machen, einen Sinn ergeben. Warum ist das so? Kannst du mir das verraten?« Soledad schaute auf Nathans kleines, mausiges Gesicht, die Augen seines Vaters zwinkerten ihr zu wie ein Lächeln. Sie wusste, dass sie Nathan vermissen würde, aber ihre Pflicht zu erfüllen, dachte sie, war auch eine Form von Liebe, vielleicht sogar eine höhere; es ging immer um die Pflicht, um das richtige Handeln für und gegenüber anderen, selbst wenn sie davon nichts wussten, und egal, was es kostete.

Eine Schwesternschaft aus Trauer

Senior Inspector Radovan Macias konnte kaum glauben, was er da gerade gehört hatte. Ein Regierungswagen war gestohlen worden mit einer Leiche in einem Sarg, und keiner wusste, wo er abgeblieben und ob er wegen des Autos oder wegen der Leiche gestohlen worden war. Aber Macias hatte schon verrücktere Dinge erlebt während seiner siebzehn Dienstjahre, so wie den Mann, der seinen eigenen Sohn als Geisel genommen hatte, damit sie Flugtickets bekämen, um seine Mutter in Zamboanga zu sehen (der Sohn floh; der Vater landete im Knast).

»Wir haben die Leiche – also die Kiste – vom Flughafen abgeholt, und wollten gerade wieder zurückfahren«, sagte Walter.

»Woran ist sie gestorben«, hörte Macias sich fragen, er wusste, dass das nicht wichtig war.

»Das ist nicht wichtig«, erwiderte Rory etwas zu schrill, »ja, doch, nein, es ist wichtig – natürlich ist es wichtig, für mich. Aber wo ist sie? Sag mir mal jemand – was ist mit der Leiche meiner Schwester passiert?« Dann begann wieder das nicht enden wollende Jammern, gegenüber dem Polizisten abgehärtet zu sein glaubten, es aber nie ganz waren – es zerrte an ihren Nerven, erinnerte sie an die quälenden, kleinen Aufgaben, die auf sie warteten; wenn die Leute auf dem Revier heulten und jammerten, waren die Polizisten sogar bereit, sich freiwillig zu einer Verkehrskontrolle zu melden.

Die Regenwolken hatten sich aufgelöst, sie waren von einem schwülheißen Nebel abgelöst worden, der unter Uniformen und Unterwäsche kroch und das Hirn gerinnen ließ. Selbst der barmherzige Jesus auf dem Altar der Dienststelle sah schlapp aus. In der Zelle im hinteren Teil sang ein Inhaftierter »Unchained Melody«, und der Wärter versuchte ihn mit ein paar Schlägen ans Gitter und wütendem Gebrüll zum Schweigen zu bringen. Von irgendwo in der Nachbarschaft durchdrang der Geruch von gebratenem getrockneten Tintenfisch die dunstige Luft, ein penetranter und unerträglicher Gestank, den niemand einsperren konnte.

»Miss, ich bin ziemlich sicher, dass sie den Wagen geklaut haben, nicht die Leiche. Ich meine – sie haben den Wagen geklaut, und die Leiche bekommen. Obendrauf.«

»Der blöde Wagen interessiert mich nicht! Sie können ihn haben und in Einzelteile zerlegen, von mir aus!«

»Das werden sie wahrscheinlich tun, Miss«, sagte einer der Streifenpolizisten, der sie hergebracht hatte, »Schnipp-Schnapp, es gibt viele dieser Gangs.«

»Schnipp-Schnapp«, stimmte der andere Polizist mit ein, mit einem Grinsen und mit Gesten, die deutlich machten, dass er nicht den Wagen meinte.

»Genug«, schrie Macias, »Marcelo Ponce de Leon, zurück auf Streife! Audencial! Kommen Sie kurz zu mir!«

Eine Polizistin, die damit beschäftigt war, ihre Familienfotos unter der Glasplatte ihres Schreibtisches neu zu ordnen, schaute auf. PO3 Porfiria Audencial war es leid, Kaffee zu kochen für diese Kerle und schwor bei ihrem Leben, dass sie Rattengift in die nächste Kanne mischen würde, wenn sie noch einmal darum gebeten wurde. Sie sah das Mädchen inmitten eines Halbkreises, den die Männer um sie bildeten, und fragte sich, was sie dahin gebracht hatte; sie war zu schlicht gekleidet für eine Prostituierte, selbst wenn sie gerade frei gehabt hätte, und sie machte einen wirklich verzweifelten Eindruck. Audencial mochte nicht alle Frauen, die aufs Revier kamen – warum auch, gut die Hälfte von ihnen verdiente es, dort zu sein und, wenn es nach ihr ginge, für immer eingesperrt zu werden. Auf Befehl von oben mussten bei manchen Fällen wie Vergewaltigung Polizistinnen mit einbezogen werden, und Audencial fand nichts dabei, eine schützende Decke um die Mädchen zu legen, die blutend und schluchzend zu ihnen kamen und sich fragten, warum sich alle ihre Geschichte anhören wollten, ohne sich wirklich darum zu kümmern. Diese Frau hier war nicht vergewaltigt worden, wirkte aber nicht weniger verstört, und der einzige Grund, warum Audencial sich nicht früher vom Tisch erhoben hatte, war, dass der Chief normalerweise ein paar Minuten mit dem Opfer sprechen wollte, bevor er das Unvermeidbare tun und sie dazurufen würde.

Audencial war zu der Erkenntnis gelangt, dass Männer nicht gemeinsam trauerten, Frauen aber schon, sogar dann, wenn sie sich nicht kannten oder sich nicht leiden konnten; es gab auf der Welt eine Schwesternschaft aus Trauer, und ihr konnte keine Frau entrinnen, auch sie selbst nicht, die nach Hause ging zu zwei umsorgten Kindern, die gut in Mathe und Rechtschreibung waren, und einem Ehemann namens Pepito, der das Angebot seines Cousins auf einen Pflegejob in Edmonton abgelehnt hatte, um zuhause auf die Kinder aufzupassen. »Du hast so ein Glück«, hatten ein paar Freunde gesagt. Und andere: »Wie konnte Pepito so dumm sein?«

»Nimm ihre Anzeige auf«, sagte Macias. »Diebstahl und Raub«, fügte er hinzu. »Lass sie die Fotos der üblichen Verdächtigen anschauen. Vielleicht erinnert sie sich an jemanden.«

»Sie haben meine Schwester gestohlen«, sagte Rory und starrte zornig jeden an, der zu ihr hinschaute. »Das ist Kidnapping!«

»Miss, man kann keine Toten kidnappen«, erwiderte Macias und sah auf seine Uhr. »Zamora, erklären Sie es ihr. Ich muss zu einem Arbeitsessen.«

Walter hatte für ein paar Minuten den Lärm um ihn herum ignoriert und auf die Straße gestiert, um ihre Situation zu überdenken. Er fühlte mit Rory, aber was ihn noch mehr beschäftigte, war die Frage, wo seine Mutter und seine Schwester waren, ob sie überhaupt noch lebten, ob es ihnen gut ging, was auch immer »gut« bedeuten sollte.

»Sir«, sagte Walter, als Macias im Begriff war aufzustehen, um zu dem wartenden Auto rauszugehen, »ich muss ein paar Telefonate machen. Mit meiner Dienststelle – und mit meiner Familie«, fügte er hinzu, ohne einen blassen Schimmer, wie er seine Familie erreichen konnte.

»Nur zu«, sagte der Dienststellenleiter, der sich weniger Sorgen um sein Budget machte als darum, dass der Colonel seine Frau anmachen oder ihr irgendetwas Hässliches erzählen könnte. Er hatte ein Flasche Chivas Regal für den Colonel im Auto, und jetzt befürchtete er, dass sie die Geschwätzigkeit des Ruheständlers noch mehr befeuern könnte. »Machen Sie Telefonate, so viel Sie wollen! Wir sind da, um zu helfen!«

PO3 Audencial hatte sich mit Rory an eine Schreibmaschine gesetzt, leises Murmeln war zu hören, als ob die beiden Frauen gemeinsam beteten. Eigentlich, dachte Walter, war er derjenige, der dort sitzen sollte, als der Verantwortliche, als der Beamte, dem der Wagen des Vizebürgermeisters anvertraut worden war. Er freute sich zu sehen, dass Rory die Befragung als Zeugin zu beruhigen schien. Manchmal brauchte man nur das: eine Geschichte zum Erzählen und ein Ohr zum Zuhören. Jetzt gerade musste er seine eigene Geschichte loswerden an die Leute in Paez; er ging zum Telefon auf dem Schreibtisch des Chefs und wählte.

»Sarge?«, fragte er, als jemand am anderen Ende nach dem fünften Klingeln abnahm. Es war ungefähr die Zeit, wo das Schachspiel sein Endstadium erreichte, und Sarge würde entweder deprimiert oder aufgekratzt sein, je nach Lage. »Walter hier. Wir sind noch in Manila. Wir, ich – der Wagen ist weg... Ja, Sarge, das habe ich gesagt, er wurde geklaut, als wir essen waren... Ja, wir hatten Hunger... Nein, habe ich nicht. Sie ist hier, Sarge, sie macht eine Aussage... Ja, auch die Leiche... Ich weiß, ich weiß... Wir haben nur gegessen, Sarge, Essen in den Mund geschoben, es ist nicht, wie Sie denken.« Walter hörte den Mann fluchen und stöhnen, dazwischen den Ruf: »Turm zu Dame auf 3«.

»Sarge«, sprach Walter weiter, als der Lärm abflaute. »Ich muss Sie um einen Gefallen bitten, bitte. In meinem Haus – ja, Sie kennen mein Haus, da ist ein Schloss, das können Sie aufbrechen –, in meinem Haus, in der Küche, da liegt ein Luftpostbrief... Sie können ihn nicht übersehen, Luftpost, und nicht geöffnet. Ich muss wissen, was drin steht, wirklich dringend... Nein, es hat nichts mit dem Fall zu tun, aber – ja, ja, es ist wichtig, und es wird mir beim Nachdenken helfen... Das ist richtig, Sarge, wenn ich denken kann, kann ich vielleicht auch den Wagen finden... Ja, bitte, finden Sie den Umschlag, und sagen Sie mir, was drinsteht... Ich rufe Sie in dreißig Minuten wieder an. Ja, ich danke Ihnen, Sarge, ich weiß das wirklich zu schätzen... Und bitte stellen Sie ein bisschen Futter hin für Kiamoy. Sie wissen, meine Katze?... Sie isst alles... Ich sagte bereits, Sarge, wir haben einfach nur gegessen. Danke.«

Walter legte den Hörer auf und schaute zu Rory. Der Tag hatte ihr sonst so jugendliches Gesicht verhärtet – eine Locke fiel auf ihre Augenbraue, sie kratzte sich am Kopf –, aber ihm schien sie so noch attraktiver, eine blasse und erschöpfte, aber präsente Erscheinung.

»Ich habe einen Neffen namens Nathan«, erzählte Rory der Polizistin. »Er ist erst zwei und im Moment bei einer Nachbarin. Er denkt, ich bin arbeiten, er wird mich morgen suchen und ein bisschen weinen, aber nur ein bisschen. Er ist ein tapferer Junge. So sind wir Cabahugs.«

Porfiria Audencial tippte nicht länger und hörte aufmerksam zu. »Ich lasse Sie jetzt ein paar Fotos anschauen.« Sie stand auf und fragte Rory: »Wollen Sie einen Kaffee?«

Das kreischende Holz

Jose Maria Pulumbarits Brust schien zu bersten, als er sich den hinteren Teil des Vans näher anschaute und realisierte, was er da durch die City transportiert hatte. Auf seiner Zunge lag ein lautloser Schrei, und auch wenn er diesem Schrei eine Stimme gegeben hätte, wäre er wahrscheinlich ungehört geblieben. Das Lagerhaus in Pasig, in das er den Wagen gesteuert hatte, lag auf einer Sandbank unweit des Flussufers. Zu früheren Zeiten, als der Fluss breiter und tiefer gewesen war, hatte es wahrscheinlich direkt am Wasser Lieferungen erhalten und Altmetall und Altglas ausgeschifft, aber der Fluss war inzwischen stark versandet und von Algen überwuchert, voller Schlammfische und Froscheier, für die meisten Kreaturen aber eine Kloake voller Chemikalien. Das Lagerhaus selbst war am Einfallen, ein Monument aus Rost und rottem Holz, und seine abwesenden Besitzer warteten nur auf den unausweichlichen Verkauf an Investoren und die Umbenennung des ganzen verseuchten Areals in Baugrundstücke mit Namen wie »Belle River« oder »Green View«. Die nächsten Nachbarn wohnten auf der anderen Flussseite, zu weit weg, um sich um Schreie oder den Grund dafür zu scheren. Hätte Jomar eine Bombe gezündet, wäre der Knall von der sumpfigen Erde verschluckt worden, und die Leute hätten gesagt: »Na, endlich machen sie was wegen der hässlichen Baracken.«

Jomar war ein paar Stunden zu früh zum verabredeten Treffen mit den anderen von der Gang gekommen – eigentlich nur mit zweien von ihnen: Einer sollte die Nummernschilder wechseln, der andere ihn bezahlen. Jomar war sich nicht sicher, mit wem von beiden er hier schon gearbeitet hatte, aber sie hatten das Lagerhaus schon zweimal benutzt ohne irgendwelche Probleme, und so war Jomars Bitte, sich näher an seinem Zuhause in Pasay zu treffen, auf taube Ohren gestoßen. Sie hatten den Deal für Punkt 23 Uhr verabredet, und jetzt war es erst kurz nach neun. Trotz des Regens war überraschend wenig Verkehr gewesen, und er hatte durch einige Abkürzungen zusätzlich Zeit gewonnen, Zeit, von der er jetzt zu viel hatte, vor allem in Begleitung einer Leiche.

Er hatte eine kleine Taschenlampe dabei, Teil seiner Standardausrüstung, und als er sie auf den mit Plastikfolie abgedeckten Luftfrachtschein richtete, der noch auf der Holzkiste klebte, dachte er zuerst, dass der Name »AURORA V. CABAHUG« die Zieladresse war, so wie sie auf Paketen mit Pampers oder Pringles stand. Die Kiste schien ihm jedoch ungewöhnlich groß für Süßigkeiten und andere Geschenke. Das Geheimnis machte Jomar so zu schaffen, dass er nicht länger warten wollte – so hätte er, falls die Kiste einen Kühlschrank, eine komplette Stereo-Anlage oder ein anderes großes Haushaltsgerät in sich barg, immer noch genug Zeit, um es irgendwohin zu fahren, zwischenzulagern und später zu Geld zu machen. Sie hatten einige Werkzeuge im Lagerhaus liegen gelassen, um Schlösser aufzubrechen und Metall zu schweißen, und nach einigem Suchen fand Jomar eine Stahlstange, mit der er, zusammen mit einem flachen Eisenstück, die Bretter der Holzkiste aufbrechen konnte. Es brauchte eine Menge Anstrengung bei so wenig Platz, und sie rutschte einige Male mit einem lauten Scheppern ab; bald aber gab das Holz nach, zerbarst, und gab einen Blick ins Innere frei. Jomar schob seine Taschenlampe in den Spalt und beugte sich vor. Sobald er die bläulich-weiße Zinkummantelung sehen konnte, wurde ihm klar, was er da sah, und er entsandte einen stillen Schrei gen Himmel.

Jose Maria Pulumbarit konnte Tritte und Schläge von Polizisten, ob mit dem Gürtel oder mit dem Schlagstock, ertragen, ohne eine Miene zu verziehen, aber da war etwas Besonderes mit der Leiche, das ihn erschaudern ließ. Er konnte sich kaum an seine Mutter erinnern, die gestorben war, als er zwei war; aber er wurde ständig von seinem Bruder Cosme heimgesucht, der gerne zu den unpassendsten Gelegenheiten auftauchte, zum Beispiel, wenn er mit seiner Frau Liebe machte. Cosme schaute ihn dann in dem leicht vernebelten Blick seiner Frau an – und schlagartig brach Jomars Potenz zusammen, sehr zum Ärger seiner Frau; deshalb hörten sie bei fünf auf mit dem Kinderkriegen, und Jomar war auf seine Finger angewiesen, um seine Frau zufrieden zu stellen, damit sie ihm die Treue hielt, zumindest glaubte er das. Einmal starrte Cosme ihn aus dem Rückspiegel eines Mitsubishi Galant an, den Jomar ohne die geringsten Schwierigkeiten gestohlen hatte, da er einem Frauenarzt gehörte, der Armen kostenlose Untersuchungen und Verhütungsmittel zur Verfügung stellte. Auch ihr Vater war Jahre zuvor gestorben, zu Brei zermalmt, als der Jeepney, den er lenkte, in einen Bagger auf der Straße nach Dinalupihan rein preschte. Und als der Vater das erste Mal vor Jomar auftauchte, erschien er gesund und als Ganzes, so wie sein altes widerliches Ego; aber dann schälte er sich, Schicht um Schicht, und während er sich auflöste, wurde sein Benehmen freundlicher, er zog Jomar lediglich wegen seiner Art Liebe zu machen auf und flüsterte ihm Sachen über seine Frau ins Ohr, die selbst Jomar bisher nicht wusste, und Jomar konnte nicht sagen, welchen Gast er lieber hatte, abgesehen davon, dass er sie beide verabscheute, genauso wie er Begräbnisse, Unfälle und Tatorte verabscheute und alles, was mit dem Ableben und dem Zerfall des menschlichen Körpers zu tun hatte.

Jomars erster Reflex, als er die Zinkkiste sah, war abzuhauen, alles im Lagerhaus stehen und liegen zu lassen und den Deal abzuschreiben als einen, der durch übernatürliche Kräfte vermasselt worden war. Aber raus in die Dunkelheit zu rennen, wo jegliche menschliche Zivilisation mindestens einen halben Kilometer entfernt war, war keine Lösung; Jomar unterdrückte seine Panik und seinen Ekel, um die Situation zu überdenken. Er hatte eine Familie, die zu Hause auf die Tüte mit frischen Nudeln wartete, die jeden erfolgreichen Job krönte; mit dem Geld, das er verdiente, könnte er Lucy ins Kino ausführen – er könnte sie für ein Wochenende hoch nach Tagaytay oder Nasugbu mitnehmen, sie daran erinnern, warum er es wert war, geliebt zu werden, selbst mit seinen eingeschränkten Fähigkeiten, und ihr den 29-Zoll-Fernseher kaufen, wegen dem, wie sie sagte, sie ihren Cousin Waldo in Caloocan ständig besuchte. Er würde diesen Job erledigen und er würde es gut machen. Die Leiche war nur eine Leiche; wer auch immer es war oder zu wem sie gehörte, sie war etwas, das im Weg stand für die erfolgreiche Übergabe eines sauberen, funktionstüchtigen, unscheinbaren und letztlich gut verkäuflichen Wagens; das waren die Maßstäbe, mit denen er seine Glaubwürdigkeit als »Boy Alambre« auf der Straße verfestigte. Irgendetwas klickte in Jomar – die kalte, effiziente Rationalität, mit der er selbst die kompliziertesten Alarmanlagen ausschaltete –, und er begann, während er die Brille abnahm und sich die Augen rieb, sich nach Ketten und Seilen umzusehen, aus denen er einen provisorischen Flaschenzug basteln könnte.

Rory war dabei, weitere Fotoseiten durchzublättern, als ihre Augen an einem bestimmten Gesicht haften blieben. Eines, das keine Brille, aber dieselben schmalen, zusammengepressten Lippen hatte. Sie glaubte, dass sie das Gesicht früher an diesem Tag schon mal gesehen hatte – nicht am Flughafen, es musste im Restaurant gewesen sein –, und es hatte sie angestarrt mit diesem betont desinteressierten Ausdruck, der einem stärker in Erinnerung bleibt, als wenn es einem die Zunge rausgestreckt hätte. Aber dann wiederum – der Mann, an den sie dachte, hatte eine Brille getragen, und die machte oft den Unterschied aus, ob man jemanden erkennt oder eben nicht. Eine Ähnlichkeit, ja – aber genug, um einen Mann ins Gefängnis zu bringen?

Audencial spürte Rorys Zögern. »Haben Sie etwas gefunden?«

»Hab ich kurz gedacht, ja«, antwortete Rory, »aber ich bin sehr schlecht mit Gesichtern.« Und dann blätterte sie weiter und strich mit den Fingern über die nächste Reihe möglicher Kandidaten. Die Plastikfolie war zerkratzt und an den Rändern brüchig. Irgendjemand hatte aus Langeweile ausgeschnittene Papierblumen auf das Cover geklebt, sodass die Sammlung jetzt aussah wie ein Familienalbum, wenn auch das einer Familie in großen Schwierigkeiten.

»Nehmen Sie sich Zeit«, sagte Audencial, während sie sich zu ihr rüber lehnte und auf die Fotos schielte. »Sie glauben nicht, wieviele von denen immer wieder auftauchen. Man würde denken, dass sich einige inzwischen zur Ruhe gesetzt haben, aber sie finden immer einen guten Grund, weiterzumachen.«

Walter sah vom Schreibtisch auf, den Telefonhörer am Ohr. »Hast du jemanden erkannt«, fragte er Rory.

»Ich bin nicht sicher, hast du was rausbekommen?«

»Weiß ich noch nicht, ich bin dabei«, antwortete Walter so aufgeregt, wie er es seit Jahren nicht gewesen war. »Hallo Sarge? Ja, ja, könnten Sie es vorlesen?… Ist mir egal, und wenn die halbe Stadt zuhört, lesen Sie einfach alles vor, bitte.«

Der Mann in der Zelle begann wieder zu singen, diesmal

machte sich keiner die Mühe, ihn zum Schweigen zu bringen, der Wärter war dabei, sich ein paar gekochte Enteneier fürs Abendessen zu holen. »Wollt ihr etwas, Leute? Bleibt ihr über Nacht hier?« Als ihm niemand antwortete, zuckte er mit den Schultern und ging hinaus ins blaue Abendlicht. Er sah SPO2 Walter Zamora nicht, wie er den Hörer mit der einen Hand hielt und mit der anderen seine Tasche hektisch nach einem Stift und einem Stück Papier abtastete. »Warten Sie, Sarge, warten Sie! Ich muss die Adresse aufschreiben!«

Der Trick war, dachte Jomar, den Wagen an der Anlegestelle so nah wie möglich ans Ufer heran zu fahren, um dann mithilfe eines Nylonseils, das um die Kiste gespannt und an beiden Enden an einem Metallpfosten befestigt war, langsam vorwärts zu fahren und so die Kiste aus dem Wagen zu ziehen. Sie würde mit lautem Krachen auf dem Beton landen und möglicherweise auseinanderbrechen, aber damit konnte er leben, er würde dann die Trümmerteile beseitigen und die Zinkkiste über den Rand in den Fluss schieben. Er verstieg sich in die Vorstellung, dass die Kiste ein weiterer Streich seines Bruders oder seines Vaters war, und dass, würde er die Kiste aufmachen, er einen von ihnen oder beide darin finden würde, mit einem Grinsen im Gesicht wie ein Clown. Die Kiste loszuwerden bedeutete, seine tiefsten Ängste für immer zu begraben, von Neuem zu beginnen mit einem fetten Bündel Scheine in seinen Händen. Er würde mit seinen Kumpels mitfahren, an der nächsten großen Straßenkreuzung aussteigen, sich eine Coke und einen Burger bei McDonald's gönnen und dann ein paar Jeepney-Fahrten bis nach Hause nehmen, zwischendurch beim Aristocrat stoppen – was war das für eine schöne Wendung – für eine doppelte Portion Pancit. Lucy würde ihn küssen und sich an ihn schmiegen, während die Kinder schliefen oder zumindest so taten, und am Morgen hätte er die nervtötende Holzkiste vergessen, die ihm im Weg gestanden hatte. Er beschloss, die nächsten drei Tage keine Zeitung zu lesen, er war sicher, dass die Story der vermissten Kiste es bis auf die Titelseiten schaffen würde. In einer Woche wäre alles gut; die Gang würde ihn wieder wegen seiner Dienste anrufen, und bei ihm vielleicht als willkommene Abwechslung einen 5er BMW oder einen Ford Expedition bestellen. Er gehörte zu den Besten seines Fachs in der Stadt, wenn nicht im ganzen Land, und diese Nacht würde ihn als Musterbeispiel von Effizienz und Zuverlässigkeit glänzen lassen, ohne die geringste Schlamperei, die Kunden nur verärgern würde.

Und Jose Maria Pulumbarit machte es genauso, wie er es sich ausgedacht hatte, achtete besonders darauf, dass das Seil halten würde, weil sie das schon einmal benutzt hatten, um einen Motor hochzuhieven, nachdem die Metallkette unerklärlicherweise gebrochen war (Cosme, schon wieder!). Nylon war unglaublich reißfest und nutzte kaum ab, konnte den stärksten Kräften standhalten, Jomar hatte aber vor allem Vertrauen in seine Knotentechnik, die Seemannsknoten, mehr als in das Material selbst. Er nahm die Herausforderung mit der Vorfreude eines Experten an, und als der Wagen nach vorne ruckelte, die Kiste heraus schlitterte und auf den Boden krachte, ohne zu bersten, von ein paar Rissen abgesehen, wollte Jomar sich am liebsten selbst applaudieren. Der Boden des Vans war von dem kreischenden Holz zerkratzt, aber das tat nichts zur Sache; er würde noch mehr strapaziert werden, was auch immer sie später aufzuladen planten, mit diesem Teil der Operation hatte er zum Glück nichts mehr weiter zu tun. Er war Spezialist, engagiert für eine bestimmte Sache und nur dafür, und er hatte geliefert. Zumindest fast.

Die Kiste lag am Rand der Anlegestelle, ungefähr zwei Meter über dem dunklen Wasser, dessen Oberfläche ebenso glänzend wie trübe und brackig war. Hier und da ein paar kleine Luftblasen, wenn ein Lurch seine Augen in die sternenklare Nacht reckte, Schlammfische schossen durch das Schilf. Nicht einmal mit seiner verschmutzten Brille konnte Jomar etwas von diesen kleinen Bewegungen sehen. Er dachte in größeren Dimensionen, und die größte verlangte von ihm, die Kiste über die Kante zu schieben. Da er alleine war, beanspruchte das jeden Muskel und jede Sehne seines kleinen, aber drahtigen Körpers, und ließ seine Tätowierungen zu unverhältnismäßiger Größe anwachsen. Er benutzte immer noch das Seil, zog an einem Knoten da und einer Schlaufe dort. Er stellte sich die Erbauer der Pyramiden vor – er hatte sie im Fernsehen gesehen, zwischen den Rennen im Wettbüro –, und er wünschte, er hätte Holzstämme, um einen Schlitten zu bauen, aber manchmal brauchte man allein die Ausdauer gebündelter Kraft; die Ecke jetzt, die Ecke danach. Er trat auf das gewundene Seil und merkte, dass es ihm Halt gab auf dem glatten Beton. Er schob weiter. Auf der anderen Flussseite öffnete sich ein Fenster und etwas Licht strahlte in die Dunkelheit hinaus, eine kurze Ablenkung. Er hoffte fast, dass jemand zuguckte, um dieses kleine, aber wahnsinnig aufregende Stück der Ingenieurskunst zu bezeugen. Er schob weiter – und auf einmal, leise und ohne sich zu beschweren, gab die Last nach und die hölzerne Kiste stürzte hinunter. Jomar fühlte, wie sich das Seil um sein Bein schwang, zuerst sanft, dann fest, sehr fest, und dann kam das Wasser sehr nahe und öffnete sich wie eine schwarze, vielblättrige Blume. »Oh, Cosme«, war das letzte, was Jose Maria Pulumbarit sagte, auch wenn das niemand hörte, nicht mal er selbst.

Eine auffällige Verfärbung

In dieser Nacht um 11 Uhr 7 erreichten in einem Nissan Sentra zwei Männer – man identifizierte sie viel später als Xerxes Basilio und Christopher Pawid, wohnhaft in Tagung, Rizal beziehungsweise. Cabuyan, Laguna, verheiratet mit Frauen, die beide mit Vornamen Annabele hießen – das Lagerhaus in Pasig, das früher der Eng See Chiong Trading Company gehörte, und entdeckten einen blau-grauen Toyota Tamaraw mit dem Kennzeichen SFC-483; die Hecktür stand offen, und weit und breit war niemand zu sehen, der ihn dorthin gefahren haben könnte. Sie durchstreiften das Gelände etwa fünfzehn Minuten lang und pfiffen leise, um den Mann, den sie als Boy Alambre kannten, aus der Dunkelheit zu locken für den Fall, dass er sich versteckt hatte vor Leuten, die er nicht unbedingt treffen wollte, aber es tauchte niemand auf. Sie standen auf dem Anleger, leuchteten mit einer Taschenlampe auf das Wasser und sahen etwas, das darauf hindeutete, dass da irgendwas nicht stimmte – eine auffällige Verfärbung, die nichts Gutes bedeutete. Es war Xerxes, der die Theorie aufstellte, dass Boy Alambre vielleicht die Nerven verloren oder aus einem anderen, ganz persönlichen Grund, den nur er selbst kannte, plötzlich abgehauen sei. Und dass die Verfärbung auf dem Wasser vielleicht nur eine optische Täuschung sei.

Sie gingen ein paar Meter nach links, leuchteten wieder mit der Taschenlampe, und nach kurzer Diskussion waren sich beide einig, dass der Fluss tatsächlich viele solcher merkwürdigen Farbspiegelungen zeigte. Wie auch immer, sie hatten den Van, wenn auch keinen Schlüssel, aber Christopher sah sich als würdigen Vertreter von Boy Alambre, der, um der Wahrheit die Ehre zu geben, längst nicht so einmalig war, wie die Leute es von ihm behaupteten. Warum sonst wohnte er mit fünf Kindern – zwei davon stammten vom Cousin seiner Frau – und seiner Frau in einer Bruchbude in Pasay? Ohne Respekt vor ihrem Komplizen wollten die beiden Gauner Boy Alambres Geld für sechsunddreißig Stunden aufbewahren – vierundzwanzig Stunden reichten auch, meinte Xerxes – und danach, nach diesem Zeichen mangelnden Interesses, würden sie alles durch zwei teilen. Warum eigentlich, sie könnten es doch gleich so machen und würden, falls Boy Alambre wieder auftauchte, und nur dann, ihm ein Handgeld zahlen. Bevor sie verschwanden, blickten sie noch einmal auf das modrige Wasser und stießen inbrünstig ihre Wünsche und verlogenen Gebete aus. Christopher schraubte die Nummernschilder des Tamaraw ab, ersetzte sie durch andere und ließ mit einem Draht den Motor an. Xerxes ging zurück zum Nissan und fuhr, gefolgt vom Tamaraw, vom Grundstück. Er fragte sich, wie und warum Boy Alambre einfach so verschwunden war; wenn Leute freiwillig verschwanden, taten sie es meist zum eigenem Vorteil.

Ungefähr zweihundert Kilometer entfernt und ungefähr zur selben Zeit war das Flame Tree in Paez in hellster Aufregung wegen der Nachricht, dass der Van des Vizebürgermeisters in Manila gestohlen worden war und Rory Cabahug deswegen wohl nicht rechtzeitig zu ihrer nächtlichen Show zurück wäre. Diese Neuigkeiten brachten Francine ganz durcheinander, nicht weil sie sich um Rorys Wohl Sorgen machte, sondern weil dadurch ihre eigene Karriere einen gewaltigen Schub bekommen könnte. Sie hatte gerade am Mikrophon gestanden und ihre Version von Mariah Careys »I Don't Wanna Cry« zum besten gegeben, als SPO3 Valdemar Duterte höchstselbst mit der Neuigkeit hereinplatzte. Mamma Merry erbleichte, aber um die fröhliche Stimmung nicht zu dämpfen, bestellte sie eine Runde für alle aufs Haus – und wies darauf hin, dass sie schon eine Spende für das Begräbnis von Rorys armer Schwester gegeben habe. Tennyson Yip schob seinen Gin Tonic zur Seite und nahm den Bericht des Sergeants mit ernstem Nicken zur Kenntnis, erklärte von der Bar aus, dass Autos verloren gehen, aber auch ersetzt werden könnten, was für echte Freundschaften nicht gelte, dass die Kriminalität in Manila ein weiterer Grund sei, einen Ort himmlischen Friedens wie Paez zu lieben, und kündigte eine weitere Runde an, diesmal auf seine Kosten, begleitet, so seine Bitte, von einem stillen Gebet. Dann klappte er sein Nokia auf und verzog sich in eine Ecke, vermutlich um mitten in der Nacht einige seiner wichtigsten Freunde anzurufen, und sei es nur, um ihnen etwas mitzuteilen, was für einen Ort wie Paez ein Ereignis biblischen Ausmaßes war. Von einem der Mädchen informiert, was passiert war, sprang der einzige Koreaner unter den Gästen – ein Buchhalter aus Busan, der aufpassen sollte, dass bei dem Brückenbauprojekt niemand mehr als fünfzehn Prozent von dem genehmigten PR-Etat abbekam – auf seine Füße, erklärte seine Verbundenheit mit der Stadtregierung und gab eine weitere Runde aus. Francine gab dem DJ ein Zeichen, eine fröhliche Melodie aufzulegen und nach wenigen Sekunden startete einer von Rorys typischen Songs, den nun Francine mit dem rosigsten Lächeln sang: »Such a feelin's comin' over me / There is wonder in most everything I see / Not a cloud in the Sky, got the Sun in my eye / And I won't be surprised if it's a dream…« Sie hauchte einen Kuss in die Ecke, wo Tenny Yip gerade telefonierte, und betete, dass die Nacht nie enden würde, dass das verschwundene Auto und dessen Inhalt nie gefunden würden, jedenfalls nicht so schnell.

Während Francine Geschäfte abschloss mit Herren, die mächtiger waren als der gekreuzigte Christus, saßen SPO2 Walter Zamora und Aurora Cabahug in einem Taxi, das von Magdaleno Nuqui, fünfundvierzig, nierenkrank, gesteuert wurde, der nur dank des Einsatzes einer Radiostation durch Spenden dutzender Unterstützer geheilt worden war. Er predigte seinen Passagieren von der Freundlichkeit Fremder und den Belohnungen für aufrichtige Gebete, aber er verstand den glasigen Augenausdruck seiner Fahrgäste falsch – sie hörten gar nicht zu. Walter saß vorne, Rory auf der Rückbank, aber sie hätten ebenso nebeneinander sitzen und Händchen halten können, so nahe waren sie sich in ihren Gedanken und Gefühlen. In seiner Faust hielt Walter die Adresse in San Mateo, die ihm der Sergeant durchgegeben hatte; sie hätten auch früher dahin fahren können, wenn nicht weitere Formalitäten von Walter und dem glücklosen Aniceto verlangt worden wären, der auf einer Bank in der Polizeistation eingeschlafen war, den Regenschirm auf seiner Brust wie das Schwert eines ehrenhaft gefallenen Ritters. Es gab noch keine Telefonnummer für diese neue Adresse; sie konnten also nicht wissen, dass er kam, aber das machte auch nichts. Seine Mutter würde schlafen, aber das tat sie immer. Gayla hatte einen Brief von Paolo erwähnt; Walter schwor sich, ihn sofort zu öffnen, sobald er ihn in den Händen halten würde. Rory verstand Walters Sorgen und wünschte ihm nur Gutes. Sie dachte an die Spieluhr, und fragte sich, ob manches anders gelaufen wäre, wenn Soledad sie bekommen und sie glücklich gemacht hätte und nicht mit dem Feuer gespielt und sie verlassen hätte. Wenn Solis Leiche gefunden werden sollte, dann würde sie für ein ordentliches Begräbnis sorgen in Gottes Erde, das schwor sie. Sie spürte, dass Kraft in ihre Knochen zurückkam. Je mehr sie nachdachte, umso mehr Antworten fand sie auf jede denkbare Frage: Wer würde sich um Nathan kümmern? (Sie würde jemanden finden, in Paez tummelten sich Arbeitslose genug). Wie konnte sie das Land verlassen, ohne einen ordentlichen Pass auf ihren Namen zu besitzen – und was war mit ihrem Namen überhaupt, wo er doch jetzt nicht mehr ihrer war, jedenfalls was die Bürokratie betraf. (Dieselbe Antwort: Es gab immer ein Mädchen, dessen Identität sie mieten oder ausleihen konnte; in bestimmter Hinsicht waren sie alle gleich, und die Besonderheiten von Namen und Gesichtern waren allen egal, mit Ausnahme von kleinkarierten Beamten). Was würde sie in Saipan erwarten? (Jede Menge Kokosnüsse und ein endloser Ozean, stellte sie sich vor, nicht viel anders als zu Hause, außer dass die Preise in Dollars waren, von denen sie aber jede Menge verdienen würde.) Und wie konnte sie weggehen nach dem, was mit Soledad passiert war? (Ich bin ihre Schwester – und sie bat den Herrn und ihre verstorbenen Eltern um Verständnis –, aber ich bin nicht meine Schwester, egal, welche Ähnlichkeiten wir haben und was zwischen uns war. Ich bin nicht meine Schwester; was sie versäumt hat, werde ich machen. Und ich werde es besser machen.)

Mittlerweile blubberten im aufgewühlten Wasser im nördlichen Pasig Luftblasen hoch von einer auseinander gebrochenen Kiste, die von einem anderen schweren Gegenstand unter Wasser gehalten wurde. Es dauerte drei weitere Tage, bis die Leichen aus dem Schilf nach oben stiegen. Zuerst die von Jose Maria, bleich und aufgedunsen wie ein aufgeblasener Ballon, und dann, verschnürt mit einer Art Nylon-Nabelschnur, der von Gasen hochgetriebene Sarg, befreit vom seinem hölzernen Käfig und dem ewigen Schlamm.

Die märchenhafte Fontäne

Über Jeddah und über ihren Tod – was hätte Soledad darüber wissen und erzählen können? Von der Minute an, als ihr Flugzeug auf dem Abdul Aziz International Airport landete, war Jeddah ein einziger schwindelerregender Strom flirrend bunter Bilder und schriller Töne – ähnlich wie Hongkong, aber die Geräusche und Gerüche unterschieden sich grundlegend, und dann natürlich die Wüste, die von fast überall zu sehen war. So wie die Hauptstraße in Kowloon in Hongkong, nach der sie ihren Sohn aus einer Laune heraus genannt hatte, schienen Jeddah und dieser Teil des King's Highway eine einzige lange Straße zu sein, die sich in viele weitere verzweigte, von den bröckelnden, korallenroten Häusern in al-Balad bis zu den schicken Hotels in North Corniche, in dem Viertel, wo auch ihr neuer Arbeitgeber und seine Familie wohnten: eine eingezäunte Anlage, bewacht von einer privaten Security mit halbautomatischen Gewehren, an deren rhythmisches Bap-Bap-Bap sie sich bald gewöhnte, wenn die Wachen sich mal wieder danach fühlten ein paar Schüsse abzugeben oder an streunenden Mantelpavianen zu üben, jener Spezies, die fast ganz Südwest-Arabien heimsuchte, nachdem sie jede Angst vor Menschen verloren hatte. Hinter den Toren stand ein grellweißer Palast, mit Torbögen und gerillten Säulen, die die

Sicht freigaben auf einen Brunnen im Innenhof und auf einen strahlend blauen Pool weiter hinten. Soledad konnte Kinder im Wasser herumtollen hören; sie sprachen eine universelle Sprache, die Soledad verstand und in der sie verstanden wurde.

Trotz dieser fremden Umgebung freute sie sich auf ihren neuen Job. In Hongkong, wenn sie sonntagmittags Reis, saures Schweinefleisch oder Huhn in einer der vielen Garküchen aß, hörte sie all die furchterregenden und traurigen Geschichten über das Königreich, von Mädchen, die gerade da gewesen waren oder welche kannten, die da gewesen waren, von Vergewaltigungen, Schlägen, Enthauptungen und Verstümmelungen, drastischen Lohnsenkungen von sechshundert Riyals auf knapp hundert, über die gefängnisartigen Unterkünfte, in die sie eingeschlossen wurden, die knochenbrechenden Sprünge über Mauern und Zäune in den Straßendschungel oder die unsichere Zuflucht in die Botschaft, wo man es mit schmierigen Beamten zu tun bekam. Tatsächlich konnte das nicht nur in Saudi-Arabien, sondern auch in Deutschland, Singapur und sogar in Hongkong passieren. Warum also waren sie alle dort, trotz aller Vorwarnungen und der fast schon ermüdenden Berichte über Misshandlungen und Missbrauch? Weil, soweit Soledad das betraf, sie sich glücklicher und stärker fühlten als ihre Vorgängerinnen. Nicht, dass eine oder einer von ihnen das schreckliche Schicksal verdient hätte, obwohl bestimmt nicht jeder, der die Tiere seines Bauernhofs verkaufte – oder den Bauernhof selber – oder ihren Ehemann und ihre Kinder verließ, um im Ausland zu arbeiten, ganz und gar ein Heiliger oder eine Heilige war. Und war es nicht so, dass Menschen, die ihre Herren ausraubten oder sogar umbrachten, zu Recht den Verlust einer Hand oder ihres Kopfes erlitten? Solche Gedanken schwirrten durch Soledads Kopf, als sie zusammen mit einem anderen Mädchen namens Meenakshi aus Kerala in Indien im Hausflur wartete. Mit ihren achtzehn Jahren war sie eine Schönheit, wenn auch etwas pummelig. Ihr Teint und ihr Körperbau waren dem Soledads ziemlich ähnlich, aber sie machte einen so verängstigten Eindruck, dass Soledad sich fragte, wie lange sie es wohl aushalten würde als »Allrounderin«, von der alles erwartet wurde, was im Haushalt so anfiel, vom Kochen, Saubermachen bis zu Massagen, wer auch immer sie gerade brauchte, ob Frau oder Mann. Soledad stand ruhig da, ihre Hände auf dem Rücken verschränkt; ihr fiel auf, dass Meenakshi nervös ihre Füße aneinander rieb und ihre Augen auf den schön gefliesten Fußboden richtete, als ob in dessen Mustern eine geheime Botschaft verborgen wäre. Soledad selber hatte über die arabischen Schriftzeichen gestaunt, die sie an Weinblätter erinnerten; aber jetzt war sie erst einmal überwältigt von der Pracht dieses Ortes, der nichts mit dem Apartment der Laus in Tuen Wan gemein hatte. Aufwändige Messingverzierungen schmückten jede Tür, und Vasen, größer als sie selbst, standen in jeder Ecke. Taubenblaue und gelbe Vögel zwitscherten in einem Käfig aus Bambus und Rattan, der in der Mitte eines Rundbogens hing; ein goldbesticktes, rotes Samttuch bedeckte ihn zur Hälfte, um die Vögel vor dem starken Sonnenlicht zu schützen. Zwischen den Kinderstimmen konnte sie Musik von Trommeln und Saiteninstrumenten hören – zweifellos aus einer sehr teuren Stereoanlage in einem Raum oberhalb des Innenhofs. Das Lachen der Kinder wurde lauter, und von dem Brunnen näherte sich jetzt ein ziemlich durchnässter Junge von vielleicht sechs Jahren, der eine Wasserpistole in seiner Hand schwenkte, und ein dreijähriges Mädchen mit lockigem Haar und einem geblümten Badeanzug. Und dann ihre Mutter – eine Frau in den Dreißigern mit glänzend braunem Haar und einer riesigen Sonnenbrille. Ihr Gesicht war eingerahmt von einem lila-weißem Schal, der gut zu dem tiefgrünen Kaftan passte, unter dem Stonewashed-Jeans herausschauten. Die Prinzessin trug keinen Schleier, und Soledad fand daran nichts Ungewöhnliches, bis sie all die anderen Frauen sah, vier oder fünf, die langsam aus den verschiedenen Ecken des Hofs auftauchten, um sich die Neuankömmlinge anzuschauen – sie alle von Kopf bis Fuß in Schwarz gehüllt. Die größte dieser Frauen zeigte nicht mehr als ihre stählernen Augen. Soledad und Meenakshi würden lernen, sich genauso anzuziehen, besonders dann, wenn sie aus dem Haus dorthin gingen, wo Männer ihren Weg kreuzen könnten. In diesem Moment aber machte sich Soledad nur darüber Sorgen, dass die große Frau über sich selbst stolpern könnte; sie hatte noch nie so viel Stoff an einer einzigen Frau gesehen.

Der Junge blieb verblüfft vor den beiden neuen Dienstmädchen stehen, und seine Schwester versuchte nach seiner Pistole zu greifen, aber er nahm sie schnell in die andere Hand.

»Das ist mein Sohn Fouad«, sagte die Prinzessin auf Englisch, »und das ist Amina. Sie ist gerade drei geworden. Ihr müsstet die neuen Mädchen sein, nicht wahr?«

Meenakshi brachte kein Wort heraus, zitterte nur.

»Mein Name ist Aurora. Guten Tag, Madam«, sagte Soledad, senkte ihre Augen, unsicher, ob sie vor ihr knien sollte, eine Geste, die sie aus britischen Filmen kannte, oder sich tief verbeugen sollte. Dann fügte sie hinzu: »Eure Hoheit«.

Loulwa lachte. »Danke, das ist sehr freundlich, aber Madam reicht, vor allem, wenn wir unter uns sind wie jetzt und kein Mann in der Nähe ist.« Sie klopfte leicht auf Fouads Kopf, was dem gar nicht gefiel. »Er ist ein Junge, und er gehört zur Familie, zählt also nicht.« Fouad drehte den Erwachsenen den Rücken zu und bespritzte Amina mit Wasser; dem Mädchen schien das zu gefallen, und sie versuchte, den Wasserstrahl mit ihren dicken Fingern zu greifen. »Und du musst Meenakshi sein«, sprach die Prinzessin das andere Dienstmädchen an. »Ich habe mir eure Pässe angeschaut, das mache ich immer so.« Ein Mann namens Rashid hatte ihnen ihre Pässe abgenommen, nachdem sie am Flughafen alles mit der Einreise geklärt hatten, und sie hatten weder den Mann noch ihre Pässe seitdem wiedergesehen. »Alles in Ordnung. Ihr werdet euch an mich gewöhnen, und ich hoffe, ich mich an euch. Ich ging in Amerika zur Schule, in Washington D.C.« Soledad nickte. »Aber Amerika ist Amerika, und Jeddah, ja, ist eben Jeddah…« Ihre Stimme wurde leiser, als sie niederkniete, um einen Marienkäfer vom Saum ihres Kaftans aufzulesen, er thronte auf ihrer Fingerkuppe und flog dann zurück zu den Topfpflanzen. »Man kann hier gut leben. Habt ihr vorhin auf dem Weg hierher die Fontäne gesehen? Sie ist wahrscheinlich mit ihren mehr als dreihundert Metern Höhe die größte der Welt. Als ich aus Amerika zurückkam, war sie mit das erste, was ich sah. Und ich dachte, eine märchenhafte Fontäne und die Liebe eines Mannes werden mich glücklich machen… Aurora, welch ein schöner Name, ein Glück verheißender Name.«

»Danke, Madam«, antwortete Soledad.

»Ich hoffe, ihr werdet euch hier wohlfühlen. Aurora, befolge einfach nur die Anweisungen, und alles wird gut sein. Als erstes werden wir euch beide in eine Abaya kleiden so wie die anderen Frauen – ich trage sie manchmal auch –, und dann werdet ihr Khaled treffen, den Prinzen. Und seid nicht allzu beeindruckt, es gibt hier über fünftausend Prinzen! Dieser kleine Junge, Fouad, ist einer von ihnen, und er weiß das. Fouad! Das ist Aurora, sie wird sich um dich kümmern. Meenakshi wird dem älteren Prinzen dienen, ich weiß nicht, was schwieriger ist«, scherzte Loulwa.

Es war ein ungewöhnlicher Empfang, so freundlich, dass er all ihre Befürchtungen über diesen Ort und dessen Bewohner zerstreute. Der Prinz, den sie schließlich drei Tage später trafen, erwies sich als großer, korpulenter Mann, wesentlich älter als Loulwa, und er wirkte in seiner weißen Thobe* und seiner karierten

Gutra* wie ein strenger Santa Claus. Er sprach nicht direkt mit ihnen, nur über seinen Hausdiener Yusuf, der dann dessen Wünsche an die Dienstmädchen weitergab. Prinz Khaled war – so hörten sie von anderen – ein Statik-Ingenieur, der für größere Projekte arbeitete wie riesige Pumpanlagen, die Meerwasser weit ins Landesinnere pumpten, und Anlagen zur Urananreicherung. Er war beruflich so aktiv, dass er sich um Hausangelegenheiten nicht kümmern konnte, und die Küsse, die er beim Weggehen seiner Frau und seinen Kindern gab, wirkten eher flüchtig, selbst dann, wenn er im Gefolge eines der Königssöhne mit einer besonderen Mission nach Washington oder London abflog.

Ungefähr sieben Monate nach Soledads Ankunft brach von Osten ein Sandsturm los, eine dunkle, gewaltige, rotbraune Wolke, die heulend über die ganze Stadt hinwegfegte und alles verdunkelte und erhitzte, was in ihrem Weg lag. Sie war gerade, nachdem sie Amina gebadet hatte, in die Dienstmädchen-Unterkunft zurückgekommen, und alle Mädchen beeilten sich, Türen und Fenster mit Tüchern abzudecken. Immer noch nicht an die schwere Abaya gewöhnt, kämpfte Soledad mit sich selbst, um schnell bei den anderen zu sein. Meenakshi, inzwischen eingewöhnt, machte sich über Soledad lustig und ihr Kichern erinnerte Soledad an Rory, an die sie schon zweimal geschrieben hatte, aber frühestens in einem Monat eine Antwort erwartete. Prinz Khaled war in Brüssel, um mit der EU zu verhandeln, und Meenakshi war in bester Laune, weil die Abwesenheit ihres Herrn mehr freie Zeit für sie bedeutete, zum Beispiel für ihr Haar, wo ihr die anderen Mädchen beim Flechten halfen. Sie hatte bemerkt, dass Yusuf verstohlene Blicke auf sie warf – das hatte sie Soli eine Woche vorher erzählt –, sie hatte seine Blicke nicht erwidert; er hatte sie aber ein- oder zweimal abgefangen. Während der Sandsturm um sie herum tobte, der das Glas in den Fenstern zum Singen brachte, was die ausländischen Dienstmädchen und Arbeiter im Palast in Angst und Schrecken versetzte, schien Meenakshis Fröhlichkeit noch deplatzierter. Als Soli sich neben ihrem Bett hinkauerte, kroch Meenakshi zu ihr hin und flüsterte: »Er möchte sich heute Abend mit mir treffen, am Hafen, in der Nähe der Fontäne.«

»Was?«, presste Soledad hervor. »Wie kannst du das tun? Das ist uns verboten.«

»Aber du wirst mich begleiten! Sie werden uns durchlassen, wir sagen, dass wir was für den Herrn besorgen müssen. Yusuf hat das mit den Wachen arrangiert, und dann können wir einen Bus nehmen und eine Stunde oder zwei in der Stadt sein. Er wird da auf uns warten.«

»Und dann was?«

Meenakshi lachte über Soledads Naivität. »Und dann kannst du machen, was du willst. Alles, was ich brauche, ist eine Stunde. Bitte, Soledad, die Kinder schlafen dann schon, niemand wird nach dir suchen, aber du musst mitkommen, ich brauche dich.«

»Wofür? Du brauchst mich für das, was du mit Yusuf vorhast?«

Der Wind um sie herum war wunderbarerweise abgeflaut; der Sandsturm war so schnell verschwunden wie er gekommen war, tobte jetzt über dem Meer, und die Leute öffneten wieder vorsichtig ihre Fenster, schauten auf den Himmel, der immer noch trüb und braun aussah, aber schon einige blaue Flecken zeigte.

»Da gibt es eine Menge Interessantes zu sehen und zu unternehmen. Beim letzten Mal…«

»Du warst schon mal da?«

»Still!«

Die anderen Mädchen liefen an ihnen vorbei, um zu ihrer Arbeit zurückzukehren. »Oh ja, aber nur einmal. Ich schwöre, Soledad, nur einmal.« Meenakshis Augen schossen durch den Raum, in dem sich Koje an Koje reihte wie in der Billigklasse eines alten Passagierdampfers. Jede Koje hatte eine Schaumstoffmatratze, ein Kissen, ein Laken und eine Art Stirnwand, an die die Frauen Fotos ihrer Familien in Indien, Bangladesh, Thailand oder den Philippinen heften konnten – schmale, dunkle Gesichter in den verschiedensten bunten Umgebungen. Die beiden Ventilatoren an jedem Ende des Raumes konnten wenig gegen die Hitze ausrichten; die Frauen, die schon länger da waren, hatten etwas von Klimaanlagen gehört und dass die Prinzessin selber diese Idee gut fand, der Verwalter hatte diesen Plan aber abgelehnt aus Furcht davor, dass dieser zusätzliche Komfort bei den Angestellten zu längerem Schlaf und damit zum Verlust wertvoller Arbeitszeit führen könnte. Im Moment waren sie hier vierzehn Frauen, und Soledads und Meenakshis Ankunft war – nach dem üblichen Gezerre um die Kojen und die Verteilung der Aufgaben – von allen begrüßt worden, weil sie drei Mädchen ersetzten – zwei aus Bangladesh und eine Filipina namens Marta –, die neun Monate vorher verschwunden waren und deren Aufgaben die Zurückgebliebenen zeitweise mit zu erledigen hatten. Soledad hatte davon gehört und sich gefragt, warum sie weggelaufen waren – natürlich lebten sie ganz und gar nicht im Paradies, aber nach allem, was sie erlebt hatte, schien diese Familie, für die sie arbeiteten, anständig zu sein, abgesehen von den gern verbreiteten Gerüchten über eine Mätresse des Prinzen in Paris und über die Prinzessin, die darüber tief, tief unglücklich war und eines Tages ihrem Leben mit einem juwelenbesetzten Messer ein Ende setzen wollte, daran aber durch das rechtzeitige Eingreifen einer Dienerin aus Sri Lanka gehindert worden war, die wiederum dann – das wussten die Mädchen ganz genau – mit einem Batzen Geld nach Hause geschickt wurde, um sich da eine eigene Existenz aufzubauen, allerdings unter der Bedingung, dass nichts von dem, was sie gesehen hatte, an die Presse weitergegeben würde. Gut, überall hörte man solche Geschichten, weitererzählt als verbale Erbschaft von einer Dienerin zur nächsten, allerdings wurde alles, was mit Blut zu tun hatte, zwangsläufig auch zu einer Geschichte, und jede Geschichte blieb zwangsläufig irgendwo hängen wie ein blutgetränkter Wandteppich.

Soledads Leben war größtenteils auf den Palast begrenzt – mit zwei Ausnahmen, einmal, als sie die Prinzessin und die zwei Kinder in eine vornehme Einkaufsgegend an der Thalia Street begleiten durfte, wo neue Schuhe gekauft und eine sechshundert Dollar teure Bottega Veneta-Sonnenbrille anprobiert wurde, das zweite Mal, als Amina zum Zahnarzt musste. Das war auch der Grund, weshalb sie hier nie mit einer Filipina oder einem Filipino in Kontakt gekommen war. Nur einmal hatte sie belanglose Worte mit einem Lastwagenfahrer namens Roger gewechselt, der dann aber schnell wieder zu seinem Lastwagen gelaufen war. Die Muttawa* würde es nie wagen, das Haus eines Prinzen zu betreten, aber Soledad hatte davon gehört, zu was die fähig waren, wenn sie einen unverheirateten Mann und eine unverheiratete Frau miteinander in der Öffentlichkeit sprechen sahen, und hatte beschlossen, lieber auf Nummer Sicher zu gehen, auch Nathan zuliebe. Wenn sie an ihren Sohn, viele tausend Meilen von ihr entfernt, dachte, wie er wuchs und das Wort »Ma-ma« mit seinen Lippen formte, musste sie gegen einen stechenden Schmerz ankämpfen und sich daran erinnern, warum sie hergekommen war, suchte dann in den Tiefen ihrer Abaya nach ihrem Rosenkranz, der aber nicht da war – sie wollte einen ins Königreich schmuggeln, und hatte ihn im Koffer zwischen den Büstenhaltern und der Unterwäsche versteckt. Am Flughafen aber hatte die Polizei ihre Habseligkeiten durchwühlt, den Rosenkranz gefunden und beschlagnahmt, ebenso wie eine kleine Bibel und drei Reader's Digest-Hefte. Einen Augenblick hatte sie befürchtet, dass man sie wieder nach Hause schicken würde, aber nach der Überprüfung des Namens ihres Arbeitgebers hatte die Polizei sie durchgewinkt. Sie nahm das als Zeichen von Gottes Gnade und seiner schützenden Hand über sie im Land der Heiden.

Alles, was geschehen war oder geschehen würde, ob Gutes oder Schlechtes, geschah nach seinem Plan.

»Nur einmal.« Meenakshi sagte es nochmal, als ob eine Wiederholung Soledads Meinung ändern könnte. Sie hielt Soledad am Ärmel fest, rückte noch näher an sie heran: »Yusuf hat Freunde, die sich bestimmt gern mit dir treffen würden!«

Soledad errötete. Natürlich dachte sie manchmal an Männer, und manchmal raubte ihr der Gedanke an Hedison, wie er seine Hände um ihre Hüfte legte, den Schlaf, aber diese Episode war Vergangenheit und hatte ihre Bestimmung, Gottes Bestimmung, erfüllt. Und jetzt, wo Nathan in ihr Leben getreten war, hatte sie das Gefühl, nichts mehr erwarten zu dürfen; jedes Vergnügen hatte seinen Preis: eine neue Verpflichtung gegenüber Gott.

Andererseits, so wie der Sand, der sich immer mal wieder als tobende Wolke über der glühenden Wüste auftürmte, zogen Soledads Sehnsüchte sie heraus aus ihrer Ecke, aus ihrem Zimmer, aus diesem umzäunten Gelände, weit über ihr zusammengekauertes Selbst hinaus in das lebendige, pochende Herz der Stadt, in enge Gassen, in denen Arme aus den Fenstern herausragten, Hände sie berührten, mal roh, mal sanft, mal zudringlich, um sie von Süßigkeiten aus Milch und Reis kosten zu lassen, sie in farbenprächtige Seide zu kleiden, Messingringe über ihre Handgelenke und Knöchel zu streifen und mit trommelnden Fingerspitzen den Rhythmus von Gedichten oder Gebeten auf ihrer Schulter zu begleiten.

»Ich muss gehen«, sagte Soledad mit heiserer Stimme und stand auf.

Meenakshi zog an ihrer Abaya; sie hatte eine Veränderung in Soledads Gesichtsausdruck bemerkt, und sagte mit leicht zittriger Stimme: »Wir treffen uns hier um acht. Alles ist vorbereitet. Lass uns einfach ein bisschen Spaß haben.«

Soledad eilte aus der Dienstmädchen-Unterkunft und sah nach den Kindern; es war gerade mal halb fünf, und sie müssten jetzt eigentlich ihr Nickerchen machen, aber sie war sich sicher, dass sie mit ihrer Mutter während des Sandsturms wach geblieben waren. In dem Fall würden sie bald wieder spielen; sie würde ihnen eine neue Variante von Himmel und Hölle beibringen, sie nach dem Abendessen ins Bett bringen, ihnen ein Lied vorsingen, was sie so noch nicht kannten. Sie würde ihre Pflicht tun, und erst danach kam alles andere.

Niemand konnte genau sagen, was später an diesem Abend passiert war. Als die Polizei alle Aussagen auswertete – insbesondere jene von Yusuf Mahmoud, einem persönlichen Diener des Prinzen Khaled al-Mansur –, trat zutage, dass zwei Dienstmädchen der Familie am Tor erschienen waren mit einer erfundenen Geschichte. Demnach waren sie von der Prinzessin zu einer dringenden Besorgung geschickt worden, ein einfältiger Wärter hatte ihnen geglaubt, sie konnten den Palast verlassen und hatten einen Bus zum Hafen genommen. (Yusuf präsentierte auch eine Liste von Gegenständen, die seit dem Verschwinden im Haus vermisst wurden – darunter eine goldener Montblanc-Füllfederhalter, der nach einem berühmten westlichen Komponisten benannt war.) Yusufs Aussage führte zu drei oder vier weiteren Zeugen, die zwei Frauen, die der Beschreibung nach Soledad und Meenakshi gewesen sein konnten, gesehen hatten – als Ausländerinnen mussten sie nur einen Schal tragen und keinen Schleier wie saudische Frauen –, wie sie vor einem Eisladen gestanden hatten, ohne reinzugehen, als ob sie auf etwas gewartet hätten, und von Weitem beobachtet hatten, wie die King Fahd-Fontäne goldene Wassersäulen in den Himmel schoss. Und dann – berichtete der Ladenbesitzer selbst, der darauf wartete, den beiden Frauen den Geschmack von Orangensorbet näher bringen zu können – fuhr ein Taxi heran, hielt mit laufendem Motor, und dann, nach einem scheinbar hektischen Austausch von Handzeichen und Begrüßungsgesten mit dem Fahrer und einem Fahrgast, den der Ladenbesitzer nicht erkennen konnte, stiegen die zwei Frauen ins Taxi, das nach Süden lospreschte in Richtung eines Viertels namens Karantina – eine Verfälschung, wie manche sagten, des Wortes »Quarantäne«.

Ab diesem Zeitpunkt verschwanden Soledad und Meenakshi im Nichts, auch wenn ein Körper – und nur einer – drei Tage später wieder im Hafen auftauchen würde kurz vor Sonnenuntergang, im Schatten der kristallenen Wassertropfen der Fontäne. Ein Verkäufer von selbstgemachtem Kinderspielzeug – rote und gelbe Plastikvögel, kunstvoll gefertigt aus alten Motoröl-Kanistern – hatte das Bündel im Wasser gesehen. Ein Schrei erscholl und mischte sich unter die Menge, die sich sogleich um den Verkäufer sammelte und ihre Köpfe in Richtung des ausgestreckten Fingers des Händlers reckte. Als sie die Leiche mithilfe von zusammen gesteckten Holzlatten herausgeholt und umgedreht hatten, schnappten die Schaulustigen nach Luft, das Salzwasser, die Sonne und kleine Fischzähne hatten das Gesicht der Frau stark verunstaltet. Wenn einer sie gekannt hatte, hätte er sie jetzt nicht wiedererkannt. Wenn sie einen Namen gehabt hatte, müsste der erst herausgefunden werden. Wenn sie geliebt worden war, würde es Zeit brauchen – ein Telegramm, eine SMS, eine E-Mail, eine Eilmeldung –, bis derjenige seinen Verlust realisiert hätte und in die Knie gegangen wäre, Flüche in den Himmel sendend.

Der Spielzeugverkäufer beugte sich vor, um die malträtierte Leiche genauer betrachten zu können, seine Plastikvögel saßen auf Stangen, die aus einer Tasche herausguckten. »Sie ist nicht von hier«, brummelte er zu dem Mann neben ihm, einem Händler aus dem Jemen. »Ich bin auch nicht von hier«, sagte der. Eine

Gruppe Frauen, schwarz wie Raben, steckte ihre Köpfe neugierig zusammen, sie waren ohne männliche Begleitung, sie konnten das, weil sie so viele waren.

Ein anderer Mann, ein Tourist aus Stuttgart, fragte in weinerlichem, übertrieben akzentuiertem Englisch: »Who is she? What happened? How did she die?« Er packte seine Leica D-Lux 3 aus der ledernen Tasche und brachte sich in Stellung.

»Ich kann kein Blut sehen«, sagte der Spielzeugverkäufer und beugte sich noch tiefer, unberührt von dem Geruch, den die Leiche verströmte.

»Was ist das, wer ist sie«, schrie eine Frau.

»Wieder eine, die hier angespült wird, wieder an derselben Stelle, wie schon vor ungefähr einem Jahr«, sagte der Spielzeugverkäufer und schüttelte sich. Dann richtete er sich auf und präsentierte der Menge eine seiner farbenfrohen Kreationen. Im Handumdrehen begann der Vogel am Ende der Schnur zu flattern. »Vögel«, schrie der Mann. »Vögel für eure Kinder, Vögel für eure Fenster! Diese Vögel flattern beim leichtesten Lufthauch, eine ganz natürliche Bewegung!«

»Does anyone speak English? Or German? What happened? Who is she? Somebody tell me!«

Aus der Ferne ertönte das Pfeifen eines Polizisten, und die Leute drängten zurück, außer dem Deutschen, der das Foto mit dem Gesicht der Toten auf verschiedene Websites hoch laden würde, die spezialisiert waren auf Zugwracks, Bombenanschläge und Enthauptungen.

»Wer ist sie, die hervorglänzt wie das Morgenrot, schön wie der Mond, klar wie die Sonne, furchtgebietend wie Heerscharen mit Kriegsbannern?« Eine Legende besagt, dass Eva, die Mutter aller Menschenkinder, in Jeddah beerdigt wurde, nahe am Roten Meer. Sie war angeblich drei Meter fünfzig groß, eine Riesin. Ihre

und Adams Wege trennten sich, er fand den Weg nach Ceylon; Eva wählte Jeddah, wo sie nach ihrem Tod in einer einhundertzwanzig Meter langen Gruft beerdigt wurde.

Der aufgedunsene Körper der unbekannten Frau landete bei Einbruch der Nacht im Leichenschauhaus von Jeddah. Es war Aufgabe des Assistenten eines Gerichtsmediziners namens Ahmed, das Aufnahmeformular auszufüllen, die wesentlichen Merkmale der Leiche festzuhalten, und noch ein weiteres Formular, das den Umfang der notwendigen polizeilichen Ermittlungen definierte. Er beeilte sich, weil er mit Freunden in einem neu eröffneten Laden namens Java Lounge verabredet war, wo Frauen angeblich ihre Schleier lüfteten und vorsichtige Flirts, über Frucht-Cocktails gebeugt, möglich waren. Er versuchte sich ein paar Details dieses Falles einzuprägen, um damit die spätere Unterhaltung aufzupeppen – er wusste, dass sie ihn wegen dieser düsteren Geschichten mitnahmen, nach denen die Leute mit ihren eintönigen Leben anscheinend gierten –, dann fuhr er den Computer runter.

»Also, was ist passiert? Wer war sie? War sie eine Nutte? Eine Ausreißerin?«, fragte ihn eine Soziologin namens Nadja später in dieser Nacht, während sie mit dem Daumen über die Tasten ihres Handys strich. Sie lehnte sich vor. »Wurde sie vergewaltigt, Ahmed? Was haben sie mit ihr angestellt?«

»Keine Ahnung«, sagte Ahmed und versuchte, so entschieden wie nur möglich zu klingen. »In solchen Fällen – außer sie sind Mitglieder der königlichen Familie oder Leute mit Einfluss – behalten wir die Leiche drei Tage, dann lassen wir sie wegbringen.«

»Einfach so?«, fragte Nadja und sah hoch.

Ahmed seufzte und machte eine ausladende Bewegung, mit der er Nadjas Haarspitzen streifte. »Einfach so.«

Glossar

Seite 9: *Jeepney*: zu Kleinbussen umgebaute alte amerikanische Jeeps; oft bunt bemalt und verziert

Seite 10: *Abaya*: Überkleid; traditionelles Kleidungsstück für muslimische Frauen

Seite 10: *Iqama*: Aufenthalts- und Arbeitserlaubnis

Seite 25: *Videoke-Bars*: Trend aus den Philippinen, wie Karaoke, mit zusätzlicher Videoanimation

Seite 28: *Otap*: Keks aus süßem Blätterteig

Seite 28: *Barquillos*: Waffelrollen (spanisch)

Seite 28: *Durian*: Frucht des Durianbaums, auch Zibetbaum genannt

Seite 28: *ILO*: International Labour Organization, die internationale juristische, soziale und ökonomische Standards für Arbeitskräfte sichern soll

Seite 29: *SPO2*: Senior Police Officer 2, entspricht heute »Police Senior Master Sergeant«, Unteroffiziersrang in der philippinischen Polizei

Seite 38: *SPO3*: Senior Police Officer 3, entspricht heute »Police Chief Master Sergeant«, Unteroffiziersrang in der philippinischen Polizei

Seite 52: *Pancit*: philippinisches Nudelgericht

Seite 57: *Pinoy* (weiblich Pinay): umgangssprachliche Bezeichnung für philippinische Landsleute

Seite 59: *Calamansi*: süß-saure Frucht von den Philippinen, eine Kreuzung aus Kumquat und Mandarine

Seite 62: *Ritter Galahad*: Ritter der Artus-Tafelrunde

Seite 79: *New People's Army*: militärischer Arm der Kommunistischen Partei der Philippinen

Seite 117: *Ruffa Gutierres*, 1974 geboren, philippinisches Topmodell und Schauspielerin; ihre Ehe mit einem türkischen Geschäftsmann wurde nach wenigen Jahren geschieden, und sie kehrte auf die Philippinen zurück
Seite 117: *Tsim Sha Tsuii:* Ausgeh- und Shopping-Viertel von Hongkong, dessen bekannteste Straße mit vielen Geschäften und Lokalen die Nathan Road ist
Seite 118: *Dim Sum:* gedämpfte oder frittierte kleinere chinesische Gerichte
Seite 118: *Nai Nai*: chinesisch für die Großmutter väterlicherseits
Seite 127: *Nagueño*: Einwohner der Provinz Naga
Seite 134: *Lumpia*: philippinische Frühlingsrollen
Seite 152: *Alambre*: spanisch für Draht
Seite 153: *Barong*: formelle Männeroberbekleidung auf den Philippinen
Seite 157: *Mahjong*: chinesisches Brettspiel
Seite 159: *Balikbayan-Box*: Ein riesiger Karton (oft über einhundert Pfund schwer), den Filipinos, die im Ausland leben, an Familienmitglieder auf den Philippinen schicken lassen
Seite 160: *Manansala*: Vicente Silva Manansala (1910 – 1981), bekannter philippinischer kubistischer Maler
Seite 162: *feiyung, bun bun, oder bun mui*: chinesisch für Filipina
Seite 168: *Emilio Aguinaldo* (1869 – 1964): philippinischer General, Politiker und Unabhängigkeitskämpfer. Er spielte eine führende Rolle bei der Philippinischen Revolution (1896) gegen die spanische Kolonialherrschaft, ebenso wie im Kampf gegen die amerikanische Besetzung (ab 1899)
Seite 168: *Frieden von Paris:* Friedensvertrag zwischen den USA und Spanien (1898), in dem u.a. die Philippinen vom spanisch zum amerikanisch kontrollierten Gebiet erklärt wurden (gegen eine Abstandszahlung von zwanzig Millionen Dollar an Spanien). 1899 begann der Krieg zwischen philippinischen Unabhängigkeitskämpfern und amerikanischen Besatzungstruppen (1899 – 1902)
Seite 170: *Kota Kinabalu*: Stadt in Malaysia
Seite 195: *Thobe*: luftiges, knöchellanges, meist weißes Gewand
Seite 196: *Gutra*: von Männern getragenes rot-weißes Kopftuch
Seite 199: *Muttawa*: Religionspolizei, die in islamischen Staaten die Einhaltung der Scharia kontrolliert und gewaltsam durchsetzt

Lesen Sie weiter

Hella S. Haasse
DAS INDONESISCHE GEHEIMNIS
Roman

Aus dem Niederländischen übersetzt
von Birgit Erdmann und Andrea Kluitmann

Hella S. Haasse zu entdecken ist aufregend. Man ist einerseits verzaubert von diesem Buch und andererseits politisch empört zu hören, auf welche Weise Indonesien von den Kolonialherren tatsächlich ausgeplündert worden ist. Diesen Spannungsbogen entfaltet sie. Und es gibt sehr schöne Naturbeschreibungen. Schön ausgestattet, ein wunderschönes Cover – Sie möchten das Buch sofort lesen.
Annemarie Stoltenberg, Norddeutscher Rundfunk

160 Seiten, gebunden mit Schutzumschlag ISBN 978-3-88747-323-5